名作選

endō shūsaku
遠藤周作

講談社文芸文庫

目次

遠藤周作短篇名作選

シラノ・ド・ベルジュラック

私は子供の時から本を集めることが好きだったから、外国に行っている時もせっせと書物を買った。だが貧しい戦後留学生が漁《あさ》る書籍など知れたものだ。せいぜい三、四百円の普及版か、どんなにはりこんでも千円の特製本である。「本は読めさえすればいいのだ」と私は口惜《くや》しまぎれに考えてみる。けれども、やはり、良い紙質の良い印刷の頁を開けば、それだけこちらの頭もひき締る気がする。初版本をひろげれば、作者にそのまま触れるように思われる。

そんな貧弱な蔵書だが、その中にたった一つ私が珍しいと思う文献がある。文献といえば大袈裟《おおげさ》だが、日本では私一人しか持っていないのである。ロスタンの戯曲「シラノ・ド・ベルジュラック」のモデル、実在したサヴィニヤン・ド・シラノ・ド・ベルジュラックの手記を写したものだ。原本は四つ折りの厚い羊皮紙に鵝《が》ペンで書かれたものだが、既に紙の縁もインクの跡も褐色に変色していた。私がこの原本を見たのは、ウイ先生の家でだった。

その冬、私の下宿はリヨンのプラ町の一角にあった。表は街路で、十九世紀の遺物のような市電がガタピシ音をたてて走っている所だ。裏は行きづまりの路で、雑貨屋と靴屋と、それから労働者相手の飯屋がある。店の名を「ベル・ニッション」軒という。

私はこの「ベル・ニッション」軒に毎日、飯を食いに行った。ここを特に選んだのは別に料理がウマいからではない。一日、四百円以上の食費を使うことのできぬ日本の貧乏書生には、この店の値段が安直で有難かったからにすぎぬ。汗くさい労働服を着た人夫たちに交って、靴底のように固い肉を齧《かじ》りながら、私は英国留学当時の貧しかった漱石《そうせき》のことをよく考えたものだ。彼もまたロンドン時代、こうした一膳飯屋で飢えをしのいだことをむかし読んだ記憶があった。

こうしてこの店に通うようになってから、ある日、ふしぎなことに気がついた。毎日ではないが、非常に屢々《しばしば》、私は「ベル・ニッション」軒の小さな暗い片隅のテーブルで、一人のあご鬚《ひげ》の白い老人が大きな書物を読みながら黙々として食事をしているのを見かけたからである。地味な古ぼけた黒服こそ着ているが、そのキチンとした身なりや上品な食事の仕方は、場所がら私には奇異に思われたし、それよりも彼の机においた本が私にはわからぬギリシャ文字の書物であったのには更に驚かされたのだった。

「だれ？　あの人」私はある日、店の親爺《おやじ》にそっと訊《き》いてみた。

「お前、学生だったナ」白内障《そこひ》か何かで片目の潰《つぶ》れた親爺は肩をすぼめて「いくら本を読んでもよ、あのウイ先生のようにコキュウされたらお終《しま》いだナ。もとは大学の先生だったのだぜ」

コキュウというのは「妻を寝とられた」の意である。私は非常に賤《いや》しい好奇心から先生の卓《テーブル》をソッとふりかえったのだが、老人は静かに白いあご鬚を指で撫《な》でながら、皿の運ばれるのを待っていた。

下宿にかえると私は急いで大学の古い年鑑を拡げてみた。そして亭主の言葉どおり、ウイ先生がむかしリヨン大学の修辞学講師であったことも、五年ほど前に退職したことも確かめた。

もともと、私は他人の私生活の秘密を知るのが好きな男である。子供のころから、私は紳士録や人事興信録のたぐいをひろげて、そこに書かれている名士たちの住所や職業や家族の名を調べ、あれこれ空想する性癖があった。その人の私生活や妻の顔や娘の顔を考えていると何か肉慾に似た快感を感じてくる。後になって文学に興味を持つようになってからも、私はまず、それを書いた作家、評論家の趣味、情事、金銭関係などを探れば探るほど、その書物がわかってくるような気がしてくるのだった。もう一度、断っておくが、たしかに、この気持のなかには情慾に似た悦びがあった。

私がウイ先生に近づいたのは、別に先生からギリシャ語や仏蘭西《フランス》文学を教えて頂こうという篤学心からではない。もし「ベル・ニッション」軒の親爺が先生の私生活の秘密を教えてくれなかったならば、私はこの老人と言葉を交さなかったかもしれない。

私は早速、大学の仏蘭西人学生から、先生の夫人が非常に醜女であったことを聞いた。そして五年前、リヨンのオペラ座つきの若い役者と駈落ちしたことも知った。爾来《じらい》、先生は大学をやめ、サン・ジャン町の暗い下宿で孤独な生活を送っていることもわかった。

だが「ベル・ニッション」軒にあらわれる先生の表情や身ぶりからは、そのような過去の暗い秘密を想像することはできなかった。夕暮になると、きまった時刻に黒い、古ぼけた服をキチンと着こみ、分厚い本を手にもってこの老人は店にやってきた。ナプキンを首にかけ、姿勢ただしく、彼は白いあご鬚を撫でながら皿の運ばれるのを待っていた。料理が運ばれるとフォークをゆっくり動かし、葡萄酒をゆっくり飲み、時々、書物に眼をやった。その静かな動作や、落ちついた表情は私を幻滅させるどころか、かえって好奇心を疼《うず》かせたのだ。

遂に、ある日、私は先生の卓《テーブル》に近づいた。自分がこの町の大学に留学している日本人であること、仏蘭西語を教えてくれる教師を探していることをうちあけた。

「文学部に在学していられるのかね」

「はあ」

私は老人を窺《うかが》ったが、彼の顔色は微塵《みじん》も動かなかった。

先生はリヨンでも一番、歴史の古いサン・ジャンの丘に住んでいた。二間つづきのアパートで、玄関からすぐ、書斎となり、その奥に寝室があった。窓からは冬がれたリヨンの町が一望できる。その窓ぎわに、広い大きな机があった。幾つもの硝子《ガラス》をはめた書棚が寝室まで続いている。

私は今、先生の生活ぶりを一言で象徴するようなものを、あの書斎の様子から思いだそうとしているのだが、実際、なにもないのだ。第一、先生の洗濯物さえ、私は見たことがない。パジャマだって、ガウンだって寝室の人目につく場所には決しておかれていなかった。洗濯物やパジャマでもあれば、私はもっと先生を摑《つか》む手がかりを得たかもしれない。だが私が今、思いだせるものは、いつもキチンと整理された大きな仕事机と、よく磨かれた書棚を埋める本だけなのである。

「そこにある書物は、自由に読んで宜しいよ」その書棚を指さして先生は言った。「だが、読み終ったら必ず返してほしい」

本棚をみるようなふりをして、私は別なものを探していた。たとえば――先生の過去の写真、醜かった夫人の写真、この老人の暗い情熱の思い出を匂わせるようなもの、私が彼をもっと良く知るための手がかり――だが、それは無駄だった。ウイ先生は決して自分の私生活にも大学の思い出にも触れないのである。スチームがチン、チンとなり、机の上の置時計がチク、タクと時を刻み、外には粉雪が降り、そして私は先生から週一度、仏蘭西語を教えてもらうのだった。

彼の生活は驚くほど規則正しいらしかった。私はそのことを先生のアパートの門番から何気なく探ってみたのだ。九時に起き、昼まで書斎に閉じこもる。昼飯は必ず近所の修道院でとり、二時に帰宅する。それから一時間の午睡。七時まで書斎に閉じこもり、八時頃「ベル・ニッション」軒に出かける。そして夜の十一時には時計よりも正確に（これは門番夫婦の表現だった）電気を消すのである。

「洗濯や掃除は誰《セ・モア》がするのですか」

「あたしだよ」

肥った門番の内儀は指で自分の大きな顔を指さした。いけないことにはこの忠義ぶった夫婦は先生の過去となると牡蠣《かき》よりも口が固かった。

このようなことを書いたからと言って、私がその頃先生を内心、軽蔑《けいべつ》していたとは思わないでほしい。いや、当初、私はその人間や学識に敬服すればするほど、先生にたいする好奇心が増していったのである。私はただ黄昏《たそがれ》のしずかな水面の底に何が営まれているか、外面の先生ではなく、本当の先生の姿を知りたかったのだ。先生はどのように妻を愛していたのか。どのような指先で妻を愛撫《あいぶ》したのか、その醜かった妻はなぜ、彼を裏切ったのかを知りたかったのだ。恥ずかしい話だが私は先生の寝室と寝台をチラッと覗《のぞ》いた時、こんなことさえ思ったのである。（老人は毎夜、このベッドに寝る時、何を考えるのだろうか）私は嫉妬《しっと》を抑えようとして苦しんでいる先生の寝姿さえ、そこに想いうかべたのだった。

私の仏蘭西語を匡《ただ》すために、先生はロスタンの「シラノ・ド・ベルジュラック」をテキストに使った。先生は例によって指で白いあご鬚をゆっくりと撫でながら、私の朗読を聞いている。それから、本を閉じさせて暗誦《あんしょう》を命ずる。言葉遣いにたいする先生の態度はきびしかった。一寸《ちょっと》でも私が原文の表現を暗誦しそこねると、白いあご鬚の上を動いている先生の指がピタリととまるのである。

「ムッシュー、文学とは結局、修辞学《レトリック》ですぞ」

次第に私は、この頑固な老人にいらだちさえ感じてきた。文学とは私にとって修辞学や言葉の美だけのものではなかった。それはまず、人間の真実であり、生きた人間と、その心の闘いを描くものの筈だった。私に仏蘭西語を教え、「ベル・ニッション」軒で食事をする先生ではなく、妻に裏切られ、嫉妬にくるしむ先生でなければならなかった。「シラノ」の場合も同じことだった。先生にとって「シラノ・ド・ベルジュラック」はまず、朗読の美しさであり、言葉の抑揚であり、韻のふみ方であり、劇の構成法であったが、シラノのロクサーヌにたいする情熱やその苦悩ではなかったのである。

（先生は触れたがらないんだ）私は先生に叱られるたびに心の中でひそかな軽蔑を感じながら考えた。（シラノの情熱に触れて、自分の過去の傷を思いだしたくはないんだ）

先生のレッスンのなかでシラノもロクサーヌも次第に生命のかよわない人形となり、ひからびた死体となればなるほど、私は意地になっていった。時として私は先生の顔を指さし、そこにあの「ベル・ニッション」軒の親爺が吐きすてた同じ言葉を叫んでやりたいと思うことさえあったのである。

「あんたは妻《と》を盗られた男だ」

だが私はそんな失礼なことを言わなかった。第一、私には先生を言い負かすだけの能力も学識もありはしなかった。私は先生は学者であり、一方、自分は日本に帰れば小説を書く男なんだなと思うことにした。おなじ文学を扱うにしても、修辞学や文法は先生のような学者がやることなんだ。学者というものはこの黒い古ぼけた服を着た老人のように九時に起き、十二時に昼飯を食い、書斎にとじこもり、十一時に部屋の灯を消すヒカラびた人間であればイイのである。「シラノ」の戯曲中に語と語の関係をさぐることを文学と考えればイイのである。だが文士とはそんなものではない。文士にとって文学とは生きた人間の心の葛藤《かっとう》であり、暗い孤独の追求なのだ。私は結局、この学者と文士と違う点でも先生とは無縁な存在であると考えようとした。けれども、それだけでは矢張り私の気持はおさまらなかった。私はなにか――なにかの機会が先生のあの規則正しい生活を狂わせ、ゆっくりと白いあご鬚を撫でる指先を震わせ、書物に眼をやりながら、葡萄酒を口に運ぶ動作をかき乱せばいいと、期待していたのである。

そのなにかが、遂にやってきた。

それはリヨンに朝から粉雪のふりだした日だった。昼すぎになると空が晴れた。街は真白に陽に赫《かがや》き、人影の稀《まば》らな道路を人夫たちが雪をかいていた。ちょうど先生のレッスンを受ける日だったから、私は午後三時ごろ、サン・ジャン町の彼の下宿に出かけた。

ところが、老人は不在だった。いつも近所の修道院で昼食をとるのが先生の習慣だったが、その日に限ってまだ帰宅されていなかったのである。部屋の中ではスチームがチン、チンとなり、机の上は丁寧にかたづけられ、置時計が秒を刻んでいた。

私は窓のむこうの、すっかり銀白になったリヨンの街をしばらく眺めていたが、やがて退屈になり、書棚を調べはじめた。

幾つもの書棚はウイ先生の性格をしめすように時代別にキチンと本を分けてある。私は「シラノ」の主人公の生れた年代を考え、ただそれだけの理由で、ぼんやりと十七世紀の本のはいった場所に近づいていった。

本棚の片隅に紙で包んだ四角いものがあった。形は書物のようだったから、そこに指をかけてひきずりだした。紙を開くとボール紙の箱である。私はなんだかこの箱のなかに先生の秘密がかくしてあるのではないかという気がした。たとえば先生の夫人の写真が出てくるのではないかと思った。

先生の不在中に、先生の秘密を探ることは、私といえども余りいい気持のものではなかった。だが、その時、私の心には先生のあの落ちついた静かな顔、白いあご鬚にゆっくりと這《は》っていく指の動きが浮び上ってきたのである。

（文学は修辞学か）と私は呟《つぶや》いた。（この書棚の本を自由に読んで良いと言ったのはあの老人だからな）

そして私はその箱をあけた。ナフタリンのきつい臭いがした。

そこには私の欲していた写真はなかった。四つ折りの古い羊皮紙と、タイプで文字をうった紙とがはいっていたのである。

無遠慮に私は羊皮紙を開いた。紙も文字も既にうすい茶色に変色していたが、その筆跡は私にはムツかしすぎて読めなかった。次にタイプで打った紙を見た。そして、そこに私は、シラノ・ド・ベルジュラックという文字を見つけたのである。

本当の所、私は失望していたのだ。おそらく、これは先生がむかし大学で講師だった頃の講義案だろうと思った。もし私があの老人のレッスンで「シラノ」をテキストにしていなかったならば、おそらく興味のない紙屑《かみくず》にすぎなかったろう。だが、始めの紙を素早く読みくだしながら私はオヤと思ったのである。

先生はそこに、この羊皮紙を手に入れた径路を簡単に説明していた。彼は四年前、巴里《パリ》で、ド・ヌーヴィレット男爵家の売立てに立ち会ったのだ。ド・ヌーヴィレット家とは、シラノの恋仇《こいがたき》であり、ロクサーヌの夫となったクリスチャンのモデルの家系である。その時先生は幾冊かの十七世紀の古文書を手に入れられたが、その古文書の中に偶然、このシラノ・ド・ベルジュラック自身の手記がはさまっていたのだ。

「真偽のほどはわからぬが、珍しいので保存しておく」と先生は書いていた。「ただ、この紙片が他ならぬヌーヴィレット家の所有本から発見されたこと以外に私の興味はない」けれども続く頁に老人は羊皮紙の手記をそのままタイプで複写していた。今日、私が持っているのは、ほかならぬこの複写の方である。


先生が帰宅されるまで、それからどの位の時間がたったろう。三十分だったかもしれぬ。一時間だったかもしれぬ。兎に角、そういうことはどうでも良い。私はかたい椅子の上に腰かけてロスタンの描いた架空のシラノではなく、実在のサヴィニヤン・ド・シラノ・ド・ベルジュラックの血のかよった手記を読んだ。そして、そこには創作のシラノよりも、もっと怖《おそ》ろしい苦悩ともっと悪魔的な叫びとが告白されていたのだ。

言うまでもないことだが、戯曲のシラノは自分の従妹《いとこ》であるロクサーヌを心ひそかに愛した男である。愛しながら彼は自分の醜い鼻のために、心をうち明けることができなかった。しかも、彼はこの従妹をクリスチャンとよぶ、顔こそ美しいが凡庸な男にゆずるために、あらゆる美しい友情を注ぐのである。アラスの戦でクリスチャンは戦死し、ロクサーヌは修道院にはいったが、シラノは生涯、彼の恋を秘めかくしていた。

この美しい恋物語は真実の世界では全くウソだったのである。すべてウソなのである。私はここに実在のシラノの告白をすべて翻訳する余裕もないから、大体の概略だけを紹介しておきたいと思う。

実在のシラノは戯曲のように生来、鼻の醜い男ではなかった。むしろ青年時代までは美貌の持主で、子供の頃はさまざまの貴夫人に可愛がられもしたし、長じてからは日夜、はげしい遊蕩《ゆうとう》や悪徳に耽《ふけ》ったが、やがて従妹のロクサーヌ嬢（実名はロビノオ嬢であるが、私はここでロクサーヌの名を借りよう）と、リシュリウ侯の命令で愛情のない婚約をするようになる。当時、シラノは十九歳だったが、この年、思いがけぬ悲劇が彼を見舞ったのである。

十九歳になった年の夏シラノは巴里、ドゥ・ポルト街の生家を離れてドヴニイの荘園に遊びにいった。ここで昔の遊蕩のむくいが、突然、腫物《はれもの》となって鼻にあらわれた。はじめは一つの吹出物が翌日は二つにふえた。更に次の日は三つとなった。やがて、それは大きな肉腫《にくしゅ》にかたまり、膨れあがっていった。

「ある深夜俺は痛みに耐えかねて床を起きた。そして鏡の中に毒蕈《どくきのこ》のような鼻を見た。過去において俺が犯した数々の放蕩の罪を神が罰せられたのだと考えた時、俺は号泣して主の慈悲を乞おうとした」とシラノは書いている。「その時である。俺は大きな嗤《わら》い声をこの耳に聴いた。俺の笑い声ではない。外には風もなく、館は既に寝しずまっていた。俺の心を嘲笑したのはこの化物のごとき鼻であった」

ドヴニイから巴里に戻ると、シラノはロクサーヌとの婚約を破棄した。もともと、愛情のない政略的な婚約であったからロクサーヌもただちに承諾した。人々は変り果てた彼を憐《あわ》れみ、あるいは袖を引き合って嘲笑する。その苦しみから逃れるため、シラノは哲学者ガッサンティの門を叩いたし、また、当時、有名な剣士であったムウサアルの道場に剣法を習うのである。なぜならガッサンティの人生肯定的な哲学はこの苦悩をいやしてくれると思えたし、また烈しく剣を振る時、シラノは少なくとも自分の鼻を忘れる瞬間を持てたからだ。だがしかし、「だが然し、鼻はふたたび声をたてて嗤った。夕暮の光の洩れる部屋の中で、俺はまたも凡《すべ》ての俺の努力を嘲《あざけ》る鼻の嗤い声を聴いた」

どうしてだか、先生はまだ帰ってこなかった。屋根をすべる雪の塊がベランダの鉄柵《てっさく》にぶつかり、白い炎のような煙をたてて落下していった。部屋のスチームは先ほどと同じようにチン、チンと鳴っていたが、私は窓を開けずにはいられぬほど息苦しさを感じた。胸は動悸《どうき》をうっている。私はなぜ先生がこのシラノの真相を世間に発表しないかがわからなかった。ロスタンの甘い創作などよりは、ずっと貴重な真実の声を一人じめにする権利が、ウイ先生にある筈はないと思った。

シラノがクリスチャン・ド・ヌーヴィレット男爵と会ったのはロクサーヌとの婚約破棄後一年ほどたってからである。先にも書いたがこの婚約はもともと愛情のない政略結婚だったから、その解消は思ったほど困難ではなかったらしい。シラノの手記も僅か、二、三行しかその点に触れていない。

クリスチャンに会うまで、シラノは鼻を恥じて人目を避けていたかと言うと、そうではない。むしろ逆に進んでガスコン青年隊の友人や仲間たちと会うように努めたと彼は書いている。

「それはもう自分の顔を忘れたためではない。悟りを開いたためでもない。むしろ心が兇《きょう》暴《ぼう》になればなるほど、俺は外面《そとも》を平静に保とうと努めた。この計略は少なくとも仲間や友人には成功したようである。彼等はやがて俺の面貌に馴れ、それについて蔭口を言うことに飽きたからだ。のみならず、その時、俺にとっては好都合なことが一つあった。それはガスコンの青年隊にクリスチャン・ド・ヌーヴィレットとよぶ田舎貴族が入隊したことである」

クリスチャンと言う男はロスタンの戯曲では顔だちこそ美しいが、凡庸な性格と泥臭い感情を持った人間として取り扱われている。戯曲のうちで最も憐れな役割である。

実在のシラノはクリスチャンと会った日から、この男を憎んだと告白している。不幸にしてクリスチャンはシラノとは対照的に整った顔だちと美しい鼻すじを持った青年だったのだ。シラノは彼の顔をみるたびに葷のように拡がり、膨れ上った自分の鼻のことを思いださざるをえなかった。

「俺はあの日以来、ドゥ・ポルト街の館にある凡ての鏡をとり外していた。顔を映したくなかったからだ。にも拘《かかわ》らず、クリスチャンの顔は俺にとって鏡のようなものになった。その鏡のなかに俺は自分の醜さを見ねばならなかった」

この日からシラノは少しずつ、クリスチャンにたいする復讐《ふくしゅう》を考えはじめた。シラノは隊内の友人が、自分ほどではないが、やはりこの美青年を妬《ねた》んでいることに眼をつけたのだ。

シラノの属していたガスコンの青年隊は文字通りガスコン出身の生え抜きの青年貴族でかためられた徒党である。ところが、クリスチャンはノルマンディの田舎貴族にすぎぬ。こうした点からクリスチャンは入隊こそしたが、言葉をかけてくれる一人の友も隊内にはなかった。

シラノは仲間に率先して、この田舎貴族を時には嘲笑し、時には侮蔑した。クリスチャンの教養のなさ、無趣味、下手な話術は一同にとって恰好の笑い種《ぐさ》にされたのである。

実在のシラノがクリスチャンをこのように苛《さいな》んだのは、たんにその美貌にたいする嫉妬だけではなく、むしろ友人の軽侮の眼を自分の鼻から逸《そ》らすための手段だったらしい。

「やがて友人たちは俺の鼻を忘れ、クリスチャンを嘲ることの方に熱中しはじめた。少なくとも俺の計画は図にあたり、外面では心の平和をとり戻すことができた。あの嗤い声さえ、久しく聴くことはなかった」

一六三九年の秋、この心の平和を乱す一つの事件がシラノに起きた。彼はヴィラン伯の家で偶然、二年前、別れたロクサーヌを見たのである。

先にも書いたが、ロクサーヌとシラノの婚約はリシュリウ侯の命令で成ったもので、愛情で結ばれたものではない。当時、彼は一片の愛情もこの娘には持たなかったと告白している。

「俺はロクサーヌと婚約こそしたが、決してこの女性に心惹《ひ》かれてはいなかった。それはこの婚約がリシュリウ侯の命によって、俺の心に反して成ったためではない。

自分のものときまっている女性には情熱は起きぬ。人は失ったものにこそ、心を向けるのである。ロクサーヌが俺の所有物である以上、今更、彼女に対し執着する必要はどこにあろう。

だが、今日、俺はこの鼻のために彼女を失った。ロクサーヌはもはや俺の手の届かぬ所にある。婚約者でもなければ未来の妻でもない。明日にでもなれば、別の男に抱かれるかもしれぬ。この想像が突然あの日ヴィラン伯の邸でロクサーヌをかいま見た時、俺の心に浮んだのだ。目に見えぬ不安と嫉妬で俺の胸は苛まれはじめた。一瞬の後、ロクサーヌは女中に伴われて姿を消した。ロクサーヌがこの時ほど美しく見えたことはない」

「その時、俺はまたも、あの嗤い声を聴いた。久しく、沈黙をまもっていた鼻はふたたび嘲笑しはじめたのだ。主の慈悲で俺はヴィラン伯の邸をとり乱すことなく出た。既に黄昏だった。躰《からだ》は苦肉の汗にまみれていた」

シラノがこの奇怪な嗤い声と闘いはじめたのはこの日からである。それは翌朝、彼がただちに巴里を発し、二年前の夏はじめてその嗤いを耳にしたドヴニイの荘園に馬を走らせたことでもわかる。ガッサンティの哲学もムウサアルの剣法も消すことのできなかったこの悪魔の嗤い声にシラノは真向から立ち向う決心をしたのである。

「ロクサーヌにたいする執着は俺の胸を掻《か》きむしったが、しかし、この鼻はもはや、あの女を手に入れることの不可能を嘲っていた。ドヴニイの館で眠れぬ夜と夜、俺は寝床で反転しながら、ゲッセマネの基督《キリスト》のごとく苦しんだ。俺は闇の中で眼をあけ、庭の樹々をざわめかす暗い風の音を聞いた。ヴィラン伯の邸で俺が得た苦しい教訓を無にしてはならぬ。その教訓とは安定は愛を殺すが、不安はそれをかきたてると言う単純な原理だったのだ。ロクサーヌと婚約した日、俺は彼女に愛を感じず、彼女を失ってはじめて執着しているのだ。と言うことはロクサーヌが遠ざかれば遠ざかるほど、俺は不安や目に見えぬ嫉妬にくるしみ、情熱は昂《たかぶ》ることだ。あの嗤い声に打ち勝つためにはこの矛盾した情熱の法則を逆手に使う以外はない。

五日目の黎明《しののめ》が訪れた時、俺の考えは既にきまっていた。召使に出発の準備を命じ、俺は翌日巴里に戻ってきた。

巴里に戻るとガスコン青年隊の仲間は俺の突然の失踪《しっそう》を案じていた。その仲間の顔の背後に、あのクリスチャン・ド・ヌーヴィレットの、歪《ゆが》んだ、悲しげな表情を見た。可哀相にこの男は友情に飢えているのだ。

彼の顔を見ていると、霊感のように俺の脳裏をある考えがかすめた。ロクサーヌを俺の手の届かぬ世界におく以上は彼女を誰かに縁づかせるべきだとわかったのだ。その相手がどうしてこの愚昧《ぐまい》なクリスチャンではいけないことがあろう。クリスチャンは友情に飢えている。俺が手を差し延べれば、犬のように飛びついてくるだろう。そしてこの田舎貴族がロクサーヌとの縁組を悦ばぬ筈はない。

だがロクサーヌの気持をクリスチャンに傾けるには、どうしたら良いか。それとて難しい仕事ではあるまい。俺はあの娘をよく知っているのだ。男を知らぬ深窓育ちの初心《うぶ》な娘は誰でもよい、初めて恋を囁《ささや》いてくれる者に必ず夢中になるものだ。

俺は自分の行動が奇怪なことを知っている。自分の執着している女性を他の男の手に、それも最も詰らぬ田舎貴族の手に進んで渡そうとしているのだ。この俺の気持はだれに対する復讐なのだ。クリスチャンの美しい顔にたいしてか。それとも自分の醜い鼻にたいしてなのか、俺にもわからない。

怖ろしいことだ。俺の狂暴な眼はロクサーヌがもし、クリスチャンと結婚したとしても、数ヵ月もたたぬうち、彼女の心がこの無趣味、無教養な男に幻滅すること位、はっきり見透しているのである。だからこそ、俺はこのクリスチャンを彼女の夫として選んだのだ。やがて彼女の心を空虚な風が吹き続けるだろう。だが、神の名で結ばれた結婚という重い鎖は二人が死ぬまで、たがいの躰《からだ》をしっかりと縛りつける筈だ。彼等はまもなく、互いに疲れ、互いに飽き、互いに罵《ののし》り、そしてその愛はすぐにも冷えるだろう。結婚という安定は情熱を殺すからだ。

だが俺はちがう。俺はもはや人妻となり、俺の手の届かぬこの女を空想の中で飾りたて、不安や嫉妬によって更に執着しつづけるのである。

だが俺のロクサーヌにたいする感情は愛なのだろうか。おそらく愛ではあるまい。なぜなら人は愛する者をこのように扱う筈はないからだ。だが愛でなければ、この感情は一体何なのだろう。情熱か。それとも暗い執着か。俺は、この醜悪な鼻のために、顔や肉体だけではなく、魂まで腐っていくような気がする」

先生の複写はそこで途切れていた。だが、この複写がそれ以上、書かれていたとしても私はもう読みつづける力がないほど疲れていた。

ベランダに積っている雪が次第に暗紫色の翳《かげ》をおびはじめてくる。夕方になったのだ。

そして空がふたたび鉛色に曇りだした。また雪になるかもしれなかった。なぜか部屋のスチームはチン、チンと鳴るのをやめ、あたりは非常に冷えこんできた。

私には先生がこの貴重な文献をこうした書庫の奥ふかくに蔵《しま》われている理由がわからなかった。「真偽のほどはわからぬが、ただ、この紙片が他ならぬヌーヴィレット家の所有本から発見された以外、私の興味はない」と先生は書いている。だが、もし、これが本当に実在したシラノ・ド・ベルジュラックの告白だったならば、どうするつもりなのだ。あのロスタンの架空のシラノよりも、もっと興味のある、もっと真実のシラノの姿がここにあるのではないか。文学は言葉の美であり修辞学というために、こうした人間の真実まで先生はかくす権利があるのだろうか。

その時、入口のノブを静かに廻す音がした。ウイ先生は私を見ると、黙ってうなずき、ステッキを傘たてに入れて、黒いオーバーをゆっくりと脱いだ。オーバーの肩には粉雪が少し白く残っていたが、私には老人が何時《いつ》もと違って妙に弱っているような気がした。

「待たせてすまなかった」

少し喘《あえ》ぎながら先生は私のそばを通りすぎ、椅子の上に投げだされている羊皮紙とコッピイの紙にチラッと視線を注いだ。だが先生はそれについては何も言わなかった。

「授業にとりかかろう。何頁からだったかね」

何時ものように先生は書斎の片隅にある古い大きなソファに腰をおろし、眼をつぶると、あご鬚に指をもっていった。私は渋々、暗誦をはじめた。しかし、テキストよりはあの怖ろしい手記にまだ動顛《どうてん》していた私は幾度も言葉を間違え、文章を抜かした。

私は顔をあげた。先生が何も言わないからである。老人は顔をうつむけたまま、額に手を当てて何か、ほかの事に気をとられていたようだった。夕暮の翳のなかで、その姿はひどく疲れて見えた。

「続けたまえ、ムッシュー」

「先生」と私は叫んだ。「私はさっきからこの複写を拝見していたんです」

「偽作だね。そんなものは」

「本当に偽作でしょうか」

「本当のものかも知れぬ」老人は気のない調子で答えた。「しかし詰らぬものだ。暗誦を続けたまえ」

私にはその時、白いあご鬚をつけたこの老人の顔が愚かな山羊《やぎ》の表情のように思われた。私はテキストを手にしたまま黙って棒のようになっていた。

「もしあの手記が本当なら、こんな書物よりは生きていると思います」

老人はとじた眼をふたたび開いて、しばらく私をぼんやりと眺めていた。

「あれは文学ではないものだ」

「ですが、人間の真実でしょう」

「真実ではない。事実だ。事実は文学とは何の関係もない。本当のシラノがどのような男であろうと彼は君のテキストのシラノには及びはしない」

「でも文学とは人間の真実を追求することでしょう。私の国では……」

と言いかけて私は口を噤《つぐ》んだ。

「君の国ではそうかも知れぬ。しかしこの国ではそうではないのだ。そんなものは宗教がやってくれる。ムッシュー。文学とはまず言葉です」

先生は椅子からたち上り、私の眼を見つめながら厳粛な声で答えた。それから彼は突然、よろめくようにして窓の方に歩くと、硝子に顔を押しあてたまま、じっと動かなくなった。

既に部屋は夕闇にすっかり包まれていた。ベランダに積った雪の微光が僅かに先生の横顔や力のない肩をうかびあがらせていた。

「どうかしたのですか。先生」

私は今の会話が彼の機嫌を損じたのだと思った。

「いや、何でもない。疲れたのだ。今日は授業をやめて頂けないだろうか」

私はオーバーを手にとって書斎を出た。先生は私の背後から従《つ》いてきた。

戸口の所で私が一礼をした時、突然、先生の顔は歪んだ。私は彼の顔が泪《なみだ》で濡れているのを知った。

「ムッシュー。私の妻が昨夜、自殺したのだ。彼女は理性を失ったのです《エラ・ベルデュ・ラ・テエト》」

外には粉雪がふり始めていた。大地もない。空もない。街路では車も人も、まるで生の営みが薄い灰色のカーテンのむこうでひそかに続けられてでもいるように動いていた。一人の酔っぱらいが曲り角で私にぶつかり大声で叫んだ。

「ああ、生活なんて詰らねえなあ」

パロディ

Ⅰ

もう十一時ちかくだ。今日もこれで、そろそろ終ろうとしている。先程までテレビを囲んでいた君と女中とは子供をあやしながら茶の間であかるい笑い声をたてている。たった今、家の前をタクシーの軋《きし》る音がした。隣の向井さんがまた会社の宴会から遅く御帰館らしい。ぼく等の家は平凡な郊外住宅地の一角にあるから、こんな時刻になると、もうひっそりと静まりかえってしまう。

君は今、ぼくがなにをしていると思う? ベッドの上に寝ころんで小説か、雑誌でも読んでいると思っているだろうか。それとも何時《いつ》も就寝前にそうするように、日記でもつけていると考えているのだろうか。

ぼくが今、書いているのは日記ではない。ぼくは結婚以来、大学ノートに欠かさずその日の出来ごとをつけてきたが、それは君が見てもほとんど興味のない事務的な仕事のメモにすぎぬ。その中にぼくは殊更に毎日の自分の気持を書くことを避けてきた。なぜ、そうしたかというと、別に君に読まれる場合を考えたためではない。第一、君は今日まで決してぼくの日記を見ようとしたことのない女だ。たとえ、このノートが誰もいない日に机の上にほうり出されていたとしても、君は絶対に覗《のぞ》きこんだりはしないだろう。夫のひそかな気持や秘密を知りたい好奇心は君にもあるだろうが、一種の育ちの良さがそうした卑劣な行為を君に許さないのだ。ぼくは君の性格を知っている。たとえ友人たちから「そう思いこんでいるのが甘いのだよ。夫の引出しを探らん女房があるかい」と言われても、君にはそんなことは出来っこないとぼくは考えている。

二年前、ぼくたちは結婚した。それはほとんど見合い結婚にちかいものだった。二人は偶然、同じ大学の、同じ仏蘭西《フランス》文学科の先輩、後輩の間柄だったのだが、勿論《もちろん》、学校では一度も顔を合わせたことはない。巴里《パリ》にぼくがいた時、知り合った君の妹に、紹介されなければ、二人は出会う機会はなかったろう。

姉妹でその後、ぼくの家に遊びにくるようになっても、ぼくは君が自分の女房になろうとはついぞ、考えたことはない。万事につけて派手で頭の動きも早い君の妹の方が遊び友だちとしては面白かったし、君はただ横でいかにも女子学生らしい洋服を着て、微笑をうかべていただけだったからである。むしろ君を見て我々の結婚を奨めたのはぼくの両親である。

奨められて見れば、学校も同じ、先輩や知人や友人も多い点が、ふっとぼくの心を動かした。学校から帰ったあと、母親に代って万事、家事を監督しているという君の家庭的な性格も考えてみた。君ならば、まずまず、危なげのない妻になるだろうと、ぼくは思ったのだ。

正式の婚約をとりきめる前の日、父が君を食事に招《よ》んだ。ぼくが外出先から少し遅れて帰ると、夕暮の暗い応接間で白い綸子《りんず》の和服を着た君が、両手を膝《ひざ》の上にきちんと重ねて、父の話を黙ってきいていた。ぼくの顔をみるとホッとしたように微笑《ほほえ》んだ。「なかなかいいお嬢さんじゃないか」何かにつけて近頃の娘は、と言う父も、あとで君のことを賞めていたのである。

婚約期間といえば一緒に出かけたり、食事をしたりするのが普通だろうが、ぼくらにはほとんど、そんな機会はなかった。子供の時から日本舞踊をやっていた君は師匠すじに当る人がちょうど、その頃、弟子たちと仏蘭西に行くことになったので、通訳かたがた一緒に渡仏したからである。

八月の入道雲が真白に赫《かがや》いている日に、君は羽田からエール・フランスの飛行機に乗って行ってしまった。見送りに来た人たちと別れる時、君はチラッとぼくの方をむいて困ったような顔をして微笑んだ。ふしぎなことだが、ぼくはその時、別に寂しいとも、不安だとも思わなかった。君ならばむこうの国で万事、きちんと生活をし、失敗をすることはないだろうと考えていたのだ。

ニースから、モナコから、カンヌから、マルセイユから、君はまめに短い便りを寄こした。英国に行けばロンドンの、独逸《ドイツ》に旅行すればライン河の絵葉書を送ってきた。そうした便りには、いわゆる婚約者同士がかわす歯の浮くような甘い言葉の一つもなかった。と言って、事務的な無味乾燥な手紙でもない。君はほど良く、こちらの気持も考え、かしこい文章を書いてくれたのである。こうした婚約期間中にぼくが一番、おそれたのは君が日本を離れ婚約者を持っているという莫迦莫迦《ばかばか》しい感傷に酔うことだった。なにごとであれ、陶酔した人間を見ることの嫌いなぼくは、これらの手紙を見て更に安心したものだ。

一年たった夏、君はラオス号という白い船で横浜に帰ってきた。君の家族にまじって埠頭《ふとう》に出むかえたぼくを始めて見た時、君は例の困ったような微笑を顔にうかべた。

「何時、お前たち結婚をする」と父にきかれた時、「さあ、二人で良く相談してみましょう」とぼくは返事をした。君がまだ大学を卒業していない女子学生であることを考えたからだ。だが、その相談を持ちかけた時、君は「何時でも……」と答えて、また、少し、くるしそうに微笑んだ。

こうしてぼく等は結婚をした。

ここまでは何でもない。だがこれから書くことは時として君の心を傷つけねばならぬ部分、自分でも顔を赤らめる個所が出てくる筈だ。

自惚《うぬぼ》れでないならば、ぼくは今日まで世間並みには君にたいしては善良な夫、子供にたいしては良い父親になろうと努めてきたつもりだ。少なくとも他の男たちに比べて、それほど劣らぬ亭主であろうと心がけてきた筈である。そして君自身も今日まで特にぼくを非難しなかった所を見ると、そう考えていると思っても間違いではないだろう。その君の持っているイメージを今更わざわざ突き崩す、そんな権利がぼくにあるか、どうか、わからない。わからないが、今夜ぼくはどうしても書かずにはいられぬ気持になったのだ。ただ書くこと、書いて引出しにこの紙を放りこむだけでいい。あるいは火をつけて燃やしてしまってもいい。それだけでも心は鎮まり、ある疏通口《はけぐち》を見つけてくれるだろう。

本当のことを言おう。結婚して一週間もたたぬ日に、ぼくたちが残暑の日差しがまだカアッと照りつけているお茶の水の坂路を歩いていた午後を君は憶《おぼ》えているか。(新婚旅行から帰った翌々日のことだ。なぜ、あの日、あの坂路を歩いていたのか、ぼくには今よく思いだせない)

ちょうど二時頃のことで、あの付近の学生街から学期始めの授業を終った学生たちが駅にむかって歩道に溢《あふ》れていた。ワイシャツを腕まくりした彼等の間にまじって、底の平たい靴をはき、白いブラウスを着た女子学生たちの姿も見えた。彼女たちはぼくたちの横を通りすぎる時、一寸《ちょっと》まぶしそうな表情でこちらを眺め、視線をそらした。

その時、ぼくは君もまた、彼女たちと同じように女子学生の身であることを思いだした。式の間にも旅行の時にもそれをぼくはすっかり忘れていたのだ。本当ならば今日、この昼さがり、君は大学のあの固い椅子に坐って、ぼくよりずっと年下の学生たちと万年筆を走らせながらノートをとっている筈だった。彼女たちと同じように底の平たい靴をはき、シャボンの匂いのする白いブラウスを着ている筈だった。

だが、君はぼくを一寸みあげると膝のあたりに和服用のハンドバッグを両手で軽く押えてすこし上眼づかいに笑った。その表情には、なぜかぼくをハッとさせるような、今まで見たことのない人妻の表情があった。それは一年の婚約の間に、なにか真面目な決意を強いられる時、君が顔にうかべた娘らしい困ったような微笑ではなかった。(いつ変ったんだ。こいつは)

ぼくは君の少し濃い化粧や油で光っている若妻風の髪の形を驚いて眺めまわした。だがその変化は決してそうした外見のためだけではなかった。どこが違っているとはっきり言うことは出来ないが、君の歩きぶりや声の調子までが、もう娘ではない一人の成熟した女のようになっていたのである。

その瞬時恥ずかしいことだが、ぼくは非常に狼狽《ろうばい》した。式を挙げてから僅か一週間もたたぬ内に、君はもうすっかり妻に変っている。君の視線の中に(私が変ったように、あなたも今は夫として変っている筈ですわ)というひそかな自負と要求とをぼくは感じとった。だが、ぼくは自分が夫であること、一人の女に一生つながれるだけの決心をした夫であることが自分にも実感として浮んでこないのだった。まるで毛虫がその翌日には似ても似つかぬ蝶に変るように、君はまたたく間に脱皮して娘から妻になっていたのだ。そして君はそれをあたり前だと思い、少しも疑ってはいない。女とはこのように平気で変身も脱皮もできるものなのだろうか。だが男はとてもその速度には従《つ》いていけない。

残暑の照りつけるあの坂路で、ぼくはその時なにかを失ったこと、何を失ったのかわからないが、兎に角、あるものを生涯、捨ててしまったのを感じていた。これからは、ぼくは青年でも男性でもなく一つの家庭の主人として、夫として生活をせねばならぬ決心を少し苦い薬でも飲むように、ぼくは飲みこんだ。あさましい話だが、そばを通りすぎて行く青年や娘たちを、むさぼるように眺めたのだった。

夫であるぼくの口から、こういうことを言うのは可笑《おか》しいが、予想していた通り、君は申し分のない妻だった。結婚後も手頃な家がみつからぬままに、父の離れに住んでいたのだが、独身時代はどんなに掃除してもらっても男の体臭のとれなかった部屋が、君と一緒に生活して以来、みちがえるように美しくなった。洋服にはきちんとブラッシがかけられ、ワイシャツが穢《よご》れていたことは一度もない。

外出先から帰ってくると、ぼくが部屋の中に嗅《か》ぐものは先《ま》ず家庭の匂いだった。清潔で、きちんと整理された良家の匂いだった。その家庭は今まで長い間、暮していた両親の家庭ではなく、まさしくぼくのものだった。真中に君が坐り、そうした匂いを周り中に漂わせている。(さあ、これがあなたの家庭だわ)まるで君の存在はそう言っているようだった。(あなたはこの家の夫。私は妻。これが私たちの家庭。だからあなたは夫の義務、以外には何をなさってもいけないんです)

「俺の世話ばかりせずに」ある日、ぼくは君にすこしくたびれた声で呟《つぶや》いた。「自分の勉強もしてくれよ。そろそろ卒業試験だろ」

結婚以来、ほとんど君は学校に行ってはいなかった。学校に行くよりは、まず家事に夢中になる方が君の性に合っているようだった。

「大丈夫よ。何とかなるわよ」

「何とか、ならなかったら、どうする」

「なら、それでいいじゃないの」アイロンをかけながら君は微笑して答えた。「もう学校をやめたっていいのよ。結婚したのですもの」

その時、なぜか結婚以来はじめて、ぼくは君にかすかな憎しみを感じた。君が学校をやめてもよいと言ったためではない。そんなことはどうでも良い。ぼくは女が文学などを勉強するより、もっと別のことを習った方がよいと考えている旧式な男である。だが君が健全な女房になろうとすればするほど、ぼくはなにか重くるしいものを心のうちに持ちはじめた。それはおそらくぼくの我儘《わがまま》にちがいないだろう。にもかかわらず、この不満、このかすかな憎しみが何処《どこ》から来るのか摑《つか》めないままに、それはしばらく心のうちで燻《くすぶ》っていたのである。

それから二、三日したある日、外出先からの帰り路、ぼくは疲れた体を電車のつり皮で支えながら、真直ぐに帰りたいという気持になれなかった。電車を乗り変えねばならぬ新宿のホームで、ぼくは少し考え、人々の間にまじって外に出た。その外には霧のような秋雨が降っていた。

独身時代と同じように雨の中をぶらぶら歩く悦びがぼくの胸をしめつけた。赤や白のすきとおったレインコートを着て若い娘たちが歩道を通りすぎていく。ビヤホールの中にはテレビを見ながら色々な男がジョッキを傾けている。ぼくは当てもなく街をふらつき、小さな洋食屋で飯を食い、それから久しぶりで酒場にはいってみた。

女給たちとたった独りで話をするのは一苦労だった。だがぼくは彼女たちのそばで何か鎖から解き離されたようなこころよさを感じていた。

十一時頃、帰宅した時、君はまだ寝ずに待っていた。「田崎君にさ、途中で出会ってつき合わされてね」とぼくは寝巻に着かえながら呟いた。「そう。たまには外でお酒を飲むのもいいでしょう」君は脱ぎ捨てたぼくの洋服をたたみながら、時には手綱をゆるめねばならぬ夫の心理を万事心得ているように答えた。ぼくはその時、酒場の女たちのあの無関心な眼、金以外には何も要求しない気楽な眼のことを思いだしていた。

Ⅱ

結婚以来、君は少しずつ肥っていった。腕にも胸にも腰にも毎日は目だたぬが肉がついていくのが一緒に生活しているぼくにもわかってくる。

「去年の洋服、なんだか小さくなってしまったわ」

一緒に外出をする時なぞ、君は鏡の前にたって、しきりに体の線を気にする。

「肥ったたって、いいじゃないか」ぼくは煙草を横ぐわえにして新聞に眼を落しながら、気のなさそうな返事をする。

「そうはいかないわよ。着られなくなったら勿体《もったい》ないわ」

その女房らしく脂肪のつきはじめた君の腹部がそこだけ特別に膨らんでいるのにぼくはある朝、気がついた。

「君」とぼくはかすれた声で言った。

「ええ」君はその時、久しぶりで娘時代によく、やった、あの困ったような微笑をうかべた。

「五日ほど前、母と病院に行ったんですけれど、やっぱり、そうなんですって」

それから、ぼくがしばらく黙っていると君は不安になったのであろう、小声で「嬉しくないの？」とたずねた。

「そりゃ、嬉しいさ」

だが、ぼくには自分が父親になるという実感も悦びもほとんど胸には湧《わ》いてはこなかった。ただ、一種奇妙な恥ずかしさに捉《とら》われただけだった。この間まで俺は普通の青年だった。それが夫になり、またたく間に父親になっていく。この外部から押しつけられた変身を前にして、実際、ぼくは戸惑っていたのである。

けれども君はちがっていた。妊娠をぼくに告げた翌日から君は素早く、母親に、しかも賢い母親になり変っていた。生れてくる赤ん坊のため、カルシウムを飲む。あたらしい育児の本を買ってくる。「蹴《け》るわよ。ここを時々、蹴るわよ」産衣《うぶぎ》を頰にあてながら、君はもう母親らしい眼の細め方さえやっていた。

生れてくる赤ん坊、とぼくは考えた。だが、その顔もその肉体もぼくには見えなかった。全く無関心ではなかったが、父親としての本能愛はまだ、ぼくの裡《うち》に生れてはいなかった。雨の降っている日に、陽のあたる風景を想像するように、ぼくは遠い所に父親としてのぼくの姿を手探るより仕方はなかった。

ある日曜日の午後、ぼくはふと部屋の真中に坐っている君を見た。すっかり前に膨らんだお腹《なか》に両手をあてて、君は窓から差しこむ西陽を顔に受けながら、ぼんやりと何処かを眺めていた。それはいかにも重そうな体だった。脂肪のすっかり、ついた体だった。

それを見つめながら、ぼくはなにか眩暈《めまい》に似たものを感じていた。この君は、もうあの婚約の前日、応接間で白い綸子の和服を着て、両手をきちんと膝に重ね、腰かけていた娘時代の姿ではない。膝の上のハンドバッグを両手で軽く押え、少し上眼づかいに微笑んでいた若い妻の君でもない。君のどこからか、一本の太い根が生え、その根が地中に深くもぐりこんでいくのが、その時、ぼくにははっきりと見えたのだ。家庭という小さな世界の上にすっかり腰をおろし、押しても引いても動かぬようなどっしりとした重量感がそこにあった。君はもう女性ではなくまず妻であり、そして母親になる女だった。

「そんなに子供が可愛いか」

ぼくは少し、嗄《しわが》れた声で言った。その声に驚いて君はこちらをふりかえり、曖昧《あいまい》な笑い方をした。

「可愛いわよ。あたり前よ」

「まだ生れてこない前に、そんなに可愛いか」とぼくは更にしつこく訊《たず》ねた。

「そりゃ、母親の本能ですもの」

「母親の本能など俺は信じないな」

急に君に反抗したい気持に駆られて、ぼくは学生の頃、近所に起った実際の出来ごとを話しはじめた。それは看護婦をしていた若い母親の犯行だった。寡婦である彼女はある男と結婚するために邪魔になった七歳の娘を、ある朝、台所に入れてガス栓をひねったのである。娘が死んでいく間、その母親は隣室に寝ていた男の横に同じように体を横たえて、事が終るのを待っていたのだ。

「うそだと思うかね。この話」今から思うと滑稽なほど、ぼくはむきになった。「その看護婦を見たことがあるぜ。娘の手を引いて買物なんて行ってさ。そんなことをするような女じゃ、なかったんだ」

君は西陽を顔に受けながら、相変らず、窓の外を眺めていた。その窓のむこうに隣家の子供の小さな洋服が干してあるのにぼくはやっと気がついた。君はぼくの愚劣な話など聞かず、その洋服をじっと見つめていたのだった。

「どう思う。こんな母親を」

「馬鹿じゃない？　その人」君はただ、うるさそうに一言、答えただけだった。

あとになってぼくは自分のこの時の反抗も、持ち出した話もまことに子供っぽい、愚劣なものであったことに気がついて独り苦笑したものだった。だが「馬鹿じゃない？　その人」と自信をこめて撥《は》ねつけた君の声の調子だけはぼくの耳にいつまでも残っていた。

妊娠の疲労は次第に君の世界を縮めていったように思う。あの長いくるしい十ヵ月の間、君はいつか、外界のことに、好奇心も興味も失っていった。ぼくはひそかにその頃の君を観察していたのだが、君は新聞さえ家庭欄以外は読まなくなっていた。一年前は、わからぬなりにも世の中のこと、社会の出来ごとをぼくに質問することもあったが、もう、そうした自分の生理や実生活には、縁遠いことは関心も失せたようだった。ただ家庭欄だけは赤鉛筆を持って、丹念に注意をしていたのである。

「赤ちゃんはね、生れるとすぐ黄疸《おうだん》になるんですって」

「男の子なら一貫目はなくちゃ、駄目よ。むかしの標準体重はもう当てにはならないんですもの」

食卓をはさんでの話といえば、赤ん坊のことばかりだった。興味はないというよりは母親の本能から、それ以外の世界を君は拒絶していたのである。まず良い母親になること、そして良い母親になることは良い妻にもなることだと君は信じて疑わなかった。ぼくにたいしてもその母と子とをまもる雄としてよりほかは何も望まなかった。無理もない、とぼくは思う。あの頃自分の中に次第に生れてくる生命を育てるため全力を注いでいた君に、それ以上のことを要求するのはぼくの我儘にちがいない。

だがぼくがなにか不満を感じはじめたのは、それとは別のことだった。

君が入院をする二月ほど前に、ぼくのむかしの友人だった坂本が妻と子とを捨てて、何処かの街の女と木更津《きさらづ》で心中したことを君はまだ憶えているだろうか。ぼくがそれを知ったのは朝の新聞を開いた時だった。

新聞にはただ、邪恋を清算するためという標題で、小さな五、六行の記事しか載っていなかった。その隅にもう十年も会わぬ坂本のなにか人生にくたびれたような寂しげな顔の写真がつけられていた。

「あいつが……」とぼくは呟いた。「妻と子を捨ててまで死ぬなんて、よくよくだったんだなあ」

君はチラッとその記事を覗いて、一言のもとに判断を下した。

「馬鹿じゃない？　その人。奥さんやお子さんまであるのに……」

ぼくはその時、ふたたび君を憎んだ。なぜか知らないが、この前よりもずっと憎んだ。

春の終りに子供が生れた。信濃町《しなのまち》の病院から退院した朝、みどり色の若葉が陽に赫いて神宮外苑《がいえん》を包んでいた。

「運転手さん。ゆっくり車を走らせて下さいね。赤ん坊の体にさわりますから」タクシーの中で子供を胸にだきしめながら君はしっかりとした声で言った。お産の疲労が君の顔を少し窶《やつ》れさせていた。だが、うつむいて赤ん坊に乳をふくませている姿はもう完全に母親の姿だった。車が午前のあかるい陽のあたるお茶の水の坂路にさしかかる。登校する学生たちが交叉点《こうさてん》の前にたっている。彼等の中には赤い鞄《かばん》をさげた女子学生もまじっていた。一年半前、この同じ坂路で一人の妻に素早く転身した君のことをぼくは思いだしていた。自分も、もう父親なのだ、とぼくは心の中で言いきかせようとした。だが君の膝の上で手を握りしめながら眠っている小さな肉塊がぼくにはよくわからなかった。

「出生届をだして下さったわね」

「うん」ただ赤ん坊のことから話題をそらし、君を母親だけの世界から引き離すために、ぼくは聞えないふりをした。「おい。この間、佐藤に会ったがね、木更津で死んだ坂本の奥さん、その後バーを開いて働いているそうだぜ」

「そう。そんなこと、どうでもいいわ。出生届だして下さったわね」

「何故《なぜ》、どうでもいいんだ」ぼくは自分でも驚くほど烈しい語調で怒鳴った。勿論、ぼくとて君と同じくらいに、坂本の細君の今後を心配したり、興味をもっているわけではなかった。そんなことは君とぼくとの間ではどうでも良かったのだ。だが窓の方に視線をやってぼくはしばらくの間、不機嫌に黙っていた。

お産をしてから一ヵ月ほどの間、母親はできるだけ安静にしておかねばならぬ。その医者の忠告をきちんと守ってベッドに横になった君は、しかし家庭を乱雑にすることはしなかった。入院中、すっかり穢れた家を里から連れてきた女中を指図して、またたく間に掃除し整理する。ぼくの洋服にはブラッシがかけられ、タンスの中につっこんでおいたワイシャツは真白なものに変っていった。

だがふたたびはじまった君との生活はぼくになぜか、前よりももっと重いものを感じさせた。こういう言葉をあえて書きつけるのは辛いが、君を見ると身動きのとれない息苦しさをおぼえるのだ。それは寸分も無駄のないように空間を利用した家、あまりに合理的に建てられた住宅に住んだ時に感じるあの息ぐるしさ、あの拘束感に似ていた。君がふたたび良妻であろうと努めれば努めるほど、ぼくは夫としての責任や義務を考えてしまう。君が赤ん坊の聡明な母であればあるほど、ぼくは父親として以外にはぼくの生活はないのかと感じてしまう。無駄でもいい、ただ寝ころぶ部屋、窓のあいた部屋がほしかった。お産で君が入院している僅か一ヵ月の間のことだが、散らかった乱雑な部屋で一人で起き、一人で飯をくい、一人で寝た生活がぼくにはなにか失ってしまった貴重なもののように思えたのだった。

けれども少し反省してみれば、これはぼくの我儘にきまっていた。申し分のない良妻である君にこのような重くるしさを感じるのは、あまりに身勝手な贅沢《ぜいたく》な気持にちがいない。世間の常識から言っても正しいのは君であって間違っているのがぼくであることは始めからわかっているのだ。

それにしても、どうしてぼくはこんなに息ぐるしいのだろう。妻として母としての義務を非のうちどころもなくやってくれる君のことを考える時、なぜ、あの残暑の西日に照りつけられた部屋に坐っていた君の脂肪のつきはじめた体、妊娠で膨らんだお腹のことしか思いだせないのだろう。結婚生活というものは、それ自身でこんなに息ぐるしいものなのだろうか。もし君がだらしない女であり、悪妻であり、家庭を裏切るようなことでもしてくれたならば、ぼくはまだ大きく息をつけたかもしれない。

書いたあと、火で燃やしてしまうこのノートならばついでにあのことも述べておこう。

三ヵ月ほども前のことだ。日曜日の朝のことだった。茶の間の電話がなって、ぼくが受話器をとりあげると、若々しいが非常に落ちついた声が耳にきこえた。

「成瀬というものですが」とその声は言った。「秋子さんは御在宅ですか」

相手が君のことを奥さんと言わずに、秋子さんと呼んだことが、ぼくを微笑させた。

「成瀬さんという男の人から電話だぜ」

いささか寛大な亭主づらをしてぼくは台所にいる君をよびに行った。

「成瀬?」君は手をエプロンで拭きながら、すこし眉をひそめて考えこんだ。「ああ、セコちゃんのことね」

電話口でその青年と話しはじめた君の声は、一寸ぼくも驚くほど、懐かしそうなはしゃいだ声だった。「ええ。いつ、お帰りになったの。そう。渋谷でね。主人に聞いてから御返事するわ」

君は片手で送話器を塞《ふさ》ぐと、ぼくに、巴里にいたころ、随分世話になった成瀬という書記官が帰国したので会いにいってよいかとたずねた。

「行ってこいよ。勿論」

ぼくは思わず微笑しながら答えた。君がいつになく紫色の耳飾りなどをして出ていったあと、ぼくは畳にねころんでその成瀬という書記官の顔だちを色々心に描いてみた。

成瀬君からはその後、幾度か電話がかかった。君が直接出ることもあれば、ぼくが受話器をとることもある。そのたびごとに彼は例の若々しいが落ちついた声で「秋子さんは御在宅ですか」と言うのだった。

彼は君をあの後も、二、三度、どこかに誘いだしたようだった。

「成瀬さんと映画をみてきたわ」と君は嬉しそうに言った。「巴里時代にはあんまり元気のない人だったけれど、日本に帰ってらしたら、見ちがえるようだったわ」

そんな報告をうけるたびに、ぼくはひそかな悦びを感じながら君をみつめていた。

ふしぎなことだが、ぼくはその成瀬という青年に悪意をいだいたことはない。電話で声をきくだけで顔をみたことはないが、その顔も洋服の着かたも趣味も想像できるような気がする。銀座の珈琲《コーヒー》店で君を待っている姿も眼にうかべることができる。他人と結婚した女までわざわざ誘いだす所をみると巴里以来君に好意をもちつづけているのであろう。だが、そんなことはぼくにはどうでもよかった。彼から電話がかかるようになってから、君は自分では知らないが少しずつ変っていたのだ。赤ん坊を生んで以来、ぼくと外出する時もめったにつけたことのない耳飾りをしたり、スカーフを首にまいたり、まるであの娘の頃と同じように若やぎはじめたのだった。思いなしか、君の近頃、脂肪のつきはじめた、いかにも主婦臭くなった躰までが少し痩《や》せてきたようにさえ見えた。そうした詰らぬこともぼくを久しぶりにあの息ぐるしさから解放してくれたのである。

だが、それだけではない。恥ずかしいがこのことも書いておこう。彼に誘われた君の帰宅が一度、いつもより少し遅くなったことがある。遅いといっても夕食の時刻を僅かにずらせたほどだったが、あたりが次第に暗くなっても君が帰ってこないので、ぼくは散歩がてら、駅まで迎えにいってみた。来る電車、来る電車にも君の姿は見えない。ふと、ぼくは君が今夜は帰らないのではないかという気がした。成瀬に誘われて踊りに行き、食事をし、巴里にいた頃のように自動車に乗り、そして……。

そして姦通という言葉が突然、ぼくの頭にうかんだ。おそらく君の場合には絶対、起りえないようなこの言葉。だが、そんな君であるために、あまりに良妻で賢母でありすぎる君のために息ぐるしさを感じ続けねばならなかったこの二年半のぼくの生活がはっきりと思いだされたのだ。ふしぎなことだが、ぼくはその時、成瀬君には嫉妬《しっと》の感情をすこしも持ってはいなかった。むしろ彼が君を自動車に乗せ、どこかに連れていき、そして妻であり母でしかない君の知らぬ暗い罪の世界、くるしみの場所に突きおとすことさえひそかに願っていたのだった。そうすれば、君はもう、木更津の黒い海に女と自殺をした坂本をあのように撥ねつけることはないだろう。

「馬鹿じゃない……その人」

だがその陰気な楽しみのまじった想像もすぐ覆された。次の電車から君が驚いたような顔をしておりてきたからだった。「御免なさいね」君の手には糠味噌の臭いのする食料品包みがぶらさげられていた。「ついでだったから渋谷の市場によってきたの」

成瀬君からは次第に電話がかからなくなった。むかしと違ってすっかり主婦らしくなった君とは遊んでいても面白くなかったにちがいない。君のことだから珈琲店でも彼に赤ん坊のことしか話題にしなかったのだろう。「成瀬君は？」とある日、ぼくはきいた。「あの人、あの人ならまた巴里に帰ったわ」無邪気に君はそう答えた。そしてふたたび君は耳飾りをすることもなくなり、躰には脂肪がつきはじめ、ぼくの息ぐるしさは前よりも、もっとひどくなっていった。

こうした夫としての秘密をぼくは一度も君に語ったことはない。語ったところで、どうにもならぬ。「馬鹿じゃない、その人」と言った君の声がすべて、ぼくにその勇気を消してしまうのである。

だからといってぼくはいつか君と離婚しようなどと考えているわけではない。今後もぼくは相変らず君には善い夫、子供には善い父親として生活していくつもりだ。ぼくたちのアルバムにはこの二年半のさまざまな写真がはりつけられてある。その写真の中で君はいつも良妻賢母の微笑をうかべ、ぼくも幸福そうに笑っている。

イヤな奴

I

「おい、なんやね。駄目やないか」

急に声をかけられたのでびっくりして振りむくとムカデという渾名《あだな》のある主任が作業着のポケットに手を入れて背後にたっていた。

「見とられんと思うて仕事をさぼっても、こちらにはわかるんやで。こちらには」

「痛いんです。頭が」

江木は臆病な男だったから思わず出鱈目《でたらめ》の言い逃れを言ってしまったのである。ところが苦しそうに顔を歪《ゆが》めて手で額を拭うとふしぎに江木は頭痛があるような気がした。足にも力がなくなってヒョロヒョロとよろめいた。

二、三歩ぶらぶら通りすぎた主任はこちらをふりかえって疑わしそうに江木の動作をじっと見つめていたが、

「本当に熱があるんかい」と近寄ってきた。

「はあ」江木は溜息《ためいき》をついた。

「そんなら早う病気だと言わんかね」ポケットに手を入れたまま主任は不機嫌に眉をよせた。

「仕様ない学生やな。早引けを申告したまえ」

他の学生の目を逃れて工場の外に出た時、江木のやせこけた頰には狡《ずる》いうす笑いが浮んだ。八時間の勤労奉仕からうまく脱《のが》れた悦びや、あの主任を騙《だま》してやったという快感が強かったのでクラスの仲間にすまないという気はあまり起きなかった。むこうからモンペ姿の女子挺身《ていしん》隊員の娘たちが防空壕《ごう》でも掘らされたのであろう、くたびれた足どりで畚《もっこ》やシャベルを引きずりながら歩いてくるのを見ても、江木は自分が卑怯者《ひきょうもの》だという気持にもならず、下宿のある信濃町に戻った。

江木の住んでいる下宿は基督《キリスト》教のある団体が信者の子弟のために作った寮だった。だが近頃は信者の学生も学徒出陣などで退寮するものも多くなったため、最近江木のような普通の学生も入寮させるようになったのである。もっとも寮といっても茶色いペンキをぬった二階の木造建で部屋数も十五、六しかなかった。

どうせ部屋に戻ってもすることはないし、他の寮生もまだ帰っていないと思ったから江木は久しぶりに外苑《がいえん》に出た。芝生に坐って冬のつむじ風が藁屑《わらくず》や古新聞を捲《ま》きあげながら動いていくのを見ていた。それから肩にぶらさげた救命袋からアルミの弁当箱をとりだし、その隅に押しやられた一握りほどの飯を惜しそうにゆっくり食べた。

箸《はし》を動かしながら江木は自分の今後のことをボンヤリと考えた。戦争が今後どうなるのか江木には皆目わからない。日本が勝とうが負けようが彼には近頃興味がなかった。ひもじいこと、学生なのに工場で働かされる辛さだけが毎日のすべてであり、やがて先輩の学生たちのように兵営につれていかれる日のことが彼をビクビクさせていた。

冬の空は相変らず曇っていた。その空の遠くで飛行機の爆音なのか鈍い音がきこえていた。芝生のむこうの路を慶応病院の若い看護婦が二人、なにか笑いながら歩いてきた。江木は弁当箱をそこにおいて亀の子のように首を前につき出したまま、通りすぎていく看護婦の笑い声をむさぼるように聞いていた。すべてが息ぐるしい毎日の中で若い娘の笑い声やモンペではなく白い制服を着ている姿までが彼にはたまらなく新鮮にみえたのである。

「おい」突然江木は大声でだれかに呼びかけられた。汗のしみついた軍服の腕に憲兵と書いた腕章をまいて一人の下士官が自転車を手で支えながらたっていた。

「おい。何をしとる。学生か」

江木は相手の鋭い眼つきや骨ばった四角い面がまえに恐怖を感じて黙っていた。その頃は工場をさぼる徴用工や学生を憲兵が見つけて訊問《じんもん》しているという噂《うわさ》が、江木の働いている工場でもよく話題にのぼっていたからである。

「貴様返事をせんのか」と相手はゆっくりと言った。それから自転車を樹の幹にたてかけると腰にさげた剣を右手で握りながら江木に近づいてきた。江木はかすれた声で工場から病気のため早引けをしたのだと答えた。ところが彼の怯《おび》えた様子はかえって相手を小馬鹿にしているように見えたのである。

「気分、わるう、なった、もんすから」

眼をそらしながら彼はおずおずと言った。

瞬間、江木は頰に鉄棒で打たれたほどの響きを感じて、大声をあげると手で顔を覆った。「なめるのか、貴様」

無法にも憲兵は江木の腰を蹴《け》ったので、怯えた看護婦たちがだき合うようにこちらを見ている前で江木はみじめに地面に両手をついたのである。皮靴が更に一、二度、彼の膝《ひざ》や足に烈しくぶつかった。

「お許し下さい」江木は少しでも憲兵の怒りをとくため卑屈に軍隊用語を使った。「自分が悪くありました。お許し下さい」

皮靴が荒々しい音をたてて自転車が路の遠くに消え去ったあとも江木は地面に両手をついたままじっと動かなかった。殴られた時、地面に飛んだ眼鏡を眼でさがしたが、つるの曲った眼鏡は枯芝の中にころがっていた。この時初めて焼けつくような屈辱感が胸の底からこみあげてきた。看護婦たちはまだ立ち去らず、樹陰からこわそうにこちらを見ている。(早く向うに行ってくれよ)江木は心のなかで彼女たちにそう哀願した。(早く向うに行ってくれよ)

痛む足を曳《ひ》きずりながら寮に戻ると飯島というM大の学生が玄関でゲートルをぬいでいた。この飯島は江木と共に寮の中で基督教の信者でないもう一人の学生だった。江木は今、起った事件を口に出しかけたが相手に軽蔑《けいべつ》されたくないので黙っていた。

「腹がすいてやりきれんなあ」教練をすませてきたという飯島は足をもみもみ、

「このアーメン寮じゃ飯さえケチケチしてやがる」

「はあ」と江木は弱々しく頷《うなず》いた。

「お前、御殿場に行くんか」

「御殿場ですか。なんのためです」

「知らんのか」空手の選手だという飯島は腕を曲げながら言った。「愛生園とかいう癩《らい》病院に来週行くんだぜ。この寮の行事の一つだってよ。どうせ大園のようなアーメンの連中の思いついたことだろうがアーメンでもない俺たちまでが加わる必要がどこにあるんだね」

飯島を玄関に残して部屋に戻ると万年床に横になった。さきほど蹴られた膝が痛みはじめた。そっとズボンをあげると、皮がかなりむけて血がにじんでいた。その傷をみていると自分と同年輩ほどの憲兵が全く無法に暴力をふるったことに江木はにえくりかえるような怒りを覚えた。なぜ殴りかえさなかったんだろう。なぜ反抗をしなかったんだろう。けれども江木は暴力や、肉体の恐怖の前にはなにもかも挫《くじ》けてしまう意気地ない男だと知っていた。（ああいうもんは一種の天災だからなあ）彼は弱々しく自分に呟《つぶや》いた。（反抗するだけ、こっちが損するだけだ）

夕暮までうとうと眠った。時々眼をうすく開くと窓の外が夕靄《ゆうもや》のなかに灰色に沈んでいく。部屋の中は寒く、膝の傷が痛んだ。壁ごしに隣室の大園が机を動かしているコトコトという音がわびしく聞える。大園はこの寮では一番ふるい信者の学生だった。なぜか三日に一度は机を変えずにはいられない顔色の蒼白《あおじろ》い神経質な東大生である。

夕食の頃、眼がさめた。痛む膝を我慢しながら食堂におりると、スープ皿に僅かにもった飯を寮生たちが黙って食っている。そして大園一人が直立して日本殉教者伝をみなの前で朗読していた。基督教のこの寮では設立者の命令で毎晩の食事の時、祈りを唱え、当番の学生がなにか宗教書の一節を朗読することになっている。

江木はみなと同じように不機嫌な表情をして箸を動かした。この頃は一日中の教練や工場での勤労奉仕で疲れきって寮生は食事の時もほとんど話などする元気も気力もない。

「ドドイ責めは手と足とを縄でくくって背中の一点でくくり合わせ、天井にぶらさげて役人が鞭《むち》でうつ拷問である」大園が声をふるわせて読んでいるのは明治のはじめに広島県で殉教したきりしたん信者の物語らしかった。

だがだれもそんな話に興味を持つものはいなかった。信者でない学生はもちろん、信者の学生もただ義務だけで耳をかたむけているふりをしているだけだった。

「こうしたドドイ責めにあっても甚右衛門や茂平をはじめとして中野郷のきりしたんは誰一人として転ぶと言わなかった。サンタ・マリアの祈りを合唱しながら彼等はこの苦痛を与えたもうことをかえって神に感謝したのだった」

ここでパタンと大きな音をたてて大園は本を閉じた。そして形だけは敬虔《けいけん》に十字をきるとスープ皿の中にいそいで鼻をつっこんで、大豆米をたべはじめた。その大園の縁のない眼鏡をかけた神経質な顔をそっと窺《うかが》いながら江木はこの男が本気でこんな本を朗読していたのかしらんと考えた。（出鱈目ばかり書いてやがる）と隣席の飯島が呟いた。江木は流石《さすが》にそうは思わなかったが大園が朗読する殉教者伝がどれもこれも暴力にも拷問にも屈服しない人々の話ばかりであることは確かだった。江木は突然、今日の午後、頰にうけた一撃、地面に四つ這《ば》いになって哀願した自分、枯芝にとんだ眼鏡のことが苦々しく心に甦《よみがえ》った。自分が肉体の恐怖にあまりに弱い人間であることが情けなかった。

「お前なんぞ幸いにもきりしたんの家に生れなくってよかったよ。一発くらっただけで神様なんぞ裏切ったにちがいねえからな」飯島が冗談半分に大声で江木にそう言ったが誰も笑うものはなかった。江木も江木で今日の自分の醜態を考え、別の意味で思わず顔を強張《こわば》らした。

その夜おそく故郷から送ってきたスルメを江木は電熱器にかけてはしゃぶった。電熱器を使うとヒューズが切れるので寮では禁止していたのだが彼はいざという場合のため戸棚の中にかくしているのである。スルメの香ばしい匂いが外に洩れると、同じようにひもじい他の寮生が嗅《か》ぎつけるから、一枚焼くたびに彼は窓を半分あけて空気を入れかえた。

壁ごしに大園が部屋を出る気配がする。戸が軋《きし》み、バタンと音をたててしまった。

（便所にでも行くんだろう）

そう思ったので万年床に寝ころんでゆっくりと口中のスルメの味を楽しんでいたのが不覚だった。大園は縁なし眼鏡をキラリとさせてその蒼白い顔を扉からさし入れ部屋の匂いに気がつくと眼を光らせて江木をじっと見つめた。

「スルメですが」気の弱い江木はその視線に耐えられず卑屈な声をだして、「故郷《くに》から送ってきましてね」

黙ったまま大園は一きれのスルメを血色のわるい薄い唇の間に押しこんだ。

「うん。来週の日曜、寮生は御殿場の愛生園に慰問に行くんやけど、その費用は往復五円やから前もって知らせよう、と思うてね」大園は電熱器にまだ残っているスルメの足の塊にじっと眼を落しながら「君は新しい寮生やさかい初めてやろうけど、この慰問はこの寮で毎年やることなんや」

大園の説明によると癩病院の愛生園はこの寮を設立した基督教団体の同じ経営になるものだった。そんなわけで毎年一度、ここの寮生が御殿場の病院に慰問をするのが習わしだと言うのである。

「君は信者やないけんど、信者であるなしにかかわらず寮生である以上、こういう行事には加わってくれると思うてんやけど」

「行かない人、――誰ぞいるんですか」

「飯島の奴が――いや飯島君が始めは渋っとったけど舎監に通告する言うたら、承知したよ」

大園が部屋を去ったあと、江木は真実困ったことになったと思った。あの病気については何も知らないが、子供の時から漠然とした恐怖を持っていたからである。彼の故郷では時々、指の曲った乞食が細い声をだして物乞いにくることがある。そんな時、祖母はまだ幼かった彼をあわてて押入れの中にかくしたものであった。そしてまた中学時代、彼はこの病気に一時はげしい強迫観念をもったこともあった。それは大人の読む娯楽雑誌に不気味な骸骨の絵と癩の徴候という幾ヵ条の症状をかいた広告を読んだためだった。

（体に傷口があるとあれは伝染するというが）

ズボンをそっとまくし上げるとさっき布で縛った膝の傷は熱を帯びて腫《は》れはじめてい

た。

（こんな傷があるからと言って断ろうかしらん）と江木は考えた。しかし一方彼は大園や信者の学生たちから利己主義者だといわれるのもイヤだったのである。（行くとしても出来るだけ患者に近づかんこった）

そう心の中で呟いた時、流石に江木は自分がうす穢《ぎたな》い人間だと思わざるをえなかった。病院まで見舞いにいき、そこの患者を嫌悪感から避けようとする——そんな行為がどんなに卑劣なものかは江木も重々知っていたが、彼にはまず伝染をおそれる気持や肉体的な恐怖の方がどうしても先にたつのである。

Ⅱ

日曜日の朝、江木たち寮生は東京駅から御殿場に行く汽車に乗った。三十分ほど前に駅についたのだが汽車の中はもう足のふみ場もないほど満員だった。リュックを膝の上においた国民服姿の男やモンペをはいて風呂敷包みをもった買出しの主婦たちがぎっしり客席と客席との間の通路に新聞紙を敷いて坐っていた。

プラットホームには弱々しい声で軍歌を歌うまばらな円陣がポツン、ポツンと一組、二組みえたが汽車の連中もホームを走る者も近頃はふりむきもしない。江木たち寮生だけが客車の入口にたってぼんやりそんな出征風景を眺めた。彼等はやがて自分たちも円陣にとりかこまれて顔を強張らしながらあのように送られるのだなとぼんやり考えていたのだった。そしてお互いそんな表情に気がつくと思わず視線を横にそらすのだった。

寮を出て東京駅にくる間も、また発車をまつこの汽車の中でも信者の学生たちとそうでない飯島と江木との二つのグループにわかれてしまった。露骨にこの一日の慰問旅行にたいする不満を顔に出す飯島を時々ふりかえりながら信者の学生たちはなにかを小声でひそひそと話している。

「ちえっ、大園がまたイヤらしいことをしやがる」

客車の入口の階段にしゃがみながら飯島は声をあげて唾をはいた。体をのりだして江木がホームを見ると大園は応召する人をかこむ円陣の中に加わって手拍子をうちながら軍歌を歌ってやっていた。いかにも偽善的なその身ぶりをみると江木も大園が気障《きざ》だと思わざるをえなかった。

寿司づめの列車がのろのろと動きだした時、飯島はまた走りすぎていく線路に唾を吐きながら、かたわらに来た大園に、

「円陣つくって送られて、ノコノコ戻りゃ男もさがる。ああ、大園さん」と歌うように言った。これは先年、学徒出陣の時、盛大に見送られながら即日帰郷で寮に戻った大園にたいする皮肉である。大園は神経質な顔を赤くして黙った。

便所のドアに凭《もた》れながら江木は江木でやがて自分もああいう風に送られる日のくることを想像していた。兵営の生活が始まる。内務班の暗い部屋で毎日なぐられる。肉体がうけるそんな苦痛を思うと江木は胸が重くなるのだった。一週間前、外苑の芝生で「悪くありました。お許しください」と四つ這いになった自分の姿や意気地ない言葉がふたたび心に甦ってくる。俺は兵隊にいけば必ずあんな格好をするにちがいない。撲《ぶ》たれるのがコワさに自尊心も平気で捨ててしまうにちがいない。俺はそんな人間なんだ。

列車の振動に身を任せながら江木はぼんやり考えた。（俺には心より体の苦痛の方がもっとコタえるんだからな。そのために自尊心も信念も裏切ってしまうんだ）

三時間後に汽車はやっと御殿場についた。空は暗く曇っていた。汽車をおりると既に連絡があったのか、改札口には白衣を着た中年の男が微笑を顔につくりながらたっていた。「よくいらっしゃいました」その男は愛想よく寮生に頭をさげた。彼は愛生園の事務員だった。「患者たちはもう一月前から今日のことを楽しみにしてましてな」

駅前の広場には人影がなかった。むかしは土産物を売っていたらしい店も戸を半ば閉じて静まりかえっていた。一台の古い木炭バスが一同を待っている。まるでボロ布のようにつぎだらけのバスなのだと事務員は説明した。なるほど車内にはいると消毒液の臭いがぷんと鼻についた。

この消毒液の臭いをかいだ時すっかり忘れていた不安と恐怖とが急に江木の胸にこみあ

げてきた。ひょっとするとこの座席に今まで幾人かの患者が乗ったのかもしれない。江木はあわててズボンの上から膝をそっと押えてみた。バスが車体をゆさぶりながら動き出し、ガタガタと町を通りぬけて松並木の街道を白い埃《ほこり》をあげて走りだすにつれ、汽車の中ではほとんど感じなかった傷の痛みまでが彼の頭にひっかかってくる。今朝出がけに調べた時、傷口にはうすい白い皮がやっと覆いはじめていたがまだすっかり良くなってはいない。愛生園での今日一日の間に菌がつかぬとも限らぬのだ。そう思うと彼はこわそうにひびのはいった皮の椅子や埃の溜《たま》った窓を怯えた眼つきで眺めまわした。

大園が座席と座席との間にたって信者の学生たちに聖歌を歌おうと提案した。そして深刻な顔をして彼は指を額まであげると、

「一、二、三」と声をかけた。

来たれ信徒よ　喜びの凱旋《がいせん》をもて
来たれや来たれ　ベトレヘムに
みよ群を離して　いやしき産屋に
呼ばれし牧者等　いそぎて来たる

「ふん。いい気なもんだて」

背後の席で飯島が吐き出すように呟いた。

「飯島さん、大丈夫でしょうか」

うしろをふりかえって江木は小声で言った。

「なんじゃい」

「伝染せんでしょうか」

「俺あ知らんね」飯島は顔をそむけた。

「大体、俺はこの寮の慈善趣味が気にくわねえよ」

飯島のようにハッキリ割りきれればどんなにいいだろう。埃で白く汚れた窓から通りすぎていく農家や畠を江木はうつろな眼で眺めた。

(この傷さえなければ俺だってもっと素直な気持で病院に行けたろうにな)

彼は愛生園の患者たちを怖れる自分を賤《いや》しいと思わざるをえなかった。それは一週間前、憲兵に殴られて、「悪くありました。お許し下さい」と怯えて哀願した時と同じように肉体の恐怖から心を裏切る卑劣な自分である。大園の態度がいくら気障で偽善的でも、自分にはできない強さがあるように江木にはみえる。彼には飯島のように信者の学生を軽蔑することはできなかった。

バスはやがて林の間をゆっくりと通りぬけた。空は曇っていたが午後の弱い光がその林の幹を銀色に光らせている。この辺にはもう人家はない。愛生園は普通の部落からも隔離された場所に建てられているのである。

屋根の赤い木造の建物がその樹立のむこうにあらわれた。建物の玄関の前には白衣を着た男が二人こちらに手を振っていた。

「着きましたよ」運転手の横に坐っていた事務員がふりむいて声をかけた。こうして寮生はやっと愛生園に着いたのである。

バスをおりた時、江木は患者がその辺を歩いているのではないかと、怯えた眼であたりをみまわした。しかしそれらしい影は冬の弱々しい光のあたった建物の周りには見当らなかった。

江木は本能的に飯島のそばに近寄ろうとした。飯島のそばにいる方が、信者の学生のグループにまじるよりはまだ彼の怯懦《きょうだ》な心に言い逃れと弁解とを与えてくれそうな気がしたからである。けれども飯島は古外套《がいとう》のポケットに手を入れて、唾を地面にとばしながら江木から離れていった。

屋根の赤い建物はこの愛生園の事務所だった。その事務所の応接間で江木たちは皿に山のように盛ったふかし藷《いも》と番茶の接待をうけた。そのふかし藷を寮生たちは犬のようにガツガツと食った。

「院長が今日は生憎《あいにく》、静岡にまいりまして」背広の老人が笑いながら部屋にはいってきた。「私は事務におります佐藤ですが今日は御苦労さんでございました」

それからこの小肥りの老人は患者が一ヵ月前からこの慰問を首を長くして待っていたのだと欠けた歯をみせながらニコニコと説明した。

「このお藷さんも患者が自分の食料の一つずつを皆さんのためにとっておいたもんでしてな」

そう言われると流石に寮生も口を動かすのをやめてシュンと黙りこんでしまった。

「連中はもう、講堂で半時間前から待っとりますよ。よほど、あんた等のなさることを楽しみにしとるんでな。ところで講堂にいかれる前、消毒をされますか。伝染はせんと思うがまあ一応の気休めにはなりますからな」

その言葉に江木と二、三人の学生が椅子からあわててたち上ろうとした時、大園が憤然としてたしなめた。

「患者さんの好意を考えたら消毒なぞするもんやないよ」

「まあまあ」老人は大園の興奮に少し驚いたようだった。「もっとも消毒もあんまり効果がないものですが」

少し白けた沈黙が流れた。江木はズボンの膝と皿のふかし藷とを当惑した眼で見つめてそれからそっと顔をあげて飯島をさがした。その飯島は腕をくんでムッとしたまま天井を見あげていた。

「ではそろそろ参りますか」老人が困ったように言った。

老人と若い看護婦につれられて寮生は中庭を横切り病舎の方に歩いた。今にも雨がふりそうに空は曇っていた。病舎は古い兵営のようなペンキの剝《は》げた長細い三棟の木造建物である。その病舎の隣に運動場なのであろう、広いグラウンドがあり、そして更にそのむこうに軽症患者たちが耕作する赤土の畠が古綿色の雲の下にひろがっていた。すべてが江木には暗い憂鬱な風景にみえた。ハンセン氏病の患者たちは一生の間この狭い土地から外に出られないのである。肉親からも世間からも見離されてここで死ぬ以外に方法はないのである。そう思うとさすがに江木は憐憫《れんびん》とも悲しみともつかぬものに胸がしめつけられた。だがその時肩にかけたレインコートが病舎の壁にふれたのに気がついて、江木はあわてて体をずらしたのである。

講堂というのは、百畳敷ほどの畳の広間だった。粗末ながら舞台らしいものもあるらしい。佐藤老人はここで軽症患者たちが精神訓話をきいたり月一回の演芸会を催すのだと言った。

「先月はマグダレヤのマリアと基督の話を劇にしくみましてな」と老人はふりかえった。

「患者のなかには器用な連中がおりますからなあ。好評でしたよ」

「ぼくらそんな立派なもんお見せできんけど」大園は顔を紅潮させて大きく頷いた。「頑張ります」

けれど他の寮生たちは息をつめながら消毒薬の臭いのこもった楽屋口の階段を登った。

楽屋口と広間との間には黒い幕がたらしてあるため、集まった患者たちの姿はみえなかった。が、咳《せき》をする者、鼻をかむ気配で江木は七、八十人の病人たちが坐っているのだなと思った。

不安がだんだん江木の胸をしめつけた。どうしたのか例の傷がここについてから余計に痛みはじめていた。既に菌がどこからか飛んできたのではないかと考えると彼は先ほど消毒をさせなかった大園が今更のように恨めしかった。

佐藤老人が舞台にたった時、まばらな拍手が楽屋にきこえてきた。黒いカーテンの小さな破れ目を覗いていた飯島は渋い顔をしながら江木を見つめていった。

「みろよ。ここから。うじゃうじゃいるぜ」その時佐藤老人がふたたびまばらな拍手に送られて楽屋に戻ってきて言った。

「さあ、あんたらお願いします」

いつの間に計画をねったのか、大園を先頭に信者の学生たちが五人ほどおどり上るように階段を登っていった。

今度は大きな拍手が起った。拍手が終ると大園が例の女のような声で「一、二、三」と合図をするのがきこえた。

彼等が患者たちのため聖歌を合唱している間、信者でない学生たちは不機嫌におし黙っていた。大園たちに対抗するため、歌を歌おうにも一緒に合唱する歌も知らないのである。大園たち信者の連中が自分たちに何かを誇示し見せつけるために今日までひそかに練習をしていたことがやっとわかったのである。合唱の声がピタリとやむと、東大の文学部にいっている浜田という学生が独りで独逸《ドイツ》のリードを歌った。それから今度は大園が、

「みなさん詩を朗読させて下さい」

と興奮した声で叫んだ。

人の世は苦しみの路

と大園は震えた声をあげた。

いかなる試煉《ためし》に会おうとも

われ死のきわまで

「詩か。へん、詩かね」いまいましそうに飯島は楽屋の窓をあけて唾を吐いた。「患者が悦ぶもんかね」

江木はさきほどその飯島が覗いていた黒幕の破れ目におそるおそる眼をあてた。そしてここに来てはじめて彼の怖《おそ》れていた患者たちを見た。

広間は薄暗かったので患者の一人一人の顔は、はっきり区別できなかった。そして江木はここに集まっているのがほとんど年をとった中年の患者たちばかりだと最初考えたほどである。だが眼が馴れるにしたがってそれら頭が禿《は》げぬけあがった人々の中にメイセンの和服や白いエプロンの若い娘たちがいることに江木は気がついたのだ。彼女たちは両手を膝において首をうなだれながら耳を傾けていた。江木は更に後列をみた。その後列には担架が幾つか並べられ白い布を顔にまいた重症患者が仰むけになったまま、大園の詩をきいていた。

人の世は苦しみの路
いかなる試煉《ためし》に会おうとも
われ死のきわまで
この路を歩きつづけん

大園が朗読しているその詩が誰の詩なのか勿論《もちろん》、江木は知らなかった。そしてまた大園がなぜこんなくるしい詩を態々《わざわざ》えらんだのかもわからなかった。時々、隅で咳きこむ音がきこえるほか、会場の中はしんと静まりかえっていた。ながい詩がつづくにつれ髪のぬけた女たちの中には毛布やハンカチで眼を拭うものさえあった。

「飯島さん……」と江木は思わず言った。

「何かしましょうよぼくらも」

「俺たちがか」飯島は頰に嘲《あざけ》るような笑いをうかべた。そして楽屋から舞台の方を覗いている佐藤老人や他の学生にはみえぬように五本の指をわざと歪めた。

「これになってもいいんかい」

するとふたたび白く皮をはった自分の膝の傷口が心に甦ってきた。彼は楽屋の戸をあけて外に走り出た。人影のない運動場と耕作地が雨雲の下で暗く陰気に押しだまっている。遠くから御殿場を通りすぎる汽車の音がかすかにきこえた。（お前はイヤな奴だ）彼は自分にむかって思いきり大声で叫びたかった。（ああイヤな、イヤな奴だ）

信者の寮生の演芸が終ったのはそれから三十分ほど後だった。江木は広間の患者たちが最後の一人まで引きあげる光景を中庭に面した窓からじっと眺めていた。はじめ女の患者たちが去っていく。それから男の患者だった。彼等の中にはびっこをひいたり、松葉杖をついたりする者も多かった。そして最後に重症患者たちが担架に寝たまま療友の軽症患者に運ばれていった。担架にのせられぬ者はその友だちの肩に背負われ消えていった。

佐藤老人につれられて応接室にふたたび戻った寮生たちはここで東京では滅多に手にいらぬ牛乳とジャムのついたパンをたべさせられた。そのパンを齧《かじ》りながら応接室の壁をみていた飯島は突然、

「野球なんかも、できるんですかい」と老人にたずねた。それはユニホームを着てバットを持った患者たちが二、三人の看護婦と並んで写っている額入りの写真を壁に見つけたからだった。

「やりますよ。軽症の連中だがね」老人は欠けた歯をみせて微笑した。「わしは野球は知らんが、なかなか強いようですな」

「大園さんよ」急に飯島はさきほどの興奮のため、まだ顔を紅潮させている大園に声をかけた。

「あんたら、ここのチームと今から野球の試合したらどうだい」

これは信者の寮生たちに対する飯島の意地わるい嘲笑にちがいなかった。舞台の上から病人たちをみおろし詩を読んだり歌を歌ったりする慈善なら誰にだって出来らあ、だが患者とどうしたって体をぶつけあわねばならん野球をやれるものならやってみるがいい、と飯島は言っているのだ。

「やろうやないか。みんなで」大園はむきになって仲間に言った。「佐藤さん、ぼくらにグローブ貸してもらえますか」

「職員用のがありますけど」老人は今度もあわてて白けた気分を不器用にとりなした。

「まあ、そこまでやって頂かんでもええんですが」

そして大園が立ち上ると信者の学生は不愉快そうな表情でそのあとに従った。何も知らずに嬉しそうに職員用のミットやグローブを運んできた看護婦たちは病舎に野球の試合を知らせるため小走りに駆けていった。

病舎の隣の運動場に出ると、借りたグローブを手にはめて学生たちはしぶしぶと球投げの練習をはじめた。その球にはどこか力がこもっていなかった。少し寒い風が耕作地の方から吹いてくる。

「おい、江木君」突然大園はこちらを向いて叫んだ。「外野をやってくれよ」

そして彼はこちらに一つ余っているグローブを放った。江木はくるしげな眼でチラッと飯島をふりかえったが、古外套のポケットに手を入れた飯島は背をこちらにむけながら、耕作地をじっと眺めていた。

病舎の方から歓声が起った。窓という窓から男女の病人たちが顔をのぞかせて手や手ぬぐいをふっている。患者の選手たちがちょうど泥によごれたユニホームを着て病舎から走り出たからである。

一見、これらの軽症患者の選手たちはどこも変ったところはないようにみえた。だが寮生たちにむかって彼等が、

「有難うございます」

丁寧に帽子をぬいで挨拶をした時、江木は彼等のある者の頭に銭型大の毛のぬけた部分があり、他の者の唇がひきつったように歪んでいるのに気がついた。

外野にたった江木は眼をつぶって先程見た講堂での風景を思いだそうとした。白い布を顔にまいて仰むけになりながら大園のまずい詩をじっと聞いていた重症患者、その重症の仲間を助けて肩に背負いながら歩いている仲間たち。両手を膝において首うなだれていた女と娘――そうした人々を見捨てようとした自分、（イヤな俺。イヤなイヤな俺）彼は口の中でその言葉をもう一度くりかえした。そして眼の前をちらつく膝の傷口のイメージを懸命に追い払った。

試合はいつの間にか進んでいた。寮生の守備が終り、患者たちの攻撃はどうにか無得点でくいとめた。思ったより手ごわい相手だった。

「江木君、今度は君が打つ番だぜ」

そう誰かにいわれた時、江木は自分のそばでただ一人観戦している飯島の頰にうすい嗤いのうかんでいるのをチラッとみとめた。

バットを持って彼が歩きだした時、その飯島はいかにも作戦でも与えるように近よってきた。

「おい江木」彼は口臭のまじったひくい声で意地わるく囁《ささや》いた。「こわいだろう。お前伝染するぜ」

江木は思いきってバットをふった。バットに重い手ごたえを感じ、白球が遠くに飛んだ。「走れ」とだれかが叫んだ。だが江木が夢中で一塁を通りぬけて更に駆けだした時、既にサードからボールを受けとった一塁手が彼を追いかけてきた。二つのベースにはさまれた江木はボールを持った癩患者の手が自分の体にふれるのだなと思うと足がすくんだ。（止ってはいけない）と駆けながら彼は考えた。一塁手が二塁にボールを投げた。その二塁手のぬけ上った額と厚い歪んだ唇を間近に見た時、江木の肉体はもう良心の命ずる言葉をどうしても聞こうとしなかった。彼は逃げるように足をとめ、怯えた顔で近づいてきた患者を見あげた。

その時、江木は自分に近づいてきたその患者の選手の眼に、苛《いじ》められた動物のように哀しい影が走るのをみた。

「お行きなさい、触れませんから」

その患者は小さい声で江木に言った。

一人になった時江木は泣きたかった。彼は曇った空の下にひろがる家畜のような病舎と銀色の耕作地とをぼんやり眺めながら、自分はこれからも肉体の恐怖のために自分の精神を、愛情を、人間を、裏切っていくだろう、自分は人間の屑《くず》であり、最もイヤな奴、陋劣《ろうれつ》で卑怯で賤しいイヤな、イヤな奴だと考えたのだった。

あまりに碧い空

杉が今年の夏かりた小さな家はテニスコートのすぐ近くにあった。別荘地の中心部からあまり遠からぬそのテニスコートでは夕方、暗くなるまで白いスポーツ服をきた青年や娘がラケットをふりまわしている。威勢よく叩きつける球の音やわきあがる歓声などが杉の部屋にきこえ、彼の仕事をさまたげた。このコートは昨年、皇太子のロマンスなどで有名になったためか今年はひときわ集まる者も多いという話だった。

「いい気なもんだぜ」

鎧戸《よろいど》をしめて杉は書きためた原稿用紙の枚数を数えながら苛立《いらだ》たしそうに舌打ちをした。真実のところ彼は自分より十歳も年下のこれら若い青年や娘をひそかに嫌っていた。この嫌悪は自らの仕事があの連中に妨げられているからではなくもっと別の理由からきているようだった。

仕事はなかなか捗《はかど》らなかった。そんなある日、彼の家に、ある出版社の出版部長の田淵《たぶち》氏がひょっこり遊びにきた。

「別に用事じゃないんですよ」羊歯《しだ》のはびこった庭をポロシャツの田淵氏は陽に焼けた童顔をほころばせながらドサドサと歩いてきた。「明後日、恒例のゴルフ大会があるでしょう。だから昨日、こちらに来ましてね」

そういえばこの別荘地に住む文壇の先輩たちがちかいうちにゴルフの試合をすることを杉も耳にしている。

「へえ、田淵さん、ゴルフやられるんですか。どちらにお泊りです」

「社の寮がちかくにありましてね。……ああ、奥さん、わざわざお構いなさらんでください」

田淵氏は庭に面した廊下ともベランダともつかぬ場所に麦酒《ビール》を運んできた杉の妻にも愛想よく挨拶をして、

「杉さん、あんたもゴルフやったらどうです。その体も随分良くなりますぜ。胃腸病なんか、すぐ治る」

杉は笑いながらゴルフマニアは新興宗教の布教員に似ていると思った。その効験あらたかな所を病気の治癒に結びつけて宣伝するところまでそっくりである。

それにしても田淵氏はゴルフをやっているためか、ひどく健康そうだった。まぶしい陽のあたる庭に白い歯を見せて笑っている。その背後には向日葵《ひまわり》が炎のような黄色い大きな花をこちらにむけて咲いていた。

「田淵さんは木の根のような腕をしているなあ」杉は客の陽にやけた腕を指さしながら訊《たず》ねた。「やはりゴルフのおかげですか」

「いや、ぼくあ学生時代、ボートの選手だったからね」

麦酒を一息にうまそうに飲みほしながら田淵氏は嬉しそうに自慢した。麦酒を飲む時、太い彼の咽喉《のど》がごくごくと動くのを杉が羨《うらや》ましそうに眺めていると、

「ジャーナリストはまず体力ですからね」

「でもこの間こんな話をききましたよ。勿論《もちろん》、冗談でしょうが、焼場の死体のなかで……」

焼場に運ばれた死体のなかでジャーナリストや新聞記者の頭蓋骨《ずがいこつ》はすぐわかるという。他の人の頭の骨とちがって、これらの職業の人の頭蓋骨は少し叩くとポロリと崩れるのだそうだ。脳みそは勿論のこと骨まで削りとるほど頭を使い尽した半生のため、彼等の頭蓋骨はひどくもろく薄くなっているのだと杉はきいた。

「陰惨な話だな」田淵氏は童顔を少し曇らせながら肯《うなず》いた。「でも実感がこもっていますよ」

「でしょう……」

杉はふたたび庭の炎のように黄色く赫《かがや》いている向日葵の花に眼をむけた。テニスコートからは相変らず、球を打つ音や歓声がきこえてきた。

それから五日のちに、杉は東京からの電話で田淵氏が急死したことを知らされた。

「冗談でしょう。この間、元気そのものでぼくの所に寄られたんだ」

受話器をもった彼の声は上ずっていた。だがこの知らせは本当だった。前日まで田淵氏の同僚も部下も、氏自身さえも明日、彼が倒れるということを夢にも想像していなかったのである。

当日めずらしく早目に帰宅した田淵氏は家族と共にテレビをみているうち、眼が突然みえなくなったという。頭痛を我慢しながら壁をつたって寝室に戻る途中、朽木のように倒れた。倒れてからは一昼夜息を引きとるまで昏睡《こんすい》状態だったそうだ。

その日から杉は仕事をしながら時々、庭をみた。秋ちかい高原の空はあくまでも澄みわたり、銀色の羽を光らせながら赤トンボが右左に飛びまわっていた。向日葵は相変らず、黄色い炎のような花をこちらにむけて咲いていた。透明な空やもう眩《まぶ》しくはない空気をみていると田淵氏の死んだという事実が不意に胸を突き上げてくる。杉と田淵氏とは特に昵《じっ》懇《こん》な間柄ではなかったから彼の心には故人を偲《しの》ぶという感慨よりは、五日前この陽のあたる羊歯の庭で、健康そうな真白な歯をみせていた人がもう死んでいるという衝撃と、その死にかかわらず秋の空が残酷にも澄みわたっていることにたいする苛立ちの方が強かった。

「おおい」杉は妻を大声でよんだ。「あの向日葵を切ってくれよ」

「どうしたの」花模様のついたエプロンで手をふきながら杉の若い妻は驚いたように顔をあげた。「勿体《もったい》ないわ。こんなに綺麗《きれい》に咲いているのに」

「いや、目ざわりだよ」

本当は残酷だと言いかけて彼はその言葉を咽喉にのみこんだ。今日もテニスコートからラケットに球のぶつかる音がきこえてきた。杉があの若い男女に嫌悪感を感じる気持は、どうやら一人の人間の死にもかかわらず空が美しく澄み、向日葵が炎のように咲きつづけているという冷酷な事実につながりがあるようだった。

別に田淵氏の死によって刺激されたわけではない。彼もこの一年前ぐらいから深夜、眼をさましてふと死ぬ日のことやその瞬間の姿勢をぼんやり想像するようになっていた。いつかは自分が死なねばならぬことを彼は真暗な闇の中で鳥のように眼を大きく見ひらきながら考えることがあった。そんな時、杉は隣のベッドでかるい寝息をたてて眠っている妻にかすかな憎しみを感じるのである。二十代の妻はまだ死ぬことを考えもしないと彼に言っていた。そう言われて杉自身もふりかえってみると十年前、二十代の頃は自分の死ぬことや死ぬ時の姿を心に想像するようなことはなかった。こんなことを考えるようになったのはやはり三十を幾年かすぎてからである。

杉はこの頃、よく原稿用紙の端に「軀《からだ》」という字を書いてそれをじっと眺めることがあった。杉の友人の吉川はこの「軀」という文字を「体」や「躰」のかわりにかたくななまでにその作品の中で使っている。実際、吉川の小説を読んでいると男女の軀のさまざまな機能、つまり「軀」を形づくっている三つの口の字と万華鏡のように複雑な心理の翳《かげ》や情熱の陰影との関係が心憎いほど描かれているのである。だが三十数歳をすぎた杉はこの「軀」の文字をみると、死の黒い口がそこに三つ、洞穴のようにぽっかりと開いているような気がしてくるのだった。

自分が死ぬ時、どういう息の引きとりかたをするのか勿論、杉には想像もつかない。彼にはただ思い出の中から自分の祖父や叔母の臨終の光景を引き伸ばしたり重ねあわせるより仕方がない。叔母が死んだのは夏のあつい日だったが、ひろい樹木の多い庭に面した病室には彼女が死ぬ五、六時間前から一種、生臭い匂いがまだ子供だった杉の胸に息ぐるしいほどこもっていた。この匂いは病室の窓ちかくにならべられている花瓶にさした百合《ゆり》の香りにちがいなかった。病人が百合の好きなことを知人や親類はひろく知っていたから、次々と訪れてきては廊下でそっと辞去していく見舞い客までがみなこの匂いのつよい花をたずさえてくる。その匂いに包まれてベッドに仰むけになった叔母の胸はさきほどから小きざみに縮んだり膨らんだりしている。祖母が夏布団からはみ出た彼女の腕を握っていたが、その手を離すと、病人の白い腕の肉に指の痕《あと》の凹《へこ》みがそのまま残ったのである。杉はこの時はじめて人間が死ぬ時は軀がむくむことを知った。そして今まで山百合の香りだとばかり思っていた部屋の生臭い臭気が、叔母の体から発散する死臭の前ぶれであるとやっと気がついたのだった。

(自分も死ぬ時はあのような臭いを発散するのだろう)

この想像は杉に嫌悪感を催させたので彼はそれを追い払うためにも妻に無神経な冗談さえ言わねばならなかった。

「俺が死んだら、君、再婚しろよ。再婚しても時々は僕の墓に線香ぐらいあげてくれるだろうな」

もちろん妻は自尊心を傷つけられたように黙ってうつむいた。そのうつむいたことがまた杉の神経を傷つけた。

祖父の臨終はこれとは少し違った光景だった。実業家だった杉の祖父は仕事をやめてから伊豆に隠居をしていたのだが、自分の死期をちゃんと予感していたらしい。身の周りの整理もきちんと片付け、友人や身内にも死後のあれこれについて手配した手紙まで書いていたからである。

脳溢血《のういっけつ》で倒れた祖父の臨終に東京にいた杉の家族は間に合わなかった。そのころ中学生だった杉は母と共に電話をうけると大急ぎで伊豆に駆けつけたのだが、既に遺骸をおいた十畳の座敷には黒いモーニングをきた人々が膝に両手をおいて坐っており、祖父の顔にも白い布がかぶせられていた。杉がこの時おぼえているのは十畳のむこうにみえる松の樹立に西陽が暑くるしく当っていたのと、滝のように鳴いているカナカナの声だった。それは中学生の杉にさえも月並みな芝居の一場面を思い起させた。

叔母の死体の臭いや祖父の幾分、俗っぽい死の風景は現在の杉にある程度の嫌悪感を催させるがそれは人間の死らしい自然さをもっているような気がする。今の彼に耐えられないのはこうした死の姿勢ではなく、田淵氏の場合のように、その人が消滅したあとも、秋ちかい高原の空が青く静かに澄みわたり、すすきの穂が白く光り、テニスコートからはボールを打つ音や歓声がまるで何事もなかったように続いているという残酷な事実だった。向日葵の花は妻の手で杉の命令通り切りとられてしまったが、花がなくなるとかえってそれが彼の心をいらいらとさせた。

そう——彼はテニスコートの二十代の連中をひそかに憎んでいた。大袈裟《おおげさ》な言いかただが彼はあのボールの音や歓声を我慢しながら毎日、仕事にとりかかるのだった。

だがもう少しこれらの連中にたいする自分の嫌悪感をみきわめるため、彼はある日の午後、テニスコートまで出かけてみた。その日は昼すぎに突然、高原特有の驟雨《しゆうう》がふったため、地面はまだしっとりと濡れ、乾いた部分からは土と草の匂いが発散していた。

コートの中では若い青年男女が例によって白線のなかをはねまわっている。ショート・パンツをはいたり、白いみじかいスカートをつけた娘たちがラケットを握りしめて身がまえる時その陽にやけた脚には男の子のように逞《たくま》しく力こもってみえた。向うの観客台には一試合おえた仲間がそれぞれ、うすいスェーターをかかえながら、友だちの試合ぶりを見物していたが、時々きれいなプレイがあると拍手をした。

背後で突然なにかの気配を感じたので杉がふりむくとカメラを持った二、三人の記者らしい人が小走りで走ってきた。二十米《メートル》ほど遅れて眼鏡をかけた背のたかい青年が少し照れ臭そうな笑いを長い顔にうかべながら、こちらに向って歩いてくる。その隣には黒いカーディガンを着てラケットを手にした令嬢がやはり微笑をつくりながらよりそっていた。令嬢が清宮《すがのみや》であり、青年がつい先ごろ、彼女と婚約した人であることは杉にもすぐわかった。

テニスコートの金網にそった濡れた道を一行が進むと観客席の連中もコートの方ではなく、小さな行列に視線を集中していた。空はうす曇りだった。

この時、杉はまた馬鹿げた古い追憶を心に甦《よみがえ》らした。彼は別に自分の弟妹にひとしい連中がたのしそうにテニスに興じていることに嫌悪感をもっているのではないことに先ほどから気がついていた。わだかまるのは別のことだった。自分の十数年前の記憶のためだった。

戦争が終る数ヵ月前の春、まだ学生だった彼はたった二日間ほどだったがこの別荘地にちかい古宿という部落に住んだことがある。彼の姉と弟とが父母や杉から離れてこの古宿の百姓家に疎開生活を営んでいたので、いつ学徒出陣で赤紙のくるかわからない杉は応召前の別れを告げにでかけたのである。東京はほとんど毎日、空襲つづきだったし、汽車の切符を買うためには夜暗いうちから起きねばならぬ頃だった。のみならず汽車は焼けだされて東京を離れる人々で混乱をきわめていた。

姉と弟とは古宿部落の百姓家の納屋で痩《や》せて動物のように眼を光らせて住んでいた。二人は杉の顔をみるとこちらの状態をきく前に自分たちはもう東京に戻りたいと口をそろえて訴えた。

「冗談じゃないぜ、死にに来るようなもんだ」杉が舌うちをすると姉は、

「死んだっていいわ、ここより東京の方がまだ、ましよ」

「どうして」

「三日、住んでみればわかるわよ。そりゃ部落の人は疎開者に冷たいのよ……」

四月下旬の信濃《しなの》の部落には白い木蓮や黄色いれんぎょうの花が咲きはじめ、部落の裏をながれる渓流は雪どけの水が増していた。周囲の風景はこんなに生き生きとしていたが疎開者の生活は姉の言葉通り悲惨だった。姉と弟とは一握りの大豆米を一日、二回、ゆっくり嚙《か》みしめている状態である。

「闇米は買えないのか」

「冗談じゃないわ、ここの土地じゃお米はほんの少し、とれるぐらいなのよ」

火山灰でかためられた貧しい土地には疎開客にわけ与えるほどの米は収穫できないようである。米だけではなかった。杉がここを訪れた翌日のひる頃、彼は母屋の方から罵《のの》しる声

をきいた。

一人の外人の女性が古オーバーに体をつつんでリュックサックを手にもったまま庭にたっていた。彼女は弱々しい片言の日本語でしきりに卵をゆずってくれないかと頼んでいる。

「ねえよ。ねえよ。卵なんぞねえよ。あったって毛唐には売らねえんだから」

姿は見えないが男の荒々しい声が母屋から聞え、障子が烈しい音をたててしまった。外人の女は空のリュックを背おったまま項垂《うなだ》れながら去っていった。

「毎日、あんなのを見るの……辛いわ」

頰におちたおくれ毛を指でかきあげながら姉は呟《つぶや》いた。

「ようし、俺、食糧を探してくる」

杉も顔をそむけて自転車に乗り街道に走り出た。街道に出ても勿論、行く当てはない。自転車はいつか東の別荘地の方にむいている。

霧雨が少し降っていた。その針のような霧雨のなかに雨戸をとじ羊歯にうずもれた別荘がみすぼらしく捨てられていた。杉は姉や弟のことを喘《あえ》ぎながら考え、やはり東京につれ戻した方がいいのではないかと思った。

テニスコートの前で彼は急に自転車をとめた。金あみも破れ、木のベンチの残骸が雨にぬれている。見棄てられたコートは誰も今は使うものがなく、隅はいも畠にさえなっている。だが彼はそのコートに一人の少女がラケットを手にもったまま、じっと立っている不思議な光景を眼にしたのだった。

少女がラケットを持ったり、モンペもはかずにコートなどに遊びにきている姿は杉の眼には異様なものとしてうつった。もし土地の警察や警防団にみつかればどんなに烈しく叱《しっ》責《せき》されるかも知れない。他人《ひと》ごとながら杉は不安な気持でじっと彼女を窺《うかが》っていた。

杉の見ているのも気づかず、彼女はしばらくコートの真中にたってプレイのまねをしはじめた。それはまるで向う側に彼女の相手がおり、その相手と試合でもしているような姿だった。

一瞬だったが杉はこの時、戦争を忘れた。自分たちをとりまいている死の匂いを忘れた。すべてがあかるく、少女は真白な運動着を着てとびまわっているようにみえた。陽がまぶしく照っている。雨あがりの若葉が青々と光っている。青年と少女とが飢えも、怯えも毎日の悲惨な生活も心から消して白い球を追っているのだ。そして杉は我にかえった時この少女もまたなんのために見捨てられたテニスコートに来たのかが杉には痛いほどわかるような気がした。

霧雨がベンチをぬらしているコートが眼の前にふたたび現われた。ラケットをもった少女は足をひきずるように去っていった。このくたびれたうしろ姿は先ほど見た外人の女のそれにそっくりだった。

翌日の夜、杉は古宿で一寸《ちょっと》した事件に出会った。部落のはずれには冬の間、山から切った氷を貯蔵する氷室《ひむろ》の小屋が幾つかあるのだが、その小屋の中で一人の中年の男が口に藁《わら》をくわえたまま死んでいたのである。

姉の話によるとその中年の男は一週間前、東京が焼けた時、徒歩でこの信州まで逃げてきたということだった。あまりの空腹のため古宿で食物を盗もうとして、土地の青年たちにひどく撲《なぐ》られ追分《おいわけ》部落の方に逃げていったそうだ。

「頰に火傷《やけど》をしていたわ。空襲の時やられたのよ」姉はもうたまらないという風に両手を顔にあてた。「きっと食べるものもないから藁をくわえて死んだのよ。そうよ。きっとそうよ、もうこんな所にいるのはいや」

杉は暗い氷室のなかで藁を口にくわえたまま死んだ中年男の顔をぼんやりと心に想いうかべた。彼は東京の毎夜の空襲で妻も子供も喪《うしな》ったにちがいなかった。頼るべき親類も知人もなくむかし一度、訪れたことのある信濃の国まで逃げてきたのかもしれぬ。杉は眼をつむってこの想像を追いはらうため、前日見たコートの少女の姿を思いだそうとした。

古宿から東京に戻ると一ヵ月ほどの間は東京は比較的しずかだった。春の空は毎日、鈍《にび》色《いろ》に曇り、東京特有の四月下旬の風が砂埃《すなぼこり》をあげながら焼けあとを吹きまわっている。その鈍色に曇った空の遠くで敵の偵察機でも来ているのだろうか、ひくい、かすかな爆音と豆をはじくようなパチパチという音がたえずきこえてはいたが東京には大きな爆撃はなかった。だがこのしずかさも一ヵ月も続かぬうちに五月二十三日の空襲がやってきた。杉の家は世田谷の経堂《きょうどう》にあった。その夜も彼は工場での勤労奉仕のために骨の芯《しん》まで疲れ果てて晩飯の雑炊をたべるや、ゲートルを足にまいたまま眠りこけた。ゲートルを足にまいて鉄帽を枕元において眠るのはもう二、三ヵ月以来の習慣だったが、しばらく眠ったと思うと彼は父の大声で眼をさまさせられた。既に敵の編隊は東京の空を飛びまわり、その轟音《ごうおん》や高射砲の炸裂《さくれつ》する響きのために杉の寝ている部屋の窓硝子《まどガラス》は小きざみに揺れていた。その窓をあけて見ると、渋谷、青山付近の空が古血のような赤黒い炎の色を反映して拡がっていた。火の粉は風に送られて時々、屋根の上を飛びすぎて消えていく。遠い家々の燃えるような音にまじって群衆の叫ぶ喚声がドッときこえてくるのである。勿論、群衆の喚声があのように伝わる筈はないのに杉の耳にはたしかにそれがきこえた。炎の反射のため、少しあかるい庭では父と母との影が身のまわりの品や食糧を入れた金属製の箱をよろめきながら防空壕《ごう》のなかに運ぼうとして動いていた。杉はその影をみると老人のあさましさを感じて寝床に戻った。

「早くおりんか」父は庭から息子を呼んでいる。「まだ運ぶものが沢山あるんだ」

しかし杉は寝床に体を横たえたまま眼をあけて夜空をじっと眺めた。敵機の尾燈と星屑《ほしくず》の光とが夜空の中では見わけがつかぬ。探照燈の青白い光が空を駆けめぐっている。時々、二つの長い光が一点で結び合うとその真中に両足をひろげた虫に似た大きな飛行機の影がうかびあがった。トタン屋根の上に小石のぶつかるような音がはじまった。家の焼ける臭気が少しずつ強くなった。

杉はこの時、今、誰かが死んでいるのだなと感じた。そして自分もひょっとすると今夜死ぬのかもしれぬと思った。だがふしぎにこの時は死にたいして恐怖は起らなかった。毎日の疲労や毎日のくるしい生活にたいする嫌悪感が死の恐怖より強かったからである。青白い探照燈の光をながめ、彼は眼をつむった。眼をつぶったが眼《ま》ぶたの裏には赤黒い炎の反映がうつしだされていた。それから彼は父に烈しくゆり起されるまで眠りこけていた。

既に空襲は終っていた。ぶきみなほどあたりは静かだった。遠くでパチパチというまだ家々の燃えている音がかえってその静かさを深めるのである。空襲の時は気がつかなかったのに月が黒ずんで屋根のむこうを照らしている。つかれ果てた杉の心には今夜も一晩だけ生きのびたという疲労とも諦《あきら》めともつかぬ感慨が起っただけだった。

翌日もまた勤労動員で工場に行かねばならぬ。杉の乗る小田急は東北沢から次の駅まで不通になっていたから、この区間を彼は肩に防空袋をかけたまま歩いた。

余煙はまだ焼け落ちた家々のあとからたちのぼっている。防空団の男たちが、崩れおちたそれらの家々の間を歩きまわっている。血だらけの老婆がその男の一人に背負われて杉の横を通りすぎていった。それを見ても杉は特にどうという気持ももう起きはしなかった。こうした空襲の翌日の光景を彼はこの半年の間、幾度も見ていたからである。灰になった焼けあとの中で生きのこった家族が何かをほじくりだしている。欠けた茶碗の一つでさえ、丹念に集めている。杉にとって幸いなことには今日はまだあのロースト・ビーフのように膨れ上った焼け死体にぶつからぬことだった。

だが駅ちかくまでやっと来た時、杉は二人の防空団員がなにかを乗せた担架を見おろしている光景にぶつかった。死体には莚《むしろ》がかけてあったが、その莚の上部から眼と口とを大きく開いて歯を見せた若い娘の顔が仰むけに覗《のぞ》いていた。

「窒息死だよな、これあ」と男は杉にきかすように仲間に言った。

「変なもんだな。女が焼け死ぬ時は仰むけになるし、男はうつ伏せだからな」

この口調にはなにか淫《みだ》らなものが交っているのを杉は感じた。眼をそらして彼は足早に駅に急いだ。

駅には乗客の影がなかった。電信柱からちぎれた電線が線路の上にぶらさがっている。それなのに空はひどく碧かった。線路のはるか向うに丹沢の山がみえるのである。杉はその山を見ていた時、突然、一月前、信州の別荘地でみたテニスコートの少女のことを思いだした。なぜ、こんな時、あの少女が心に甦ってきたのかわからない。おそらくあの少女とたった今、莚をかぶせられていた娘とが同じ年ごろであったせいかもしれなかった。そしてもしあの少女が東京にいたならば、彼女も仰むけに地面に倒れて死んでいたかもしれぬと連想したのかもしれなかった。

テニスコートでは今日、あの少女のような娘たちが白線のなかをラケットをふりまわしながら飛びまわっている。彼女たちが身がまえる時、その陽にやけた脚には男の子のように力がこもる。彼女たちが自分の死ぬ日を一度も考えたこともないと杉は勿論、知っていた。そしてそれが当然のことであり、正しいことだと理屈の上では承知している。にもかかわらず、彼の心にはこれらの連中にたいする嫌悪感を捨てることができないのである。

杉は午後になって晴れあがった空を見た。田淵氏が死んだのに空があまりに碧いのは残酷だった。自分の嫌悪感はこのあまりに碧い空と、あまりに青年や娘たちが若々しすぎるためであることに杉は気がついていた。もし空が碧く、娘たちが死ぬことを考えないでよいならば、あの田淵氏が急死したり、十三年前、莚の上で一人の少女が仰むけに転がされていた事実はどう辻褄《つじつま》を合わせればよいのであろう。辻褄を合わせることの不可能も杉は知っていたが、その矛盾は彼の胸をつきあげてくるのである。

その夜、夜の食事のあと、彼の妻は椅子に腰をかけて生れてくる子供のために小さなスエーターを編んでいた。杉は杉で一人の詩人の本を読んでいた。その本のなかに、生が秋の果実のようにふくらみ、稔《みの》り、死の光とうつくしく調和していった詩人の生涯が書かれていた。杉は憤りを感じて本をとじた。

「おい、俺は戦後は嫌いだよ」

彼は突然、妻にそんな言葉をなげつけた。勿論、彼の妻はその意味もわからず当惑したような顔をしただけだった。

「どうして？」

「これは碧空のようだ」と彼は答えた。「みんなが死んだにかかわらず自分だけが晴れあがった碧空のようだ」

その前日

前からその踏絵を手に入れたいと思っていた。手に入れられないなら、せめて見ておきたいと考えていた。その踏絵とは長崎県、彼杵《そのぎ》、大明村の深江徳次郎さんが所蔵しているもので幅二十糎《センチ》、長さ三十糎の外側木製、銅版の十字架基督《キリスト》像をはめこんだものである。これは日本におけるきりしたん最後の迫害とも言うべき浦上《うらがみ》四番崩れの際に使用されたものの一つである。踏絵の使用は安政五年に締結された日米条約で廃止されたはずだったが、それからしばらくして起ったこの弾圧でも矢張り用いられたわけだ。

私がこの踏絵を手に入れたいと思ったのは浦上四番崩れの際にころんだ彼杵郡、高島村の藤五郎のことをカトリック関係の小冊子で読み、少なからず関心をそそられたからである。もっともこの小冊子の筆者は藤五郎にはほとんど重点をおかず、四番崩れの史実を述べているだけだが、私は彼だけに興味をもって読んだようである。

ちょうど私の学生時代からの知りあいであるN神父が長崎にいるので、藤五郎についての感想をしるした手紙を送ったところ、神父は返事のなかで踏絵のことを書いてきてくれた。大明村はN神父が管轄する教区だが、その村の深江さんが当時の踏絵を持っていると言う。深江さんの祖先は、弾圧側の役人をやっていたとのことだ。

　ところが、三回目の手術をうける前日に、私は幸運にもこの踏絵を見る機会をえられることになった。友人の井上神父が長崎に行った帰りに持ってくることがきまったのである。これは私のためではなく四谷のJ大学のきりしたん文庫で保管するためで、こちらには残念だが、そういう貴重なものなら仕方はない。しかし井上神父は文庫に渡す前、私に一寸《ちょっと》だけ、見せてもよいと妻に電話をしてくれたのである。

　私は病室で井上神父を待ちながらうとうとねむっていた。クリスマスがちかいので看護婦学校の生徒たちであろう、屋上で合唱の練習をする声が聞えた。時々、眼をうすく開き、その声を遠くで聞いて、またまぶたを閉じた。

　だれかが病室の扉をそっと開ける気配がする。私は女房かと思ったが、女房なら明日の大手術のためにその準備で走りまわっているから今頃来られる筈はない。

「だれ？」

　顔を覗《のぞ》かせたのは登山帽をかぶり、ジャンパーを着た中年の男だった。私の知らない人だ。私はまず彼のよごれた登山帽から毛のついたジャンパーを眺め、それから穿《は》いている大きな編上靴に視線を落し、ああ、井上神父からの使いだなと思った。

「教会のかたですね」

「え?」

「神父さんからのお使いのかたでしょう」

こちらは微笑したが、男は眼をほそめ、妙な表情になって、

「いや大部屋の人に聞いたらね、こちらさん、買うかもしれんって……」

「買う? 何を」

「四枚で六百円です。本もありますが、今日は持ってきてないんだ」

こちらの返事を待たずに腰をひねるようにして、ズボンのポケットから小さな紙袋を男はとりだした。紙袋のなかにはふちの黄ばんだ写真が四枚、入っていた。

洗いがわるいのか、小さな影像のふちが黄ばんでいる。影のなかで男の暗い体と女の暗い体とがだきあっている。郊外のさむざむとしたホテルらしくベッドの横に木の椅子だけがポツンとおかれてある。

「明日、手術を受けるんだぜ」

「だから」

男は別に気の毒だとも言わず、写真で掌を掻《か》きながら、

「手術を受ける前だから魔よけにこれを買う。これを買えば、必ず手術が成功する。ねえ、旦那」

「君はこの病院によく来るのか」

「ここはぼくの担当です」

とぼけているのか、本気なのかわからないが登山帽の男は医者のように力強く、ここが自分の担当だ、と言った。私がまるで彼の受持患者のような口ぶりだ。私は好意を持った。

「駄目だ、駄目だ。この写真では詰らんよ」

「はあ……」と男はうかぬ顔になって「これが駄目ならどんな顔がいいんだろうねえ、この大将は」

私が煙草の箱をさしだすと男は一本喫いながら話しはじめた。

病院ほど患者が退屈して、その種の写真や本をみたがる所はない。それに警官だって気づかない。こんなに恰好の場所はない。だから仲間と手わけして都内の病院を廻っている。これを買えば手術をうける患者には魔よけになる。この病院は自分の受持だと彼は言うのだ。

「この間もね、ホ号に入院している爺さんだが、手術前にこの写真を見てね、ああ、これで思い残すことはないと言ってましたぜ」

私は笑った。辛そうな顔をしてそっと病室の扉をあける肉親より、この男のほうが今日の私には有難い見舞い客だと思った。男は私の煙草をすい終ると、もう一本を耳にはさんで部屋を出ていった。

彼が部屋を出ていったあと、私はなんだか、愉快な気分になってきた。神父の代りに奴が来た。踏絵のかわりにエロ写真もってきた。今日は私にとって色々なことを考え、色々なことを整理しておかねばならぬ日の筈だった。明日の手術は今まで二回のものとはちがって肋膜《ろくまく》が癒着しているため、相当量の出血と危険とが予想され、医師も手術をうけるか、どうかこちらの自由意志に任せたほどだった。だから今日私はもう少しセロファン紙を張りつけたような顔をするつもりだったのにあの男のために出鼻をくじかれた。しかしあの縁の黄ばんだ暗い影像は、やはり神が存在することを証明している。

藩の警吏が高島村を襲撃した時は、村民たちは夕の祈禱《きとう》をやっていた。もちろん見張りはたてていたが、見張りが村民たちに警鐘をならした時は、警吏は祈禱の場所である農家に雪崩《なだ》れこんでいたのである。

その夜、月の光のなかを百姓頭二人を先頭にして十人の男たちはすぐ浦上に引かれていった。中には幸か不幸か藤五郎もまじっていた。藤五郎がころぶであろうということは仲間たちははじめから不安な気持で予感していたことである。さようにこの男は信仰の篤《あつ》いこの村には困った存在だったのだ。体の大きな男のくせに臆病者なのである。

藤五郎はむかし隣村の若い衆に喧嘩《けんか》を吹きかけられ、図体だけは人一倍大きいくせに地べたに押しつけられて、身ぐるみを剝《は》がされて下帯一つになって高島村に戻ったことがある。その間一度も抵抗をしなかったのは「右の頰を打たれれば左の頰をさしだせ」という基督信者の勇気からではなく、相手がこわかったからだ。流石《さすが》に高島村の村民も彼を蔑《さげす》むようになってしまった。だから三十になっても彼だけは嫁のきてがない。母親と二人だけで暮している。

嘉七は十人のなかで一番、村でも身分があり、また人格者だったから、浦上で吟味がはじまる前夜に、藤五郎を特に励ました。でうすもさんたまりあも必ず自分たちに力と勇気とを与えるはずである。この世でくるしむ者は必ず天において、よみがえることができる、と嘉七は彼に言いきかせる。藤五郎は捨犬のように怯《おび》えた眼でみなを眺め、みなに促されて「けれどのおらしょ」や「天にましますわれらのおんおやさま」の祈りを一緒に唱えてもらった。

翌日、早朝から浦上の代官所で吟味が開始された。砂利をまいたつめたい取調べ所に縄をうたれた一人、一人がひきずり出され、役人はこの時も踏絵を使った。転向を誓わないものは弓で烈しく打たれたが、藤五郎は弓をふりあげられる前に、踏絵の基督の顔の上によごれた足をのせてしまったのである。髪がみだれ血だらけの嘉七以下、九人の仲間を動物のように哀しそうな眼でみて、彼一人だけ役人に背を押されながら代官所の外に釈放されたのである。

「毛剃《けぞ》りと採血です」

今度は看護婦が部屋に金属の盆や注射針をもって入ってきた。明日、手術される部分のうぶ毛をそり、輸血のために血液型を調べておくのである。

パジャマの上衣《うわぎ》をとると、ひやりとした空気が肌にしみる。左手をあげて、私は看護婦のカミソリが腋《わき》を動く感触を笑いをこらえながら我慢する。

「くすぐったいな」

「お風呂にはいったら、ここチャンと洗いなさいよ。アカだらけよ」

「そこは駄目だ。二回の手術で感覚がおかしくなってるんだよ。こすれないんだ」

背中には袈裟《けさ》がけに切られた大きな傷あとがある。二回も切ったので傷あとはそこだけふくれている。明日、もう一度、そこに冷たいメスが走るだろう。私の肉体は血だらけになるだろう。

藤五郎を除く九人はどうしても改宗を肯《がえ》んじないので一応、長崎の牢屋《ろうや》に入れられた。翌年、慶応四年、彼等は長崎から舟に乗せられて、尾道《おのみち》にちかい津山に送られることになる。雨がふる夕暮で、その雨は覆いのない舟をぬらし、着のみ着のままの囚人たちはたがいの体をこすりながら寒さを防いだ。舟が長崎をはなれる時文治という囚人の一人が船着場の端に人足のような恰好をした男をみつけて、

「あ、あれは藤五郎じゃないか」

藤五郎は彼がころんだ時と同じように訴えるような哀しげな眼で遠くからこちらを窺《うかが》っていた。一同はきたないものでも見たように視線をそらし、誰もがもう口をきかない。

津山から十里はなれた山のなかに九人の住む牢があった。牢からは役人の家と小さな池がみえる。最初の頃はほとんど取調べもなく、役人は寛大だった。一日二度の食事も彼等貧乏百姓には有難いくらいのものだった。役人たちはやさしく笑いながら、邪宗さえ捨てればうまいものも食えるし、暖かい衣服も与えられると言う。

その年の秋に突然、十四、五人のあたらしい囚人が送られてきた。故郷、高島村の子供たちなのである。一同はふしぎなこの役人の仕打ちに驚き、久しぶりに血族縁者に会えた悦びを味わったが、間もなくこの処置が「子責め」と称する心理的な拷問であることを理解せねばならなかった。

囚人たちは、隣接する子供たちの牢舎から時々、泣き声をきいた。藤惣とよぶ囚人がある日の午後、自分たちの牢の小さな窓に顔を押しあてていると、二人の痩《や》せこけた子供が蜻蛉《とんぼ》をつかまえ、それを口に運んでいる光景が見えた。子供たちがほとんど食事らしい食事を与えられていないことが、これでわかった。その話をきいて九人の男たちは泣いた。

彼等は役人に自分たちに与えられる「結構な食事」のせめて半分でもさいて子供たちに与えてほしいと願ったが許されなかった。しかしもし邪宗さえ捨てればお前たちも子供もまるまると肥って懐かしい故郷に帰れるだろうと言われた。

「はい、おしまい」

注射針をぬかれて、私が針のあとをさすっている間、看護婦は血を入れた試験管を目の高さまであげて光にすかして、

「黒いわねえ。あんたの血」

「黒いのはいけないのかい」

「いけなくはないわ。ただ、黒いと、言ってるだけ」

看護婦と入れちがいに、今度は白衣を着た見知らぬ若い医者がやってきた。私が寝台から起きあがろうとすると、

「いやいや、その儘《まま》で。麻酔科の奥山です」

明日の手術には麻酔専門の医者がたちあう。それが自分だと言った。形式的に聴診器をあてて、

「この前の手術の時、麻酔は早くさめましたか」

この前は骨を五本切った。手術が終ると同時に薬がきれて胸の中に鋏《はさみ》をつきさされたような痛みを感じたのを憶《おぼ》えている。私はそれを話し、

「今度はせめて半日は眠らせて下さい。あれはとても痛かった」

「そう努力」若い医者はニヤッと笑った。「いたしましょう」

男たちがそれでも改宗しないのがわかると、拷問がはじまった。九人は一人、一人にわ

けられそれぞれ小さな箱に入れられた。坐ったまま身うごきの出来ぬ箱である。息をするために顔のあたる部分だけがくりぬかれていた。厠《かわや》に行く以外はこの箱から出ることは許されない。

冬が次第に近づいてくる。寒さと疲労とで囚人たちの体は弱りはじめる。そのかわりに隣接した子供の牢舎では笑い声がきこえはじめた。役人たちも流石に人の親だったから、子供たちに食事を与えたのである。その笑い声を九人の男たちは箱の中でそれぞれだまって聞いていた。

十一月の末に久米吉という囚人が死んだ。久米吉は九人のなかで一番の年寄りだったから寒さと疲労に耐えられなかったのである。嘉七は久米吉を敬愛していたし、牢生活の間なにかあれば久米吉の意見をまず聞いていたから、この死は彼自身にもひどくこたえた。くりぬかれた箱の穴から顔をだし、嘉七は弱くなった自分の心を思った。そして自分たちを裏切った藤五郎のことを初めて憎んだ。

また扉がそっと開く。神父か。そうじゃない。またしてもさっきの登山帽にジャンパーの男である。

「大将」

「なんだ。あんたか」

「実はね。魔よけに、これを」

「買わないと言ったじゃないか」

「いや、写真じゃない。これをタダであげます。その代り、大将の手術が成功したら、私のもってくる写真や本を買って下さい」

それから声をひそめて、」

「大将、女だって世話しますよ。ここなら面会謝絶だ。カギはかかる。寝台はある。誰にだってわかりゃ、しないよ」

「はいはい」

掌に握りしめたものを、私の寝台の上において彼は部屋を出ていった。見ると、男が握りしめていたのか汗とあかとで、うすよごれた小さなこけし人形だった。

冬になると流石に箱から出されたが朝夕は寒かった。裏山でなにかが弾《はじ》けるような音がした。樹の枝が冷気で折れる音だ。牢屋と役人の家との間にある小さな池に薄氷が張った。

夕暮ちかく役人が来て八人の男のなかから清一と辰五郎という二人の囚人を連れていった。氷の張った池に突き落し、頭が水面に浮ぶと竿《さお》で突くのである。この拷問は辛かった。失心した清一と辰五郎とは役人たちの腕で支えられながら牢屋に戻された。残った六人の囚人たちは嘉七の声にあわせて「あべまりあ」を誦《しょう》しつづけた。だが「でうすの御はさんたまりあ、いまも、われらがさいごにも、われらのためにたのみたまえ」という最後の祈りでは、嗚咽《おえつ》する者が多かった。

その時、嘉七は牢屋の窓から痩せた背のたかい男が乞食のような姿であたりをキョロキョロみまわしているのに気がついた。流人のように髪も髭《ひげ》ものび放題の男がこちらを向いた時、嘉七は思わず声をだした。

「藤五郎じゃないか」

藤五郎は彼を追い払おうとする役人に首をふってしきりに何かを訴えている。やがて役人は別の役人をよび、二人は何か話しあっている模様だったが、彼らは藤五郎を伴って牢屋の中で一つだけ空いている部屋につれてきた。

「お前たちの仲間だ」

役人は困惑したような顔で言ったがその役人たちが去ったあと、八人の囚人たちは黙って藤五郎が体を動かしている音をきいていた。

「どうしてお前あ来たのだ」

やがて嘉七は皆を代表して口をきった。それは一同の疑問でもあったが、嘉七は嘉七で心のなかに漠然とした不安を感じていたのである。藤五郎は役人側の廻し者ではないかと思ったのだった。廻し者でなくてもこの男はまた、皆の弱くなった気持を更に崩すのではないかと考えたのだった。嘉七は役人たちがこういう狡猾《こうかつ》な手を使うことを死んだ久米吉から聞いたことがあったのである。

嘉七の質問に藤五郎は意外な答えをした。彼はここに自訴してきたのだと小さな声で答えた。

「お前が……」

囚人たちが嘲笑すると、藤五郎は間のぬけた声で抗弁する。それを制して、ここには拷問が待っているのを知っているのか、皆に迷惑をかけるぐらいなら帰ってくれと嘉七がさとすと、流石に藤五郎は黙りこんだ。

「えずう（こわく）ないかい」

「えずい」と藤五郎は呟《つぶや》いた。

そうれ……、拷問が恐ろしいなら戻れと言うと、藤五郎は奇妙なことを言いだした。自分がここに来たのは声を聞いたからである。自分はたしかにその声を耳にした。その声は藤五郎にもう一度だけ、皆のいる場所に行くことを奨める。皆のいる津山に行って、もし責苦が怖《おそ》ろしければ「逃げもどってよい」から、あと一度だけ、津山まで行ってくれ、と泣くように哀願したと言うのである。

山で木の枝がはじける音だけが静寂をやぶる夜だったが、囚人たちは藤五郎のこの話にじっと耳を傾けた。一人の男が、

「こげん、藤五郎に都合のいい話なかたい」

と呟いた。藤五郎が二年前の裏切りを仲間や村人に許してもらうために勝手にこしらえ

た話だと考えたのである。責苦が怖ろしければ逃げ戻ってよいとは今度の場合もうまい言い逃れになると思えたのだった。しかし嘉七は半ばそう考えながら、半ばそうでもない気がする。彼は夜ねむれぬまま、闇のなかで、藤五郎が体を動かす音をかみしめた。

翌日、藤五郎は役人たちに引きずりだされ、池のなかに突きおとされた。嘉七をはじめ他の囚人たちは藤五郎の子供のような叫びを耳にしながら「くれど」の祈りを唱えて、神がこの弱虫に力を与えることを祈ったが、最後に彼等が聞いたものは、その反対の声だった。藤五郎はころぶことを役人に誓い、池から引きあげられた。

だが嘉七はこの時、昨夜、彼があの男にたいして持った疑いが間違いだったと知って安心した。「これでいい。これでいい」と彼は思ったのである。藤五郎は役人からその儘、追放され、その後、何処へ行ったかはわからない。明治四年、八人の囚人たちは新政府の手で釈放された。

井上神父が来た。先ほどのエロ写真売りの男のように、扉をそっとあけて入って来た。外は寒いだろうに、血色の悪い顔にうっすらと汗をかいている。私たちは学生時代からの友人で、一緒に貨客船の船底で苦力《クーリー》や兵隊たちの間に寝ながら仏蘭西《フランス》に行った。

「あんたに気の毒なことしちゃってね」

「踏絵、駄目だったのか」

「ああ」

上の人の命令で長崎からJ大学のきりしたん文庫には別の神父が運んだそうだ。井上の額には小さな赤黒い痣《あざ》がある。下町の小さな教会の助祭である彼の外套《がいとう》は袖がすり切れ、黒のズボンの膝《ひざ》が抜けている。予想していたように彼のこの姿は、登山帽の男のそれにどこか似通っているのだ。しかし私は彼にそのことを言わなかった。

井上はその踏絵を見てきたと言った。木の枠は腐り、緑の粉のふいた銅版の基督像は浦上の田舎職人が作ったものであろう。子供の落書のようなその顔は目も鼻もわからぬほど摩滅していたそうだ。それは大明村の深江さん宅の蔵に放りこまれてあったのだ。

煙草を喫いながら別の話をはじめた。私は井上神父にヨハネ福音書の最後の晩餐《ばんさん》の場面について質問したが、これは前から疑問に思っていたことである。疑問の箇所は基督が裏切者のユダに一片の麪《パン》を与えて言う言葉だ。

「斯《かく》て、麪を浸してシモンの子イスカリオテのユダに与へ給ひ……これに向ひて、その為《な》す所を速《すみやか》に為せと曰《のたま》ひ……」

為すところを為せとは、もちろんユダが自分を裏切り、売る行為を指す。なぜ基督はユダをとめなかったのか。一見冷酷につき放したのかを私は聞きたかったのだ。井上神父はこの言葉は基督における人間的な面をあらわすと言う。基督はユダを愛してはいるが、この男と同席するのに嫌悪感を禁じえない。その心理はちょうど、心の底では愛しているが自分を裏切った女にたいして我々が感ずる愛と憎との混合した感情に似ているのだというのが神父の考えだ。しかし私はそれに反対した。

「これは命令的な言葉ではないな。ひょっとすると原典からの訳が段々、ちがってきたのではないか。……お前はどうせそれを為すだろう。為しても仕方のないことだ、だからやりなさい。そのために私の十字架があり、私は十字架を背負うという意味がこめられているのじゃないか。基督は人間のどうにもならぬ業を知っているしな」

屋上でさきほどまで聞えていた合唱が終ったらしく午後の病院は静まりかえっている。私は井上に反対されても自分のやや異端的な意見に固執しながら、見なかった踏絵をふと心に浮べた。手術の前に見たかったが、それができないなら仕方がない。井上の話によると腐りかけた枠木にかこまれた銅版の基督像は摩滅していたという。それを踏んだ人間の足が基督の顔を少しずつ傷つけ、すりへらしていったのだ。しかし傷ついたのは銅版の基督だけではないのだ。藤五郎もそれを踏んだとき、足にどのような痛みを感じたかわかる気がする。その人間の痛みは銅版の基督にも伝わっていくのだ。そして彼は人間が痛むことに耐えられない、だから憐憫《れんびん》の情にかられて「速に汝《なんじ》の為すところを為せ」と彼は小声で言うのだ。踏まれる顔の持主とそれを踏む者とはそんな姿勢と関係をもちながら今日まで生きてきた。

私はまた、ぼんやり、先程、登山帽の男が持っていたふちの黄ばんだ小さな写真のことを考える。影のなか、男の暗い肉体と女の暗い肉体とが呻《うめ》きながらだきあうように、銅版の基督の顔と人間の肉とはふれあうのだ。この二つには同じようなふしぎな相似がある。

それは子供たちが日曜日の午後、ジャムを煮る匂いのする教会の裏庭で、童貞女から習う公教要理の本のどこかに書いてあることだったのに（私は長い間、その本を馬鹿にしていた）三十年かかって私はこんなことぐらいしか学べなかったわけだ。

神父が帰ったあと、私はまた寝台にもぐりこんで女房のくるのを待った。灰色の雲から時々、弱い陽が病室にさしこんでくる。電熱器の上で薬罐《やかん》が湯気をたてる。小さな音をたてて何かがころがったので、私は眼をあけて床をみると、登山帽の男がくれた魔よけだった。人生のようにうすよごれた小さなこけし人形だった。

四十歳の男

I

人は自分がいつ頃、死ぬかと、時々考えるだろうが、どんな場所や部屋で息を引きとるかほとんど想像しないと能勢は思った。

病院では誰が死んでも、死が小包でも発送するように扱われる。

ある夕方、隣室で腸癌《ちょうがん》の男が死んだ。家族の泣き声がしばらく聞えた。やがて看護婦が運搬車に死んだ男をのせて霊安室に運んでいった。だが翌朝、あいたその部屋を掃除婦が歌を歌いながら消毒をした。

午後には次の患者がもう入院してくる。だれも、ここで昨夕、一人の人が死んだのだと彼に告げはしない。新入りの患者もそんな事実に気づきはしない。

空は晴れている。病院ではなにもなかったように平常通り、食事が運ばれてくる。窓の下の路に自動車やバスが走っている。みんな何かを誤魔化している。

三度目の手術まであと二週間という日、彼は妻に九官鳥を買わせた。十姉妹《じゅうしまつ》やカナリヤと違って、値のはるこの鳥の名を口にだした時、その顔にかすかな当惑の色がうかんだが、

「ええ、いいわよ」

看病で少しやつれた頰に無理に微笑を作ってうなずいた。

この微笑を、病気の間、能勢は幾度も見た。まだ薬液でぬれたレントゲン写真を灯にすかしながら、医師が、

「手術を必要としますなあ、この病巣では……」

と、肋骨《ろっこつ》を六本、切りとることを告げた時、一瞬、黙りこんだ彼の心をこの気丈な微笑で妻は支えようとした。苦しい手術が終った真夜中、やっと麻酔からさめて、まだ朦朧《もうろう》としている彼の眼にまずこの微笑をうかべた妻の顔がうつった。そして二度目の手術さえ失敗して、能勢が力尽きたというような気持に襲われた時でさえ、彼女の頰からこの微笑は消えなかった。

三年間の入院で貯金も残り少なくなっている、その中から高価な九官鳥を買えというのは確かに思いやりのない註文にちがいない。しかし能勢は今、どうしてもある理由のためにあの鳥がほしい。

けれども妻はたんに病人の我儘《わがまま》と思ったのか、

「明日、デパートの売場に行ってきますわ」

そう言って、うなずいた。

翌日の夕暮、子供をつれて大きな荷物を二つ、両手にぶらさげながら彼女は病室に入ってきた。十二月のどんより曇った日だった。一つの風呂敷包みの中には洗濯した彼のパジャマや下着が入っている。そしてもう一つの唐草模様の風呂敷のなかからは鳥が体を動かすかすかな音がきこえてきた。

「高かったか」

「心配しなくていいのよ。まけてもらったんですから」

五歳になる子供は大悦びで鳥籠の前にしゃがみながら中を覗《のぞ》きこんでいる。

真黒な九官鳥の首には鮮やかな黄色の線があった。電車でゆられて運ばれてきたため、止り木の上で胸毛を震わせながらじっと動かない。

「これで、あたしたちが帰ったあとも、寂しくなくなりますね」

病院の夜は暗くて長い。六時以後は病室に家族も居残ることは禁じられている。一人で晩飯をくい、一人で寝台に横になり、あとは天井をじっと見ることしかすることがない。

「餌《えさ》のやり方が一寸《ちょっと》、大変よ。この餌を水で溶かして親指ほどのお団子にするんですって」

「そんなものを食べさせて、咽喉《のど》にひっかからないのか」

「いいえ。かえって色々な声をまねできるそうよ」

子供が指でつつくと、九官鳥は怯《おび》えたように鳥籠の端にしがみついた。妻は能勢の副食をつくるために患者用の炊事場に姿を消した。

「この鳥、もの言うんだってね。今度、ぼく来るまでに、パパ、色んな言葉、言わせといてよ」

子供にそう言われて、能勢は笑いをうかべながらうなずいた。六年前、この子もここの病院の産婦人科で生れたのである。

「そうだな。何を教えるか。君の名を言うようにさせてみようか」

夕靄《ゆうもや》は次第に病室をつつみはじめていた。窓のむこうの病棟にも一つ一つ、暗い灯がともる。廊下を配膳用の車が軋《きし》んだ音をたてて通りすぎていった。

「じゃあ、あたしたち、今日、留守番がいないから帰らせて頂くわ」

副食をつくり終った妻は、セロファン紙で皿を包むと椅子の上に置きながら、

「食慾がなくても全部、召上るのよ、手術前に体力だけはうんとつけなくっちゃあ」

子供にさようなら、パパ、お大事に、と言わせると彼女は病室の戸口でもう一度ふりかえり、

「しっかり、頑張ってね」

そしてその顔にまた、あの微笑がうかんだ。

病室は急にひっそりとなった。鳥籠のなかでかすかな物音をたてて九官鳥が動いた。寝台の上に坐ったまま彼は止り木にとまっている鳥の哀しそうな眼をじっと見ていた。彼が我儘だと知りながら妻にねだってこの高価な鳥を買わせたのは色々な理由があった。

二度の手術が失敗して今度は片肺を全部とるときまってから能勢は人に会うのが苦しくなっている。医師たちは三度目の手術の話となると口だけは確信ありげなことを言うが、その表情と眼のそらしかたとで彼は成功率は少ないのだなと思った。特に彼の場合いけないのは二度の手術の失敗で肋膜が胸壁にすっかり癒着していることである。その癒着を剝《は》がす時の大出血が最も危険なのだ。既に自分と同じ状態で手術中に息を引きとった患者の例を幾人か耳にしている。彼には見舞い客に会って陽気をよそおったり、冗談を言う気力は、もうなくなっていた。一つにはそんな自分に九官鳥は恰好の相手のように思えたのである。

四十歳ちかくになって能勢は犬や鳥の眼を見るのが好きになった。ある角度から眺めると冷たく、非人間的なのに、別の角度から見ると哀しみをじっとたたえたような眼である。彼は十姉妹を飼ったことがあるが、ある日、その一羽が死んだ。息を引きとる前、小鳥は彼の掌のなかで、次第に瞳孔を覆ってくる白い死の膜に懸命に抗《あらが》うように一、二度、眼をみひらいた。

その鳥と同じような、哀しみをたたえた眼を彼は自分の人生の背後に意識するようになった。その眼は特にあの日の出来ごと以来、能勢をいつもじっと見つめているような気がする。見つめているだけではなく、何かを自分に訴えているような気がする。

Ⅱ

手術前の準備の一つとして気管支鏡検査があった。これは鏡のついた金属の管を直接、口から気管支に突っこんで中を覗くのである。患者たちはこれをバーベキュウとよんでいるが、寝台に仰むけになって金属の棒を入れられたみじめな自分の姿がバーベキュウとそっくりだからである。やられる者が口から血と唾を洩らし苦痛のあまり、もがくのを看護婦たちが必死で押えつける。

その検査をすませて、傷ついた歯ぐきから流れる血を紙でぬぐいながら病室に戻ると、また妻が子供をつれて病室に来ていた。

「真蒼《まっさお》よ。お顔が」

「検査があったのさ。例の焼鳥の串差しだよ」

二度も手術を受けてきた能勢は肉体の苦痛には鈍感になっている。痛いということがそんなに怖ろしいことではなくなっている。

「パパ。九官鳥は？」

「まだ何も覚えないんだ」

彼は寝台に腰かけて、乱れた呼吸をしばらく整えていた。

「さっき来る前に大森の康子ちゃんから電話があったのよ。今日こちらに御主人と見舞いに来てくれるんですって」

妻はうしろをむいて、白いエプロンをかけながらそう言った。うしろをむいているためにその表情はこちらにわからない。

「亭主とか」

「ええ」

大森の康子とは妻の従妹《いとこ》である。四年前に経済企画庁の役人と結婚している。その夫というのは、首もふとく、肩幅も厚いいかにも精力的な実務家という感じの男だった。

「大森の康子ちゃん……あなたが、検査で疲れてらっしゃるなら、電話かけて断りますわ」

妻は彼が黙っているので気がねをしたように言った。

「いいさ。折角、来てくれるんだろ」

彼は寝台の上に仰向けになって、手枕をしながら雨もりの染みのついた病室の天井を見あげた。雨もりの染みはその縁だけが黄ばんでいる。あの夕方も雨がふっていたな。この病室よりも、もっと小さい、もっと暗い、告悔室のなかで、自分は葡萄酒くさい臭いを口から発散させている外人の老司祭と金網を隔てながら跪《ひざまず》いていたのだ。

「Misereatur tui Omini potens Deus……」

片手をあげながらラテン語の祈りを唱え終ると、その老司祭は体を横にむけて能勢の言葉をじっと静かに待っていた。

「私は……」

能勢はそこまで言いかけて口を噤《つぐ》んだ。彼は長い間、この告悔室に入ることも、あのことを打ちあけるのもためらっていたのだ。しかし、今、やっと勇気をだして、傷口に肉と一緒にくっついたガーゼを剝ぎとろうと思ってここに来たのである。

「私は……」私は……子供の時、自分の意志ではなく親の意志で洗礼を受け、だから長い間、形式と習慣とで教会に通ったまでです。しかしあの日から、私は自分の背丈にあわせず親がきめて着させた服を捨てられぬことをはっきり知ったのです。ながい歳月の間にその服そのものが彼自身の一部となり、それを棄ててしまえば、ほかに体も心もまもる何も持っていないのを知ったのです。

「早くしなさい」葡萄酒の臭いと口臭とをまじえてその老神父は小さな声で促した。

「次の人が待っている」

「弥撒《ミサ》に長い間、行きませんでした。愛徳に欠ける行為は毎日のようにやりました……」

能勢は口に次から次へと出るあたりさわりのない罪を呟《つぶや》きつづけた。

「家庭の中で夫として父として模範的でありませんでした」

俺が今言っているこの言葉はなんと滑稽なんだろうか。跪いて、こんな愚劣なものを呟いている。もしこれを眼にしたら心から自分を嘲笑し軽蔑《けいべつ》するであろう友人たちの顔が一人一人、彼の脳裏をかすめた。その言葉には滑稽なだけではなく、もっとも賤《いや》しい彼自身の偽善さえふくまれていた。

しかし、そんなことではなかった。能勢がこの酒くさい老司祭のむこう側にいるものにむかって、告げねばならぬのは、こんなやくざな軽薄なことではなかった。

「それだけ?」

能勢は今、自分がもっとも不誠実な行為をやりつつあるのを感じた。

「ええ。それだけです」

「天使祝詞を三回、唱えて下さい、いいですか。我々の罪をすべて背負って、彼は死んだのですから……」

簡単な訓戒と簡単な償いとをほとんど事務的な口調で命じると、外人司祭はまた片手をあげてラテン語の祈りを唱えた。

「さあ……安心して、行きなさい」

能勢は立ちあがって、小さな部屋の戸口まで歩いていった。こんな簡単なことで人間の罪がなぜ許されるというのか。我々の罪を背負って彼は死んだのだという司祭の言葉はまだ耳に残っている。跪いていた膝《ひざ》がまだ少し痛くよろめいた。自分の背後にあの哀しそうな眼を感じ彼の掌の中で死んでいった十姉妹のそれよりも、もっと辛そうに自分を見つめている眼を感じる……。

「おはよう、おはよう、おはよう」

「そんなに早くしゃべっちゃあ、九官鳥さんが迷っちゃうな」

彼は寝台から床のスリッパをひっかけると息子と一緒にベランダにおいた鳥籠の前にしゃがんだ。鳥は首をかしげてふしぎそうに子供の声に耳を傾けている。

「こら、おはようだよ。おはようと言えよ」

金網にかこまれた鳥籠はあの夕暮の告悔室に似ている。自分と外人の老司祭との間にはこれと同じような金網をはった衝立《ついたて》があった。そして自分は遂にあ、の、こ、とを言わなかった。言えなかった。

「言葉を言えよ。言わないの、九官鳥」

「言えなかったんだ、よ」

妻が彼の声に驚いてこちらをふりむいた。能勢はうつむいた。その時、病室のドアをノックして白い女の顔が中を覗いた。妻の従妹の康子だった。

Ⅲ

「伺おう、伺おうと思いながら、本当に申し訳なかったわ。主人にも叱られちゃったの」

白地の大島に小紋の羽織を着た康子はハンドバッグを膝の上において、夫と一緒に腰かけながらそう言った。

「つまらないもんだけど、召上ってよ」

彼女が妻にさしだしたのは泉屋のクッキーだった。長崎屋のカステラと同じように、義理で、見舞いにくる客が、必ずと言ってよいほど持ってくる菓子である。

そのクッキーと同じように、経済企画庁に勤めている康子の夫の顔には、いかにも親戚の義務上、見舞いにきたという表情があった。彼は俺が死んだら葬式の日、義務的に黒い腕章をつけてやってくるだろう。しかし自宅に戻れば大急ぎで妻の康子に家の入口で塩を体にかけさせるだろうなと能勢はぼんやり思った。

「血色なんかほんとにいいじゃないの。今度は大丈夫ね。そうそう悪いことはないものだわ。厄年を、先にすませたと思ったら、それでいいのよ」

そう言って康子は隣の夫の同意を促すように横をむくと、

「でしょう、あなた」

「うちの旦那さまなんか、今まで病気知らずだから、かえって危ないのね。会議だなんだといいこと言って、夜遅くまで宴会つづきでしょう。一病息災って言うけど、お宅の御主人の場合は、かえって長生きするわよ。気をつけてよ、あなたも」

「うん」

うん、うんと言いながら康子の夫はポケットからピースの箱をとりだし、チラッと能勢を見るとあわてて、しまった。

「すって下さいよ。かまわんですから」

「いや」

彼は当惑したように首をふった。

康子と妻との間で女同士の会話が始まった。それは能勢も康子の夫も知らない昔の友人たちの話らしかった。誰々が何処《どこ》にお嫁にいったとか、踊りの取立《とりたて》師匠さんがおさらい会を開いたというような話題の中で、圏外におかれた二人の男たちは黙ってぼんやり向きあっているより仕方がない。

「いい帯、してるわね。康子ちゃん」

「とんでもないわ。安物よ」

白地の大島に康子は朱色の献上帯を締めていた。

「その朱色が似合ってよ。どこで作ったの」

「みつだ屋さんよ、四谷の……」

妻にしては珍しい皮肉だった。彼女は献上帯のようなものを締める趣味を下品だと考えるような女だ。その妻が今康子にそんな皮肉を言ったのはなぜだろうと能勢は考える。一つにはもう彼女はそんな帯も持っていないためかもしれぬ。結婚した時、妻が持ってきた和服や帯は次々となくなっていったのだ。三年間の入院生活の間彼女が黙って次々とその着物を売っていっているのを彼は気づいていた。しかし妻の皮肉はそのためだけではないと気づいた時、彼はドキリとした。

康子の帯の朱色は血の色を思わせた。彼女を伴った世田谷の小さな産院の医者の診察着に血がとび散っていた。それは康子の血にちがいなかった。というよりは、彼の血の一部分でもあった。彼と康子の間にできたものの血でもあった。

当時、妻は能勢が今いるこの病院の産婦人科で寝ていた。出産のためではなく、早産の危険が非常に大きくなったので、妻は半月ほどここに入院したのである。赤ん坊はこのまま生れれば七百グラムに足りなく、硝子箱《ガラスばこ》のなかで育てねばならぬというので、医師は特殊のホルモンを妻にうちつづけたのである。

康子はその時、まだ結婚していなかったから、見舞いによく姿をあらわした。泉屋のクッキーではなくババロアを持ってきた。妻の病室の、色あせた花を捨てて、その代り薔薇《ばら》を花瓶に投げ入れていった。すぐ近くの左門町に彼女が習いにいっている踊りの稽古場があったから、帰り道に病院に寄るのに便利だったのだ。

　面会時間の終りを告げるベルがなると、能勢はオーバーの襟をたてて康子と肩を並べながらよく外に出た。ふりかえると産婦人科の病棟はまるで夜の港に着いた船のようにその小さい窓の一つ一つにあかりをつけていた。

「これから、一人でお家に戻って、一人で食事なさるわけ。……大変ね。女中さん、いないんでしょう」

　ショールの中に首を縮めながら康子はよくそんなことを言った。

「仕方ないさ。鑵詰《かんづめ》でも買って帰るよ」

「なんなら……あたしが……お夕食の支度をしてあげましょうか。いかが？」

　今から考えると能勢が康子を誘惑したのか、それとも康子が彼を誘うようにしむけたのかはっきりしない。しかしそんなことはどうでもいいのだ。恋情とか寂しさのための結合とかもっともな理由さえつけられぬ関係が二人の間にすぐ始まったのである。能勢が康子の腕を引張ると、待っていたように彼女はうす眼をあけて倒れてきた。二人は能勢の妻が嫁入りの時、実家から持ってきたベッドの上に折り重なった。事がすむと康子は妻の鏡台を使って白い両腕を頭にあげながら乱れた髪をととのえていた。

　そして妻が今度は本当の出産のために再入院する前日に彼女は怯えながら能勢に告げ

た。

「あたし、できたらしいの。どうするの」

彼がみにくい顔をして黙っていると、

「ああ、あなたはこわいのね。そうだわ。そうよ。生めと、言えないんだから」

「そうじゃないが……」

「卑怯者《ひきょうもの》ね。あなたは……」

彼女はそう言って泣きはじめた。

妻が病院に入ったあと、能勢は空虚になった家の六畳にぽつんと坐っていた。硝子窓から二つの寝台に西陽がさしている。その一つはあの日、康子と彼とが折り重なって絡みあった妻のベッドだった。西陽がさしたその下の畳の隅に、能勢はふと、針のような小さな黒いものの光っているのを見た。女のヘア・ピンだった。それが妻のものかそれともあの日の康子のものか、区別できない。しかし、長い間、能勢はその黒い小さいものを掌にのせたまま、じっと見つめていた。

中学時代の友人に教えられて、能勢は世田谷の小さな産婦人科医院に康子をつれていった。中絶とか堕胎とかをどのような言葉で言っていいのか、世事になれぬ彼にはわからなかった。

「御夫婦ですか」

受付の小さな硝子戸をあけて看護婦がたずねた時、強張《こわば》った顔をして黙っている能勢の横で、康子がはっきりと答えた。

「ええ、そうよ」

彼女が看護婦と姿を消したあと、彼は冷えびえとした小さな待合室に坐りながら、たった今、はっきり、「ええ、そうよ」と言った康子の表情を思いだした。その表情のどこにもためらいなどなかった。

油虫が待合室の壁を走っていった。その壁には手のようなしみがあった。膝の上で表紙のちぎれた古い週刊誌をめくりながら、心はもちろんながい間別のことを考えていた。子供の時にカトリックの洗礼をうけた彼には堕胎という行為がもちろん許されないことを承知していた。しかし、今、彼を脅かしているのはこの行為と共に康子のことが、妻や自分の家族に知られるという想像だった。家庭の幸福のためにもすべてに眼をつぶりたかったのである。やがて、年とった医者が扉をあけて姿をあらわしたが、診察着には康子の血痕《けっこん》らしいものが斜めに飛び散っていた。能勢は思わず眼を横にそらせた。

「この間、伊豆に行ったのよ。いいえ、温泉なんかじゃないわ。この人のゴルフの荷物もちよ。段々、あたし肥ってきたでしょう？　お前もゴルフをやれなんて奨められるんだけど、猫も杓子《しやくし》も近頃はゴルフさまさまだから。今更、みんなのすることをするなんていやねえ……」

妻は例の微笑をうかべて従妹の言葉をきいていた。少女の時から康子はなにかにつけて能勢の妻とはり合おうとしたと義兄から聞いたことがある。二人は一緒に踊りを習っていたが、おさらい会の時、妻が玉屋をおどると、康子は鷺娘《さぎむすめ》をやるといって泣いたそうである。だから今、彼女がゴルフのことを口に出したのも、病弱な主人をもった従姉と自分の夫とを意識的に比較してみせたにちがいない。その夫のほうは相変らず、能勢とむきあったまま、一言もものを言わずにこの退屈な見舞いが早くすむのを待っているようだった。

「御夫婦ですか」「ええ、そうよ」あの小さな産院で、答えた康子の平然とした表情をその後、もう一度、能勢は見ることが出来た。彼女の結婚式の時である。

Pホテルで開かれた披露宴の入口で、新婚夫婦は仲人にはさまれて、次々と挨拶する客に会釈を繰りかえしていた。その列についた能勢が妻と前を通りすぎた時、彼の視線と純白の衣裳《いしょう》を着た康子のそれとが交錯した。康子は仏像のように眼を細めて能勢の顔をじっと見つめた。そして静かに頭をさげた。

「お、め、でとう」

能勢は小さな、小さな、声で呟いた。その時、彼の心をふたたび影絵のようにあの世田谷の産院の壁のしみや医師の診察着についていた彼女の血痕がかすめた。新郎は手を前に組みあわせたまま人形のように直立している。もちろんこの男がなにも知らぬのを能勢はすぐ気がついた。

披露宴がすみ、能勢が妻とホテルの人影のない玄関を出てタクシーの空車をさがそうとした時、妻が、一人ごとのように、

「康子ちゃん、ホッとしたでしょうね」

「そりゃあ、結婚という完全就職がきまったからな」

月並な返事をしたが能勢の声はやはりすこしかすれていた。と突然、

「これで、すべてがうまくいくのよ。……あなたにも……わたしたちにも……」

能勢は足をとめ、彼女を盗み見るようにふりかえった。なぜか妻の顔にゆっくりとあの微笑がうかんだ。そして彼女は素早く彼等の前に停ったタクシーに乗った。

（ああ、こいつ、なんでも知ってたんだ）車の席に腰をおろしながら二人はしばらくの間だまっていた。妻の顔には微笑がまだ残っている。その微笑の意味が能勢にはつかめない。ただ、わかっていることは、この妻なら今後おそらく二度と、今のことを口に出さないだろうと言うことだった。

「手術さえ、すめばすべてがうまく、いくのよ。でもえらかったわねえ。淑《よし》べえ……三年間も看病したんですものね」

康子はベッドのほうに向いて、

「退院したら、この奥さまを大事に大事にしないと罰があたるわよ」

「既に罰はあたっているのさ」能勢は天井をみあげながら呟いた。「この通りだ」

「まア、あんなことを言ってるわ」康子はわざと高い声をだして笑うと、

「主人とも何時《いつ》も話してるのよ。ねえ……あなた。そうでしょう？　淑べえがどんなに大変だろうって」

「そうでもないわ。わたし……鈍感でしょう？」

三人の一つ一つの言葉にはそれぞれの刺《とげ》と自分だけの意味が裏側にかくされている。ただ康子の夫だけが退屈そうに膝の上に組みあわせた親指をあげたり、さげたりしていた。

「そろそろ失礼しようか。病人が疲れられるといけんからね」

「そうだったわ。ごめんなさい。なにも気がつかなくて」

このなにも気がつかなくてという彼女のさりげない言葉は能勢の胸をチクリとさした。それは四人の会話の充分な締めくくりだった。康子の夫は何も気がついていない。そして他の三人はなにも気がつかぬふりをしてそれを口に出さないでいるだけだ。みんなは、この一件を彼のためにも自分たちのためにも誤魔化しているのだ。

「おはよう、おはよう」

ベランダではまだ子供が九官鳥にむかって教えつづけている。

「言えよ。言わないか。九官鳥」

Ⅳ

手術があと三日という日、今まで静かだった毎日が急に忙しくなった。看護婦につきそわれて肺活量や肺機能を調べられたり、血液を何回も取られた。血液型をみるだけではなく、手術台で能勢の肉体から流れでる血が何分で凝固するかを知っておかねばならぬからである。

それは十二月の上旬だった。クリスマスがちかいので昼休みなど病院附属の看護婦学校から合唱を練習する声が病室まできこえてくる。看護婦たちがクリスマスの夜に小児科病棟に入院している子供に歌を歌うのがこの病院の毎年の慣例だった。

「今度の手術も今までと同じ支度でいいわけですね」

能勢は病室で若い医師と話をしていた。手術の執刀はもちろん教授がやってくれるがこの若い医師も手伝う筈である。

「ええ、能勢さんぐらいになると手術ずれしているからね。今更、支度もいらんでしょう」

「前は骨ぬき泥鰌《どじょう》にされましたが……」

胸部の骨を切ることを患者はこう呼んでいた。

「今度は片肺飛行機にされるわけか……」

若い医師は苦笑して窓に首をむけた。クリスマスの合唱の声が窓から流れこんできてうるさかった。

汽笛一声　新橋を

はや我が汽車は離れたり……

「確率はどのくらいですか」

能勢はじっと相手の表情の動きから眼を離さずに急にその質問を発した。

「ぼくが今度の手術で助かる確率ですが」

「なにを今更、弱気なこと、言うんです。大丈夫ですよ」

「本当ですか」

「ええ……」しかしその時、若い医師の声には一瞬苦しいためらいがあった。

「本当ですよ」

箱根の山は　天下の嶮《けん》

函谷関《かんこくかん》も　ものならず……

俺は死にたくない。死にたくないよ。三度目の大手術がどんなに辛くてもまだ死にたくない。俺には人生にそして人間にどんな意味があるのかわかっていない。ぐうたらで、怠けもので自分を誤魔化している。しかし人間が別の人間の横を通りすぎる時、それはただ通りすぎるだけではなく必ずある痕跡を残していくことだけはわかってきた。もし俺がその横を通りすぎなかったらその人たちは別の人生を送れたかもしれぬ。それはたとえば妻の人生であり、康子の人生なのだ。

「生きたいよ。俺は……」

医師がいなくなったあと、能勢はベランダから病室に入れた九官鳥にむかって小声で言った。鳥籠にしいた新聞紙は白い糞《ふん》でよごれ、食べのこした団子の餌がころがっている。九官鳥は黒い体をまるめるようにしてあの哀しそうな眼でじっと彼のほうを見つめていた。カキ色のとがった嘴《くちばし》は外人司祭の鼻のようだった。顔もあの日、酒くさい息を自分に吐きつけた司祭の表情によく似ていた。そして自分と彼との間にはこの鳥籠のような金網もあった。

「康子とああなったのは仕方なかった。ね、あの産院に行ったことも仕方なかった。そんなことは罪じゃない。あれは俺と康子だけで終る行為だ。ただそのために一つの波紋が二つになり、二つの波紋が三つになり、みんなが互いに誤魔化しあい……」

九官鳥は首をかしげて黙って彼の言葉に耳を傾けた。告悔室の中で司祭が無言で横顔をこちらにむけて坐っている姿とそっくりだった。

だが鳥は下の止り木から上の止り木にぴょいと飛びあがると、腰をふるわせて丸い糞をおとした。

夜がきた。廊下を足音をたてながら当直医師と看護婦が各病室を覗いて歩く音が遠くから聞える。

「変りないですね」

「はい、ありません」

彼等の手にした懐中電燈が灯を消した病室の壁に動いた。風呂敷をかぶせた鳥籠の中で九官鳥がみじろぐかすかな音がする。

一つの波紋が二重になり、更に三重になっていく。最初に石を投じ、最初の波紋をつくったのは自分である。そしてその自分が今度の手術でもし死ねば波紋は更に次から次へと拡がっていくだろう。人間の行為はそれ自身で完結するということはない。俺はみんなの周りに、誤魔化しをつくった。病院で誰かの死を誤魔化す以上に、三人の人間のあいだに生涯、消すことのできぬ誤魔化しをつくっていった。

(あと三日すれば、手術か。もし助かれば今年の正月も……この病室で送るわけだな)

正月がくると能勢は四十歳になるわけだった。

「四十にして、惑わず……」

それから彼は眼をつむって、無理矢理に自分を眠らそうとした。

V

手術の朝がきた。病室がまだ暗いうちに看護婦に起された。前夜、ハイミナールの睡眠薬をもらったので頭が重い。

六時半、手術をうける胸部の毛剃《けぞ》り、七時半、灌腸《かんちょう》。八時に麻酔の第一段階《グラード》としてパンスコの注射をうけ、白い丸薬を三錠のむ。

妻が彼女の母と病室の扉をそっとあけて、中を覗きこんで小声で言った。

「まだ、眠っていないらしいわ……」

「馬鹿だなあ。このくらいで眠れるもんか。昨日、今日の初年兵じゃあるまいし」

「あまり、ものを言わないほうがいいのよ」妻の母が不安そうな顔で言った。

「じっと、してらっしゃいな」

康子は俺が今日、手術を受けることさえ、もう忘れているだろう。髪に金具のようなヘア・クリップをつけてあの経済企画庁の主人のために珈琲《コーヒー》でも沸かしているだろう。

二人の若い看護婦が運搬車を押して姿をあらわした。

「さあ。能勢さん、行きましょうね」

「一寸、待ってくれ」

彼は妻にむかって言った。

「ベランダから、九官鳥の籠、もってきてくれよ。なにね。一寸こいつにもさよならぐらい言おうじゃないか」

みんなはこのおどけた彼の言葉に軽い笑い声をたてた。

「はい、はい」

妻がかかえてきた鳥籠の中から鳥はあの眼で能勢をみつめた。俺が告悔室で老司祭に言えなかったものを言ったのはお前だけだ。お前は意味を知らずに、あれを聞いた。

「もういいよ」

抱きかかえられて仰むけに乗せられた運搬車が軋んだ音をたて廊下を動きだした。妻は車と平行して歩きながら、ともすると、ずり落ちそうになる毛布を引きあげている。

「あら能勢さん。しっかりね」

うしろから誰かが叫んでくれた。

右に、左に病室や看護婦室がみえ、炊事室が通りすぎ、エレベーターの中に入れられた。

五階にそのエレベーターがのぼると車は消毒薬の臭いのしみこんだ廊下を相変らず軋ん

だ音をたてて進んでいった。前方に扉を閉じた手術室がある。

「じゃ、奥さん、ここまでで……」

看護婦は妻にそう言った。ここからはもう家族も立ち入ってはいけないのだ。

仰むけになったまま能勢は妻を見あげた。妻のすこしやつれた顔にふたたび、あの微笑がうかんだ。なにか事があるたびに彼女が必ずつくるあの微笑がうかんだ。

手術室に入ると寝巻をとられ、すぐ眼かくしをされた。固い手術台に寝かされると体を覆った布を幾つかの手がフックでとめていった。熱いタオルで足があたためられる。血管を太くして輸血針をさしやすいようにしているのだ。なにか金属をおく音が耳もとでカチカチする。

「要領は知ってますね。ガス麻酔の」

「ええ」

「じゃあ、口に当てますよ」

ゴムくさい臭いが鼻についてくる。口と鼻とをゴムで覆われる。

「こちらが言う通り、数えて下さいよ」

「はい」

「ひとオつ」

「ひとオつ」

「ふたアつ」

「ふたアつ」

妻の顔が眼にうかんだ。あいつはみんな知っていたわけだな。ただあいつはすべてがまるくおさまるのを待っていたわけか。あいつにそんな自分自身にたいする誤魔化しをさせたのはいつ……。

「いっツう」

「いっツう」

そして能勢は昏酔《こんすい》していった。

眼がさめるまでほんの一分か、二分にしか感じられなかった。彼がゆっくりと麻酔からさめたのはその日の夜だった。

若い医師の顔が真上にあった。妻のあの微笑もあった。

「やア、今日は」

彼は少しおどけてみせて、また深い眠りに落ちた。二度目に目をさました時は午前四時ちかい時刻だった。

「やア、今日は」

妻の姿はみえず、宿直の看護婦がきつい表情で彼の右腕に黒い血圧計の布をまいて、血圧を観察していた。鼻の穴には酸素吸入器のゴム管がいれられ、足からは輸血の注射針がさしこまれていた。そして左の胸には二つの黒い穴があけられ、穴からビニールの管がつきだしていた。その管を通して胸部にたまった血をたえず硝子瓶の中に流す機械の音がきこえていた。水がたまらなく欲しかった。

「水……水をください」

「駄目です」

氷枕をつくってきた妻が跫音《あしおと》をしのばせて病室に入ってきた。

「水、くれ」

「我慢して」

「手術は何時間かかったんだ」

「六時間」

「すまなかったな」と言いたかったが、その力も今はなかった。

胸の中に大きな石をつめこまれたような感じだった。だが肉体の苦痛などにはもう馴れていた。

窓がしらみだした。朝がちかづいてきたとわかった時、始めて助かったと思った。よくよく運がよかったと思った。その悦びは大きかった。

だが、血のまじった唾はたえまなく出た。普通この血は術後、二、三日でとまる。手術した肺の傷口から出る血がすっかり凝固した証拠である。けれども能勢の場合は四日たっっても五日たっても唾のなかの血せんは消えなかった。おまけに熱は相変らず、下降しなかった。

医者が幾人も入れかわりで病室にあらわれ、廊下で何かひそひそ話をしている。彼等が気管支に穴があく気管支漏を疑っていることぐらい能勢にはすぐわかった。もしそうだとすれば、やがて雑菌が傷口につき、膿胸《のうきょう》を併発する。再び手術を幾度も行わねばならない。医師は大急ぎで抗生物質の注射を追加し、アイロタイシンの服用を開始しはじめた。

二週間目にやっと血が唾にまざらなくなり、熱も少しずつ下降しだした。

「今だから言いますけどね……」

教授はうれしそうに枕元の椅子に腰をおろして、

「よく、助かりましたなあ、すべて危ない綱わたりばかりだった……」

「手術中もですか」

「ええ、手術中、あんたの心臓は幾秒か停止してね。あわてましたよ。あの時は。しかし、よくよく運の強いかたですな」

「今まで、能勢さん、よほど善行を重ねたんでしょうね」

とうしろに立っている若い医師も笑った。

一ヵ月たつとやっと寝台にくくりつけた紐《ひも》を持って起きあがれるようになった。脚もすっかり肉がおち、骨も七本、片肺もなくなるというみじめな肉体を能勢は痩せこけた腕でしみじみとなぜた。

「ああ、そうだ。俺の九官鳥は」

病気との戦いの間、彼は看護婦室にあずけた九官鳥のことを忘れていた。

妻は眼をふせた。

「死んだわ」

「どうしたんだ」

「だって看護婦さんもあたしも、九官鳥にかまっている暇はなかったんですもの。餌はやってたんだけど、ひどく冷えた晩、部屋に入れてやるのを忘れちゃって。ベランダにおきっ放しにしていたのがいけなかったの」

能勢はしばらく黙っていた。

「ごめんなさいね。でも、あなたの身がわりになってくれたような気がして……家に持ってかえって庭に埋めました」

無理もないことだった。妻とすれば鳥などに注意をはらう心の余裕がなかったのは当然であろう。

「鳥籠は？」

「まだ、ベランダにあるわ」

彼は眩暈《めまい》をこらえながら床のスリッパをひっかけた。壁に手を支えながら、一歩一歩、ベランダに出た。眩暈はやっと静まっていった。

空は晴れている。窓の下の路に自動車やバスが走っていた。冬のうすい陽が鳥のいない鳥籠にさしている。鳥の残した白い糞は籠のとまり木にこびりつき、水入れはからからに乾いて褐色の跡をのこしている。空虚なその鳥籠には一つの臭いがあった。鳥の臭いだけではなく、能勢自身の人生の臭いがあった。彼がこの鳥籠の中で生きていたものに話した息の臭いがあった。

「これから、すべてうまくいくわね」

彼の体を支えながら妻がそう言った。

「いや、ちがう」

能勢はそう口に出しかけて黙った。

影法師

　この手紙を本当に出すのかどうかわかりません。今日まで僕は貴方《あなた》へ三度ほど手紙を書いたことがある。しかし途中でやめたり、書き終えても机の引出しに入れたまま、結局、出さずじまいだった。

　だがその毎度、筆を動かしながら、これは貴方にむかって書いている手紙ではない、事実は自分に宛《あ》てた手紙ではないか、自分の不安を鎮め、自分の心を納得させるためのものではないかと思うことがありました。結局、手紙を出さずじまいだったのも、書いたところで無意味な気がしたり、心の底がどうしても充たされなかったためでしょう。だが、今は少し違う。今は完全とは言えぬが、僕のなかには貴方が起したあの事件についてもやっと心を納得させるものが少しずつ生れているような気がするのです。

　だが何から語りはじめればよいのか。少年時代、日本に来たばかりの貴方に会った思い出からしゃべればいいのか。それとも母が死んだ日、貴方が駆けつけた僕のために玄関の扉をあけて「駄目でした」と首をふられた時から語ればいいのか。

実は昨日、貴方に会ったのです。もちろん貴方は僕がそこにいたことも、自分が見られていることも御存知なかった。貴方はテーブルにつき、一皿の食事が運ばれるまで、古い黒い鞄《かばん》から（その鞄には僕は記憶がありました）本をとりだして読みはじめていた。その姿は昔、貴方が司祭だった時、食事の前に聖務日禱《にっとう》の本をとり出して開いておられた姿を思い出させました。渋谷の小さなレストランですが、霧雨が降って、曇った硝子窓《ガラスまど》のむこうに歩道を歩く人間たちの姿がまるで水族館の魚のように見えた。僕はそこでスポーツ新聞をひろげながら、片手でライスカレーのスプーンを口に運んでいました。僕の好きな大洋の選手がトレードに出るというニュースがその一面に大きく出ていたからです。その下に友人の連載小説が掲載されていました。

ふと顔をあげると隅で、黒服を着た外人が背中をこちらにむけて着席しようとしていた。びっくりしました。六年ぶりで見る貴方だったからです。そして我々二人の席は二十米《メートル》ぐらい離れていて、その間に四、五人の会社員が同じテーブルを囲んでハンバーグ・ステーキを食べていました。「フロントギヤーは使いにくくて仕方がないね」「いや、そんなもんじゃないよ」彼等のそんな声が耳に届きました。その一人のはげあがった額に十円銅貨ほどの赤黒いアザがありました。

貴方は水を入れたコップを運んできた若い給仕に愛想よい笑顔でメニューの一部を指さし、給仕がうなずいて離れると膝《ひざ》の上においた黒い古い鞄から英語の本をとりだして読みはじめた。英語かどうかわかりません。とに角、横文字の本です。(老けたなあ)と思いました。(老けこんだなあ)こんなことを言っては宣教師だった貴方に失礼かもしれぬが、貴方は若い頃非常に美男子だった。初めてあの神戸の病院で貴方に会った頃、少年のくせに僕は貴方の彫刻のような彫りのふかい顔や葡萄色の澄んだ眼をみて、つくづく、男前やなアと思ったのを憶《おぼ》えています。その顔が、今、老いで蝕《むしば》まれ、栗色の髪がうすくなり(もっとも僕のそれもかなり乏しくなりましたが)そして眼の下が、何かセルロイドの一片でもはさんだようにふくらみ赤くなっていました。僕はその顔のなかに、あの事件を起してからの、貴方の孤独を嗅《か》ぎとろうとしました。それにこの異郷のなかで妻子をかかえて、稼がねばならぬ貴方の苦労や、友人もなく助ける者も失ってしまった貴方の辛さを確かめようとしました。

立ちあがって、そばに寄り、やあ、しばらくと言いたかったが言えなかった僕は椅子に坐ったまま、興信所の所員のように新聞で顔をかくしながら貴方を観察していた。たしかに好奇心が働いていました。小説家としての興味も手伝っていました。しかし、それだけではない。心のなかに何か引きとめる大きな力があってそれが貴方のところまで行かせなかったのです。その引きとめた力に似たものを今からこの手紙で書きます。とに角、こっちは貴方をそっと窺《うかが》っていた。やがて給仕が一皿の料理を貴方のところに運んできた。貴方はさっきと同じように笑顔でうなずき、それから、ハンカチをナプキン代りに胸にぶらさげた。こっちはまだじっと観察している。そして貴方は椅子をきちんと引いて姿勢をただすと指を胸まであげ、皆にみられぬくらいの速さで十字を切った。僕はその時、言い知れぬ感動をおぼえました。(そうか) そんな感動でした。(やっぱりそうだったのか)

僕を貴方のテーブルに行かせるのを、とどめた力――それを説明するのはむつかしい。言いかえればそれは僕の人生を形成した重要な流れの一つだからです。今日までその流れに手を入れて小説家として僕は色々な小説を書いてきました。自分の河床に沈澱《ちんでん》したものを拾いあげ、その塵埃《じんあい》を洗い除き、それを組みたてる。その中にはまだ拾いあげていない重要なものがあります。貴方が見たことのない僕の父、貴方が生涯、色々と面倒をみて下さった僕の母、それをまだ小説に書いてはいない。そして貴方自身にも僕は手をつけなかった。いや、嘘だ。僕はあなたのことを、小説家になってから三度、人にわからぬように変形させて書いています。貴方は、あの事件以来、僕にとって長い間、文字通り重要な作中人物でした。重要な作中人物なのに貴方を書いた小説はほとんど失敗してきた。理由はわかっている。それは僕がまだ貴方をしっかり摑《つか》めていなかったからだ。しかし失敗をつづけたにかかわらず、貴方は僕の心の世界にひっかかるのを決してやめなかった。払いのければどんなに楽だったか。しかし、僕にとって母や貴方をどうして払いのけることができましょう。

この河を時折ふりかえる時、どうしても、僕が洗礼を受けさせられたあの阪神の小さな教会が心に浮ぶ。今でもそのままに残っている小さな小さなカトリック教会。贋《にせ》ゴシックの尖塔《せんとう》と金色の十字架と夾竹桃《きょうちくとう》の樹のある庭。あれは、貴方も御存知のように僕の母がその烈しい性格のため父と別れて僕をつれて満洲大連から帰国し、彼女の姉をたよって阪神に住んだ頃です。その姉が熱心な信者でしたし、母は孤独な心を姉の奨めるままに信仰で癒《いや》しはじめていました。そして僕も必然的に伯母や母につれられて、その教会に出かけたのでした。フランス人の司祭が一人、その教会をあずかっていました。やがて戦争が烈しくなるとこのピレネー生れの司祭はある日、踏みこんできた二人の憲兵に連れていかれました。スパイの嫌疑を受けたのです。

だが、それはずっとあとのことだ。中国では戦争が始まっていましたが、時代は日本カトリック教会にとってまだそんなに苦しくなかった。クリスマスになれば、深夜、ハレルヤの鐘を高らかに鳴らすことができましたし、復活祭の日は花が門にも扉にも飾られ、外人の娘たちのように白いヴェールをかぶった女の子を近所の悪童たちが羨《うらや》ましそうに眺め、僕たちは大得意でした。その復活祭にフランス人の司祭が十人の子供たちを一列にならべ一人一人に「あなたは基督《キリスト》を信じますか」とたずねました。すると一人一人が「信じます」と鸚鵡《おうむ》返しに答えたのでした。僕もその一人だった。他の子供たちの口調をまねて僕も「はい、信じます」と大声で叫びました。

夏休み、教会では神学生がよく子供たちに紙芝居をみせてくれました。六甲山にハイキングにもつれていってくれた。その神学生が帰郷すると、僕らはよく庭でキャッチボールをしたものです。球がそれて窓硝子にぶつかると、フランス人の司祭が満面朱をそそいだ顔を窓から出して怒鳴りました。父に別れた母は暗い表情で伯母と何かを相談していましたし、僕にとっては決して仕合せだとはいえなかった毎日でしたが、それでも大連にいた頃にくらべれば両親の争いのなかで一人苦しむ必要はなく、まずまず秩序のあった時だと思います。

その教会に時折、一人の老外人がやって来るのでした。信者たちの集まらぬ時間を選んで司祭館にそっと入る彼を僕は野球をしながら見て知っていました。「あれは誰」伯母や母に訊《たず》ねましたが、彼女たちはなぜか眼をそらせ黙っていました。しかし足を曳《ひ》きずるように歩くこの男のことを僕は仲間から教えてもらいました。「あいつ、追い出されたんやで」神父のくせに日本人の女性と結婚し、教会から追放された彼のことを信者たちは決して口には出さず、まるでその名を口に出しただけで自分の信仰が穢《けが》れると言うように口をつぐんだものです。そっと会ってやるのは、あのピレネー生れのフランス人司祭だけだった。僕自身と言えば、そんなこの老人を怖《おそ》ろしいような、そのくせ好奇心と快感との入りまじった感情でそっと窺っていたものです。幼年の頃、大連で育った僕は、あの植民地の町で故国を追われた白系ロシヤ人の年寄りたちを幾人か見ましたが、その一人でロシヤパンを日本人街に売りにくる老人の顔がこの男のそれに重なりました。どちらも、古びたと言うよりはこわれたと言った方が感じの出る外套《がいとう》を着て、首に手編みの大きな襟巻をまき、リューマチの足を曳きずるようにして、時々、よごれた大きなハンカチで鼻をかむ仕種《しぐさ》までそっくりだったからです。が、今思えば、彼等が持っていたあの孤独な翳《かげ》には、それまで自分たちの芯《しん》の芯まで支えていたものから追放されたものが等しくあったのです。

あれは夏休みの夕暮でした。僕は路を歩いていました。おそらく野球でもやりにいくつもりだったのでしょう。夕暮の光が強く照りつけた教会の門前で僕は突然、この老人にぶつかりそうになりました。こちらは彼がそこから出てくるとは少しも考えていなかった。びっくりして立ちどまり、体を石のように固くしている僕に、この老人は何か言葉をかけました。何を言っているのかわからなかった。ただ気持が悪く、怖ろしいという気持でいっぱいでした。僕は首をふり、急いで、聖堂にのぼる石段を駆けあがろうとしました。と、大きな手が僕の肩にかかりました。「心配はいらない」とか「こわがることはありません」と老人は片言の日本語でそんな意味のことを言っていたのです。彼の息が臭かった。こっちは必死で逃げました。ただ哀しそうに僕をその時、見つめた相手の葡萄色の眼だけがわかりました。家に戻ってから母にこの出来事を話しましたが、黙っていました。そして二、三日もたつと、勿論《もちろん》、僕もそのことを忘れてしまいました。

ふしぎなのはその出来事があってから一ヵ月して貴方が僕の人生に姿を見せたのです。その偶然が今、僕にはまるで自分の人生の河にとって大きな意味があるもののように思えてなりません。一年前ある長い小説を書きながら、屢々《しばしば》、僕はこの偶然を考えました。その小説のなかで僕はくたびれ、疲れ果て、そして磨滅して凹《へこ》んだ踏絵の基督の顔と、西洋の宗教画に出てくるような静謐《せいひつ》と浄《きよ》らかさと情熱に充ちた基督の顔とを主人公のなかに対比させました。その時、イメージとして心に思いうかべていたのは、あの頃の貴方の顔とあの追放された老人の顔でした。

僕がその年の秋、盲腸炎にかかって灘《なだ》の聖愛病院に入院した時、手術後の抜糸がすんで、伯母と母とからお粥《かゆ》を食べさせてもらっていた僕の病室に突然、貴方は入ってきた。母たちはびっくりして立ちあがりました。いわゆる神父さまが入ってきたから驚いたのではない。それまで僕らの見た司祭は、あの教会の司祭といい、そのほかの神父たちといい、瘦《や》せこけて度の厚い眼鏡をかけたような人たちばかりでした。特に日本人の神父ときたら、日本人か二世かわからぬ恰好にみえました。その時、扉をあけてあらわれた貴方は全くちがっていた。がっしりとした体を真白なローマン・カラーのついた手入れの行き届いた黒服につつみ、栄養のいい顔に紳士的な微笑をうかべた貴方は、僕ら三人の日本人をどぎまぎさせるに充分でした。貴方は丁寧に伯母と母とに挨拶をすると、箸《はし》と茶碗を手に持ったまま体を石のように固くしている僕を見おろしました。貴方の日本語はかなり流《りゅう》暢《ちょう》だった。こっちは額に汗をかきながら懸命に答えたのです。「はい、もう元気です」「いえ、寂しくありません」と。そして貴方が出ていったあと、僕が「男前やなあ」と叫ぶと、母もふかい溜息《ためいき》をつきました。「惜しいわねえ。あんな人が結婚もしないで神父になるなんて」、それから伯母がその母の失言を怒りはじめました。

しかし母はひどく貴方に興味を持ったようでした。病室を訪れると、必ず貴方がもう来たかどうかを僕にたずねました。

「うるせえな、知らねえや」

僕は何か不快な感じがして、わざと下品な言葉遣いをしたものです。しかし女としての好奇心から、母は貴方がスペインの士官学校を出た軍人だったこと、後に考えるところあって軍人をやめ司祭の道をえらび、神学校に入ったことや、日本に来てから、加古川の修道院に一年もいたことなどを聞きこんできました。

「あの人は普通の神父さんと違うのよ。学者の家に生れたんですよ。ああいう立派な息子を持ったお母さんは本当に仕合せだろうな」

母は僕を励ますようにそう言いましたが、こっちは子供心にもそれが息子に言いきかせている言葉ではないのを感じていました。

退院してからも母は僕をつれて、たびたびこの病院をたずねました。彼女は普通の神父たちの話には飽き足りなかったのです。洗礼こそ受けていましたが、きつい性格を持っている彼女には自分の眼の前に突然あらわれた貴方から、渇えていたものを充たされると思えたのでしょう。小心で安全な人生のアスファルト道を歩きたかった父にはこんな母の生き方が耐えられなかったのです。姉にすすめられ、一時の孤独をまぎらわすため通いだした基督教が、今は母にとって本当のものになりはじめました。彼女は阪神の幾つかの学校で音楽を教えるかたわら、次々と貴方が貸してくれる本をむさぼるように読みだしました。そしてその頃から彼女の生活が一変しました。まるで修道女と同じようにきびしい祈りの生活を自分に課し僕にも課したのです。毎朝、僕をつれてミサに行き、暇さえあればロザリオをくっていました。彼女は僕まで貴方のような司祭に育てることさえ考えはじめていたようです。

ここでは僕は貴方と母との精神的な交渉は書かないつもりです。しかし、二年後、貴方は私の伯母や母の指導司祭として家に土曜日ごと訪れるようになりました。伯母の友人や教会の信者たちも集まってきました。今だから白状しますが、僕には貴方が来られるその日はかなり苦痛でした。母はいつもより僕に更にきびしく、手を洗わせ、散髪に行かせ「神父さまがいらしったら、きちんとして頂戴」と厳命するからでした。いや、それよりも大人たちにまじって、貴方の話をきいても何が僕にわかったでしょう。緊張しているせいか、それに疲れやすい体質のせいか（子供の頃から僕が体の弱かったことは、貴方もよくご存知です）僕は母のそばで睡魔と闘うだけでいっぱいでした。旧約聖書も新約聖書も基督もモーゼももうどうでもいい。膝を自分でつねり、他のことを考え、退屈と次第に重くなってくるまぶたと闘うだけで、こっちは精一杯だったのです。母が怖ろしい眼で僕を睨《にら》む。それがこわさに、やっと一時間をどうにか眠らずに防ぎきることができるのでした。

夏の朝ならとも角、冬の朝だって母は僕が教会に行くことを怠るのを許しませんでした。五時半。まだ暗闇が空の大半にひっかかり、どの家も眠りこけている時に、黙って祈りながら歩いている彼女のうしろから僕は手を息で暖めながら霜で凍った路を歩いて教会に通ったものです。例のフランス人の司祭が祭壇の暗い灯のそばで、両手を合わせたり、体をかがめたりして一人でミサを唱え、その影が壁にうつり、冷えきった聖堂のなかで跪《ひざまず》いているのは、二人の老婆と僕たち親子だけでした。祈るようなふりをして僕が居眠りをすると、母がこわい顔をして睨むのでした。

「そんなことで、神父さまのようになれると思うの」

神父さまとは貴方のことでした。貴方が彼女にとって、僕の未来の理想像であり、そうならねばならぬ人間像になったのです。必然的に僕は貴方に反撥し、貴方の清潔な服装、手入れの行き届いた顔や指がイヤになりました。貴方の自信ありげな微笑や、学識や信仰がイヤになりました。憶えておられますか。あの頃から僕の学校の成績が次第に落ちはじめたことを。僕はその頃、中学校二年でしたが、意識的に怠惰なだらしない少年になろうとしはじめたのです。なぜなら怠惰でだらしない人間とはまさしく貴方の反対の人間でしたから。貴方のように自分の信仰や生き方に深い信念と自信をもって生きる男に息子を仕立てようとする母にたいする反抗から、僕はわざと勉強を怠りできるだけ劣等生になろうとしました。もちろん、母の手前、勉強机にむかうふりをしても、僕は何もしなかったのです。

あの頃、僕は一匹の犬を飼っていました。近所の鰻屋《うなぎや》でもらった雑種犬でした。兄弟もなく、また両親の複雑な別居から、本当に哀しみをわかちあう友だちも持てなかった僕は、こののろまな犬を非常に可愛がっていました。今でも僕の小説にはしばしば犬や小鳥が登場しますが、それはたんなる装飾ではありません。あの頃、僕にとっては、あまり人には言えぬ少年の孤独をわかってくれるような気がしたのはこの雑種の犬だけでした。今日でも、犬のうるんだ悲しげな眼をみると、僕はなぜか基督の眼を思いうかべます。もちろん、その基督とは、昔の貴方のように自分の生き方に自信をもっていた基督ではありません。人々に踏まれながらその足の下からじっと人間をみつめている疲れ果てた踏絵の基督です。

例によって成績が悪くなったことに母は怒りだしました。彼女から貴方は相談をうけたらしい。貴方は、母親に心配をかけぬように勉強をすべきであると、僕に少しきびしい顔をして忠告をしました。こっちは、(何を言ってやがる、西洋人のくせに)と心の中で呟《つぶや》いていました。そして忠告したのが貴方だというそれだけの理由から益々、怠惰をきめこみました。貴方は西洋の家庭では子供にもう少し罰を与えている、努力することを怠った少年にはそれだけの罰が与えられねばならぬと、ある日、伯母と母とに教えたようでした。そして三学期に相も変らず成績の悪かった僕を罰するため、犬を棄てることを母に命じたわけです。

あの時の辛さは今でもはっきり憶えています。僕は勿論、その言いつけを聞こうとしませんでした。そして学校から帰ってみると、わが愛犬はもう姿を消していました。母は近所の小僧に頼んで、犬をどこかに連れていかせたのです。このことはもう貴方もきっと憶えておられないでしょう。貴方にとっては犬は勉強にたいする僕の集中力をそらす障碍《しょうがい》にしか見えなかったでしょうし、犬を棄てることは、僕のため良かれかしという気持から出たのですから。今は僕は勿論、あのことを恨んでなどいません。だが、そんな些細《ささい》な思い出をここにとりあげたのは一つには、あれがいかにも貴方らしい行為だったように見えるからです。弱さ、怠惰、だらしなさ、そういうものを貴方は自分のなかにも他人のなかにも一番嫌っていました。おそらくそれは貴方の家庭がそうだったからでしょう。あるいは軍人教育を受けたという貴方の教育がそうさせたのかもしれません。「人間は強くならねばならぬ。努力せねばならぬ。生活でも信仰でも自分を鍛えねばならぬ」貴方はそう口には出して言いませんでしたが、実生活でそれを自分で実践していました。貴方がどんなに活動的に布教という仕事にとりくまれたか、自分の神学研究を怠らなかったか、誰だって知っています。非難の余地は少しもなかった。誰もが貴方を（母と同じように）立派な方だと尊敬した。たった一人、僕だけが子供心にもその非難の余地のない貴方に苦しみはじめたのでした。

僕にとって不幸なことには、その頃、貴方は新しい仕事をやることになった。基督教の学生や生徒のための寮が御影《みかげ》の高台にできて、聖愛病院の専任神父だった貴方がこの寮の指導司祭になったことです。「こういう仕事はあんまり向かないですが」いつものように聖書講義に集まった人たちの前で貴方は困ったような顔をしていました。「しかし、上からの命令で引きうけなければなりませんね」そのくせ、貴方はこの仕事に興味を持っているようでした。母はその帰り道に、僕にその寄宿舎に入ってみる気持はないかと急に言いだしました。母としては少しでも貴方のそばで僕が生活すれば、落ちた成績も元通りになり、信仰的にも向上するのではないかと考えたのです。こちらは幾度も厭だと言いましたが貴方も御存知だったきつい母の性格です。その年また馨《かんば》しくない通信簿をもらって帰った僕は、遂に貴方が舎監になって半年目のあの寄宿舎に入れられました。

厳格な寄宿舎でした。おそらく貴方が当時、模範としたのは西洋の神学校の寄宿舎か、士官学校の寮ではなかったのですか。言いわけをするのではありませんが、僕だってあの頃、努力をしたのだ。しかし、万事が裏目裏目とでた。貴方が僕に「よかれかし」と思うことがそうは思えなかった。僕が悪意でなくやったことも、貴方には僕の弱さに見えた。貴方は僕を「母のために」鍛えなおし、叩きなおそうとした。その槌《つち》が僕をやがては潰《つぶ》してしまうことに気がつかなかった。

色々なその出来事を一つ一つ書いていてもきりがありません。こんなことがあったのを憶えておられますか。寮生は（と言っても大半は専門学校以上の学生で、まだ中学生なのは僕ともう一人のNという男でした）朝六時に起きてミサにあずかったあと、朝食まで貴方を中心にして裏の山路を駆け足で走るのが日課の一つでしたが、僕にはとてもそれが耐えられなかった。軍隊できたえた貴方や大学生の他の寮生にはそんなことは何でもなかったでしょう。しかし幼い時から気管支の弱い僕はたちまちにして息切れがし、眼がくらむのでした。走ったあとは脂汗が額にういて食欲もすっかりなくなり、時には軽い脳貧血になったことがあります。僕はその駆け足をたくみにさぼるようにした。やがてそれが貴方にみつかった。貴方は同じ中学生のNだってやることを僕ができぬ筈はないと言いました。だが、体の強い貴方には体の弱い者がどんなにああいう訓練に弱いかがわからなかったのです。「体を強くするために駆け足をみな、するだろう。君はその努力をしないのだ」それが貴方の言い分でした。貴方にとって僕は団体訓練を厭がる身勝手な少年にみえたのです。

それぞれ学校に出かけ、その学校から戻ると、晩飯のあと貴方の講話がありました。僕はしばしば居眠りをしました。あとでチャペルで夜の祈りをする時も居眠りをしました。虚弱な体質でしたから、昼間、中学の授業や軍事教練でいい加減つかれているのに、更にむつかしい神学の話を聞かされて何がわかったでしょう。

そんなある夜、皆が貴方の神学講義を聴き、例によって僕が舟を漕《こ》ぎはじめました。一番隅にいたにかかわらず、軽い鼾《いびき》でもたてていたのでしょう。貴方は僕の居眠りに気がつき話を突然やめた。横にいたNがそっと僕の脇腹をつつき、こちらはびっくりして眼をあけた。恥ずかしいことに涎《よだれ》が口もとから垂れ上着をぬらしていました。皆は初めは笑いだしましたが、貴方のきびしい表情にぶつかると急に黙りこみました。突然、貴方は片手をあげ、

「出ていけ」

大声の日本語で叫びました。貴方がそんなに顔を真赤にして怒鳴ったのは初めてでした。僕も、平生は伯母や母やその他の信者に紳士的な微笑をみせる貴方が、こんなに怒りに顔を歪《ゆが》ませたのを見たのは初めてでした。居眠りをしたのを怒ったのではない。彼が万事につけて体の弱さを口実にして寮生活をきちんと守らぬことを怒ったのだと、あとになって貴方は母に説明しました。確かにそうでしょう。僕が何かにつけて寮の日課を守れなかった生徒だったことを認めます。貴方の言うように頑張りの足りなかったことも認めます。しかし、僕が肉体的に貴方の理想とする生活に耐えられなかったことも真実なのです。今は僕はあの頃の自分を弁解しているのではない。ただ貴方の善意や意志が、強者にたいしては効果があっても弱者にたいしては時として苛酷であり、稔《みの》りをもたらすよりは

無意味な傷つけ方をしたと言いたいのです。

結局、十ヵ月もしないうちに、僕は貴方の寄宿舎を出て母の家に戻りました。それでも母はさすがに女親で、だらしのない息子になお何か長所と美点をみつけようと懸命でしたが、貴方は僕に失望と軽蔑《けいべつ》とをその頃からすっかり持ったようです。もっとも貴方の僕にたいする態度は昔と違うところがありませんでしたが、僕にたいして話しかけるということは次第に少なくなっていきました。こうして母が僕にいだいていた夢――貴方のような司祭にならせようという夢はすっかり、つぶれてしまいました。

ここまで書いた部分を読みかえしてみて、貴方が誤解をされぬかと心配です。僕は決して貴方が我々親子によせて下さった厚情を忘れているのではありません。それどころか、貴方という方がおられればこそ、母も離婚後の突きつめた思いから救われ、死ぬまで心を支えた基督教に入れるようになったのだと思っています。そしてその死に至るまで何かにつけて母を助けて下さった貴方へ感謝の気持を僕はいつも持っています。

ただ、言いたいことは別なのです。人間にもし、強者と弱者があるとするなら、あの頃の貴方は本当に強い人だった。そして僕は意気地なしの弱虫だった。貴方は自分の生き方、自分の信仰、自分の肉体すべてに自信を持っており、確固とした信念で日本の布教をやっておられた。それにたいし、僕は今日に至るまで一度として自分のすべてに自信も信念も所有できなかった男だった。こう申せば、おそらく今の貴方ならもう全《すべ》てを理解して下さるだろう。しかし昔の貴方なら断乎として首をふられたでしょう。首をふって、人間とは生涯、より高いものにむかって努力する存在だと、大声で言われたでしょう。しかし、そのような強さにも思いがけぬ罠《わな》と薄氷のような危険がひそんでいることを——そこから本当の宗教が始まることを、貴方は十五年後に知らねばならなかったのではないでしょうか。

母が死んだのはそんな僕が中学校を卒《お》えて、どこの上級学校にも入れなかった浪人二年目の時です。次々と受けては落ち、受けては落ちる僕に流石《さすが》の母も怒り疲れて深い溜息をつくようになりましたが、あの頃の母の顔を思い浮べると今でも胸が痛む。彼女はこの頃から疲れやすくなり、時々、目まいを感ずると訴えだしました。貴方がその母をある日病院につれていって下さると、血圧がかなり高いという診断でしたが、彼女は相変らず働くのをやめず、毎朝のミサやきびしい生活を欠かしませんでした。

母が死んだ時刻、僕は友だちと映画を観にいっていました。その頃、予備校に行くと言っては彼女をだまし、一日の大半を友だちと三宮の喫茶店や映画館で過していたのです。十二月の末で、映画館を出た時はもうすっかり日は暮れていました。模擬試験があったからという嘘を母につこうとして電話をかけました。受話器に出てきたのは意外にも貴方でした。母が道で倒れ、連絡を受けた貴方が駆けつけ、皆で手わけをして僕を探していることをその時初めて知りました。「どこにいるのか」とたずねる貴方の声に僕は急いで電話を切りました。家まで戻る阪急電車がどんなにのろく感じられたことか。駅からあんなに早く家まで走ったことはありませんでした。ベルを押すと、玄関の戸をあけたのは貴方でした。「もう、死んだ」と貴方は一言、そう呟いた。母は眉と眉との間にかすかな苦悶の痕《あと》を残して寝床の上におかれていました。伯母や教会の人が周りに集まり、その人たちのとがめるような眼差《まなざ》しが自分に注がれているのを感じ、僕は母の蠟色《ろういろ》をした死顔を見つめました。ふしぎに意識は冴《さ》え、辛さも悲しみもその時は感じなかった。ただ、ぼんやりとしていました。貴方も黙っていた。他の人だけが泣いていた。

葬式が終り、人々が引きあげたあと、空虚になった家に伯母と貴方と僕との三人が残りました。これからの僕の身のふり方をきめねばなりませんでした。貴方は、僕以上にぼんやりとしていた。まるで今まで持っていた何ものかを失ったように、ぼんやりとしていた。だから伯母が僕にどうするかとたずね、僕は僕でもう他の人に迷惑をかけたくないと答えました。伯母はその時、母が別れた僕の父のことを口に出しました。貴方はやっと、茫然とした顔をあげてすべては僕の意志通りだと意見をのべました。そして貴方が、僕の父に事情を話すことに決りました。

母の家の処分は貴方と伯母にまかせ、僕は東京の父の家に戻りました。親という感情を持てぬ父親夫婦との生活がその日から始まりました。

父と生活して見て、僕は母が父となぜ別れたかわかるような気がしました。「平凡が一番仕合せだ。波瀾《はらん》のないのが一番仕合せだ」そのような意味のことを父はたえず口にしていました。経営している会社の余暇には、盆栽をいじり、庭の芝生の手入れをし、ラジオの野球中継をきくような生活。僕の将来についても、安全なサラリーマンの道を選ばせようとする毎日。それは母と二人っきりで過したきびしい日常とは全くちがっていました。あそこでは冬の朝、母に起された僕は霜で固まった道を教会に行った。二人の老婆しか跪いていない暗い聖堂のなかで、フランス人の司祭が十字架とむきあい、その十字架で基督が血を流していた。だが、ここでは人生や宗教について何一つ語ることなく、隣人のラジオがうるさいとか配給米が乏しくなったことだけが話題でした。あそこでは母は僕に、この地上の中では聖なるものこそ一番、高く素晴らしいのだと吹きこもうとした。だがここではそのような言葉を口に出しただけでそっぽをむかれ馬鹿にされる雰囲気でした。物質的にははるかに恵まれた生活のなかで、僕は自分が母を裏切っているのを毎日感じました。苦しかったが、今はなつかしい母との生活を考えない日は一日もありませんでした。そんな僕にとって、わずかに良心の痛みを補償してくれるのは、貴方に手紙をだすことでした。なぜなら、死ぬまで母が一番、尊敬していたのは貴方だったから。貴方に手紙を書くことで、僕は母の意志を裏切りつつあるという自責から一時でも救われるような気がしたからです。

貴方は短い返事を時々くれました。父は貴方の字が書いてある封筒を見ると厭な顔をしました。息子の頭のなかにまだ母の思い出があり、母の言葉が残っており、母の知人と親しくしているのが不快だったのでありましょう。「くだらんアーメンの坊主などと交際するもんじゃない」と彼は横をむいて不機嫌に呟きました。そしてその翌年、僕がどうにかある私大にもぐりこめた時、貴方は、自分は今度、東京の神学校に赴任することになったと知らせてきました。

もう真夜中です。女房も子供もとっくに寝てしまった家の中で、僕だけがこの手紙のために、自分の過去の一つ一つを思いうかべる。しかし、今まで書いた部分を読みかえしても、何と書けなかった出来事のほうが多いことか。貴方を語り、母を語るということがこんなにむつかしいことだと今更のように思います。それを全て書くためには、それによって人々が傷つけられぬ時まで待たねばならぬ、いやそれよりも自分の今日までを全て語らねばならぬ。それほど貴方と母とは僕の人生にひっかかり、その根を深くおろして離れない。やがて僕は自分の小説のなかで貴方と母とが僕に与えてくれた痕跡《こんせき》と、その本質的なものを語ることができるでしょう。

だがこの素描を続けるために話を元に戻さねばなりません。東京に貴方が来るとすぐ、僕は貴方に会いに行きました。貴方は変っていなかった。他の神父や神学生のように血色のわるい顔色もしていなかった。靴はいつも丁寧にみがかれ、大きな体をいれた黒服にはきちんとブラッシとアイロンがかけられ、そして、例の確信ある物の言い方も変っていなかった。僕がともかくも浪人生活から足を洗ったことを貴方は悦んでくれた。「基督を信じているか。ミサは欠かしていないか」僕が黙っていると、貴方は不快な顔をしました。「暇がない筈はない。それとも昔のように体の弱いせいにするのか」貴方の寄宿舎から出された時のように、失望と軽蔑の色がその表情に浮びました。

それが僕に少年時代と同じ反撥心を起させた。もっとも貴方が神学校での新しい仕事に忙しくなったという理由もありましたが、次第に二人は会うことが少なくなりました。だが僕の心から貴方の存在がなくなったのではない。父との生活のなかで僕の母にたいする愛着はますます深まり、かつて母について恨めしく思ったことも懐かしさに変り、その烈しい性格まで美化されていきました。少なくともこの母のおかげで、ぐうたらな僕は、より高い世界の存在せねばならぬことを魂の奥に吹きこまれたのです。そして貴方は少なくともその母の大きな部分でした。僕が大学の文学部に進んだのも、母の生き方をおそらく見たからでしょう。母や貴方のような生き方が、父のような多くの生き方とは別の世界であることを知ったためでもありましょう。自分の生活が、貴方たちのそれに離れれば離れるほど、遠ざかれば遠ざかるほど、僕はいつも貴方たちのことを考え自分を恥ずかしく思いました。

やがて戦争が僕と貴方とを更に別れ別れにしました。ある日、貴方は突然手紙で、東京から離れて軽井沢に住まねばならなくなったと知らせてきました。貴方は他の外人神父たちと軽井沢に強制疎開を命ぜられたというのです。疎開といっても日本の憲兵と警察に監視された一種の収容所生活であることは明らかでした。

その頃、僕のほうも、学校の授業などはなく、川崎の工場で空襲に怯《おび》えながらゼロ戦の部品を作らされていました。軽井沢へいく汽車の切符さえ買うのが困難でした。しかし、やっと手に入れた切符を持って冬のある日、僕はあの信州の小さな町に出かけました。駅をおりると頰が切られるように冷たかったのをまだ憶えています。平和な時には華やかだったにちがいないこの避暑地の町は、全くさびれ、陰気に暗く静まりかえっていました。駅前の憲兵事務所に鋭い眼をした男が二人、火鉢にあたっていました。裸になった落葉松《からまつ》林のなかに疎開客が雑炊をたく煙がわびしくたちのぼっていました。町会事務所をたずね、その町会長につれられて、貴方たちの泊らされている大きな木造の洋館に行くことができ、凍てついた庭の中で貴方とやっと顔を合わせました。町会長は少し離れたところで、背中をこちらに向けて立ち、「ミサは欠かしてないね。基督を信じなさい」と貴方は言いました。貴方はここでも、すっかり古びてはいるがブラッシをかけた服を着ていました。だが、その手は凍傷でふくれていた。貴方は一度、建物の中に入り、間もなく新聞紙で包んだものを持ってきました。

「持って帰りなさい」貴方は口早に言い、僕の手にその新聞紙をのせました。見とがめた町会長が怪しんで近よって来ました。「何ですか、それは」貴方は憤然として答えました。「私の配給のバターだ。私のものをやることがなにが悪いか」

戦争が終りました。貴方は軽井沢から東京に戻り、応召寸前の僕も兵役をまぬがれて勤労動員の工場から崩れ落ちた大学に帰ることができました。日本の基督教界にとって新しい時代が始まりました。戦争中、警察からスパイの嫌疑をかけられた外人司祭も強制疎開を受けていた貴方たちも今は大手をふって布教しはじめ、日本人のある者は生きる力を求め、他の者は食糧や物がほしさに、別の者は外人と接触するために教会に行くようになりました。その頃、僕はしばしばジープを運転して神学校を出て行く貴方を見ましたが、あの頃の貴方はひどく忙しかった。それまで小さくなっていた神学校を大きく再建する仕事が貴方の任務だったからです。たずねていくと、当時、珍しかったジュラルミンのかまぼこ型の事務所で、秘書が次から次へとかかってくる電話を懸命にさばいていました。「神父さまは御不在ですわ」その秘書はよく、にべもなく言いました。「さあ、いつお目にかかれるかわかりません」

そんなことはどうでもいいことだ。そんなくだらぬことを書いているのも、実は僕がこの手紙の中心部に触れるのをどうしてもためらっているからなのです。今、あのことを語らねばならぬ段階に来て、筆がにぶるのをさっきから感じてます。貴方を深く傷つけるのではないかという怖れが、ここまで書き進んできたものを抑えつけます。しかし許して下さい。

だが、どう書いたらいいのか。一体なぜこういうことになったのか。僕には今もってさっぱりわからない。貴方の心に少しずつ起ったものを、僕はどう解釈していいのかわからない。サマセット・モームの小説に「雨」という作品があって、そこに少しずつ禁をやぶり、一人の女を愛しはじめる聖職者が出てくるのですが、モームはそれを長い、単調な雨によって外部から説明しようとしている。技法としてはうまいのだが、今の僕には貴方のことを考える時、そんな誤魔化しをするわけにはいかぬ。あの事件が起きたあと、誰もが言いました。「そんなことが……。そんな馬鹿げたことはないですよ」僕も信じられなかった。しかし事実だった。そしてあの事件が終って長い歳月のたった今日でも、僕はどう貴方の心理の変化を追っていいのかわからない。

あれは僕が大学を出て間もなくです。まだ父の家にいましたが、アルバイトでモード雑誌や機械雑誌の翻訳をやりながら、どうにか稼いでいました。文学で身をたてようとは思っていたものの、まだ小説家になる自信など少しもありませんでした。そしてその頃、父が次から次へと持ってくる縁談から身をかわすため、余り冴えない娘と親しくしていました。後に女房となったこの娘に、僕が出した条件は一つだけでした。「僕はしようのない基督教信者だが、君が僕と結婚してくれるなら、あの宗教に無関心では困る」僕は母にたいする愛着から信仰をどうにか持ちつづけていました。たとえ時にはミサをさぼり、教会に足を向けないことがあっても、母が信じ、貴方がそれに生きたものを、畏敬し軽々と棄てる気持は毛頭ありませんでした。そして僕はその娘に基督教の教理を学ばせるために貴方のところに頼みにいったのです。

　貴方は驚きの色を少し顔にあらわしました。僕のような男が婚約したのを驚いたのか、それとも僕のような男が柄にもなく誰かに基督教を学べと命じたことが意外だったのかわかりません。もちろん貴方は引きうけてくれましたが、その時、僕は妙なことにさっきから気がついていました。貴方がほんの少しだが不《ぶ》精《しょう》髭《ひげ》をはやしていることと、それから、靴があまり磨いてなかったことです。他の司祭にたいしてなら、ほとんど気にもしないそんなだらしなさも、貴方には考えもできぬことでした。あの長い戦争の間でも、軽井沢の収容所でも、貴方はその意志の強さをきちんとした服装にみせていました。ブラッシをかけ、泥を落した靴。それは同時にあの寄宿舎で貴方自身が我々にきびしく命じたことだった。僕は自分のだらしなさのゆえにそういう貴方を一方では憎み一方では畏《おそ》れていた。貴方は僕と娘を戸口まで送ってきてくれた。戸口では、一人の女が貴方の秘書と話をしていました。和服を着た顔色のよくない女でした。日本人の眼からみると、決して美しいとは言えぬ女でした。

　僕は一人で寿司詰めの汽車にのって母と過した阪神に行きました。母の思い出はますます心に強く根を張っていましたし、父には内緒でとりかわした娘との婚約を母の墓にだけはそっと報告しようと思ったからです。僕の家だった付近もすっかり空襲で焼け、伯母の一家は疎開した香川県にそのまま住みつき、たずねた知人たちも大半が、姿を消していました。ただ、母と一緒に、まだ闇がひっかかっている冬のあけがた、教会に行くために黙々と歩いた道と、その教会だけが昔のまま残っていました。フランス人の司祭の代りに日本人の神父がその頃と同じように、まだ誰も来ない聖堂で一人、ミサを唱え、その影が蠟燭《ろうそく》の火に照らされて壁にうつっています。僕は母と住んだ家の前に立って（その家は第三国人の持物になっていました）母の葬式が終った日うつろだった貴方の顔を思いだしました。あの時、貴方の顔にも何かが喪《うしな》われてしまったような気がしたのはどうしてだろうと考えました。それから、貴方の命令で棄てられた犬をさがして歩きまわった松林も見てきました。あの犬のうるんだような哀しそうだった眼が急に心を横切りました。焼けあとには、黄色いつむじ風が巻きあがり、疲れ果てたような男がシャベルで地面を掘っていました。

そして貴方について馬鹿馬鹿しい噂《うわさ》が僕の耳に入ってきたのはその頃からでした。実に貴方を知らぬくだらぬ悪口でした。貴方が聖職者でありながら日本人の一人の女と限界をこえた交際をしていると言うゴシップです。僕はその噂をきいた時、いつか戸口でみた顔色のよくない日本人の女のことを思いだしました。しかし僕は日本人の信者たちの、外見だけで人を判断したり、形式だけで他人を評価したり、そしていつも自分を正しいと思っている態度が嫌いでした。「馬鹿言うとるわ」と僕はそのゴシップを一笑しました。なぜなら貴方がどんな人であり、どんなに強い意志の人かを知っていたからです。少なくとも母が尊敬した貴方がまかり間違ってもそんなことをする筈はなかった。

噂は色々なところから耳に入ってきた。貴方がジープにその女性と乗っていたのを見たとか、その女性と店屋で買物をしていたというような賤《いや》しい好奇心のまじった陰口です。「なぜ、ジープで一緒やったらいかんのや」と僕はその噂を口にした男にくってかかりました。「用事があれば女の人とも車ぐらい一緒に乗るやないか」その男はびっくりしたように僕の顔を見て顔を赤らめました。「だってその女は離婚した女なんだぜ、君」男は問題の女性についても、どこからか聞きこんでいました。「しかもねえ、子持ちの女なんだ」僕の母親だって離婚した女だった。子供のある離婚した女だった。その女に信仰をふきこみ、より高い聖なる世界を教えてくれたのはあの人なのだと言う言葉が咽喉《のど》もとまで出かかって、しかし僕は口を噤《つぐ》みました。厭な——非常に厭なものが、その咽喉もとから同時にこみあげてきたからです。それではあの頃、母もそのような中傷や噂を信者たちからされていたことがあったのか。貴方との間にまるで何かがあったような噂があったのか。僕はその男の顔を睨みつけ「誰が何と言おうともな、俺はあの人を信じとんのやで。信じとるのや」と怒鳴りました。

信じる。たしかに僕は貴方を信じていました。なぜなら、貴方も亦《また》、僕に「自分を信じてくれ」と言ったからです。あの時のあの貴方の言葉も貴方の声も今日まで忘れてはおらぬ。憶えていますか。ああした詰らぬ噂にたまりかねた僕が貴方の事務室にそれを知らせに行った時のことを。貴方は相変らず忙しそうだった。そして今度も不精髭こそ生やしていなかったが、どこか、その服装にも投げやりなものが感ぜられました。どこが投げやりだと指すことはできない。ズボンもプレスがされていて、そこに窓から差しこんだ夕陽が染みのようにあたっていた。にもかかわらず、昔の貴方には決して感じられなかっただらしない何かがあったのです。僕はその貴方にむかって、くだらぬ風評が飛んでいると申しました。貴方は上眼づかいにじっと僕を見ていた。本当に僕の話をきいていられたのか、どうか。僕が話し終ると、貴方はしばらく黙っていた。僕は貴方のズボンにあたった夕陽の染みを眺めていました。やがて、「私を信じなさい」貴方は力強くそう言った。

貴方は力強くそう言った。むかし貴方が、僕にむかって「基督を信じなさい。神とその教会とを信じなさい」そう言った時のようにその時の声にはあの確信と自信とが重い石のようにこもっていた。僕にはそう聞えた。信じなさい。洗礼を子供の時うけた復活祭、僕は他の子供たちと同じように大声で叫んだ。「信じます」と。どうして信じない筈がありましょうか。母が生涯信頼しきった貴方をどうして疑う筈がありましょう。告悔の秘蹟《ひせき》を受けたあとの、安らかな心。あの時に似た安心感が久しぶりに心に拡がり、思わず苦笑をしました。「さようなら」椅子から立ちあがると貴方はうなずきました。

娘との結婚には色々な曲折がありましたが、どうにか父を説得することができました。ただ父は条件を出しました。式はアーメンの教会などでやってくれるなと。僕と母との心理的な関係を父はどこまでも断ち切りたかったのでしょう。僕はこの馬鹿馬鹿しい申し出を聞き入れ、娘と相談して二つの結婚式をやろうと考えました。一つは父とその知人を集めたホテルでの式とそれからその娘と僕と二人っきりの教会での結婚式を。なぜなら、僕の妻になった彼女はその時、もう洗礼をうける決心をしていたのですから。勿論、その二人きりの式にミサをたててくれるのは貴方でなければなりませんでした。

いわゆる世間向きの式をホテルであげるという日の前日、父たちに怪しまれぬように普通の背広を着た僕と同じ色のスーツを着た娘とはひそかに貴方の神学校をたずねました。誰も来てくれぬ我々二人、この結婚式に僕は死んだ母が遠くから祝福してくれているような気がしていました。「とも角、俺は俺の嫁さんだけは信者にしたぜ」僕はそう母にむかって誇りたい気持だった。娘はそれでも神学校の前までくると、そっと買いたての真白なハンカチを僕の胸ポケットに入れ、自分はカトレヤの花をスーツにつけたのが憐《あわ》れでした。「あんた、俺たちが来たと、神父さんに言ってこいよ」その彼女に僕はそう命じました。

僕は御堂の前で待っていた。晴れた日でした。ジュラルミンのかまぼこ型の建物がずらっと並んでいる。そのジュラルミンが陽にキラキラと光っている。僕は母のことを考え、彼女が僕の妻をみたら、どう言ったろうかと一人笑いをうかべました。その妻になる娘が、向うからゆっくりと歩いてくる。少し体がふらついている。あいつ、すっかり、上《あが》っているじゃないか、と僕は苦笑して口にくわえた煙草を棄てました。

「どうしたのさ、知らせてきたのか」娘は顔を強張《こわば》らせたまま黙っていました。「気分でもわるいのかい」「いいえ」「じゃ、変な顔をするなよ」それでも彼女は顔をゆがめたまま物を言いませんでした。それから靴のさきで地面をこすりながら「帰りましょうよ」と突然言ったのです。

「なぜ」

「なぜって」

「今になって突拍子もないことを口にするな」

「わたし」急に彼女は顔をクシャクシャにさせて呟きました。「見たのよ」

彼女は見たと言いました。貴方に僕らの到着したことを知らせるため事務室の扉を押しあけた時、貴方はあのいつか我々が戸口で出会った顔色のよくない女性と体を離した瞬間だった。貴方の顔のすぐ真下にその女の顔があり、娘は何も言えず、扉を開いたまま戻って来たと言うのです。

「なんだって」怒りが胸を突きあげました。「そんなことがありえるか」僕は娘の頬を平手で叩きました。「変なかんぐりを、君までするのか」叩かれて娘は頬を押えていました。「私を信じなさい」という貴方の言葉がゆっくりと甦《よみがえ》ってきました。

式。娘は涙ぐみ眼を赤くしていた。貴方はあれを彼女の嬉し泪《なみだ》とでも思ったですか。そんな筈はない。貴方がそんなことをする筈はない。泥沼の水面にのぼってくる穢《きたな》い泡のように、胸にこみあげるその疑惑を僕は我々の結婚式のミサをあげてくれている貴方と祭壇とをみつめながら、無理矢理に抑えつけようとしていた。「基督を信じなさい」と貴方は言った。その基督のミサを貴方が、あのあとで、唱えられる筈はない。僕はその時も貴方を信じようとしていました。

結婚したあと、まだあの朝の記憶に顔をゆがめる妻に僕はしばしば怒鳴りつけました。「君は僕の母がもっとも信頼した人を疑うのか」すると妻は首をふりました。だがもしそれが事実としたら、妻は自分の生涯一度の純白な結婚式をよごれた指をもった司祭にあげられたと言うことになる。それは余りに残酷でした。だから僕はその疑惑から遠ざかるため貴方に会うのを避けました。そして三ヵ月後、貴方が神学校を出たという決定的なニュースを僕は耳にしました。

どうしてこんなことになったのか。茫然としました。とも角、貴方に会ってすべてを教えてもらわねばならぬ。人が何と言おうと、まだ貴方を信じたいという欲望が、裏切られたという感情にまざりあい胸を締めつけていました。だが神学校では、貴方の行先はわからぬと言う。そんな無責任な返事があるものかと憤慨しましたが仕方ありません。結局、あれこれ手をつくして、貴方が同国人であるスペイン貿易商の家に身を寄せていることを知りました。

手紙を出しました。だが返事の代りに、貴方の友だちと称するスペイン人から、今は放っておいてくれという言伝が伝えられただけです。貴方が、今は僕にも——いや、僕だから尚更《なおさら》、会いたくないという気持がわかるような気がしました。今、どんな恥ずかしさと屈辱のなかで貴方が一人ぽっちかも想像できました。僕は遂に貴方を追うことを断念しました。

だが受けた衝撃が治まったわけではない。一体、これは何なのだろう。いつからこんな馬鹿げたことが始まったのだ。それが皆目わからない。ただ一つだけ、いつか妻を初めて貴方の事務所に連れていった時、貴方の顎に埃のように栗色の不精髭が生えていたことが記憶の底から蘇《よみがえ》ってきました。ひょっとすると、あの頃、貴方はもう腐蝕《ふしょく》しはじめていたのでしょうか。眼に見えぬものが、貴方の生活、貴方の信仰を少しずつ、蝕《むしば》みはじめていたのかもしれぬ。そんな気がしました。が、もちろん、それは僕のむなしい想像にしかすぎません。

だがどうして貴方は、貴方を信じようとした僕にまで嘘をついたのだろう。僕の忠言にたいしあれほどの自信をもった声で「私を信じなさい」と言ったのだろう。怒りと情けなさとがこもごも胸に突きあげ、時としてはその怒りはもっと怖《おそ》ろしい想像に——貴方は長い長い間、僕や母をも騙《だま》していたのではなかろうかなどという怖ろしい想像にまで導かれることがありました。そしてそのたび毎に首をふりその想念を追い払いました。

妻はもう貴方のことは口に出しませんでした。「教会なんか、もう行かないわ。信じられないんですもの」そう呟く彼女にたいして何の自信ある反駁《はんばく》もできない。「お前、一人の宣教師のことで、基督教全体を批判するのか」そう答えはしても、その答えが自分自身の心を充たさぬぐらい、僕が一番感じていたのです。そして僕だけではない、多くの聖職者や信者たちもこの唐突な事件にどう説明を与えてよいのかわからず、ただひそひそと声をひそめ、戸惑っていました。結局、いっさいを不問にし、沈黙の灰に埋めること、言いかえれば、臭いものには蓋をする態度をとっていました。

だが僕は困る。僕にとっては他の人のように歳月がその噂を消し、全てが忘却のなかに消えるのを待つという方法ではすまされぬ。僕にとっては、貴方を忘れることは母を忘れることであり、貴方を拒むことは、自分の今日までの大きな流れを否定することでした。僕は、多くの改宗者のように自分の意志で信仰を選んだのではない。長い間、僕の信仰はある意味では母への愛着に結びつけられ、貴方への畏敬につながっている。その部分が根《こん》柢《てい》から裏切られようとしている。今となって、どうして他の人のように貴方を忘れ、問題を誤魔化すことができようか。

だから僕は色々な司祭に「あの人のところに行って下さい」と頼みもしました。僕としては貴方が（僕にはまだわからぬが）今までよりもっと大きな信仰で——たとえば、もっと大きな愛の行為で、神学校を棄て一人の女のところに走ったなどと思いたかったのです。そして今でも、いや今だからこそ、貴方がかつてよりも強い信仰を持っていることを僕に証明してもらいたかったのです。だがそんな子供じみた空想はすぐに崩れてしまいました。大半の司祭は僕の願いを拒み、僕を初めは憤慨させました。基督は決して仕合せな人、充ち足りた人のところには行かなかった。孤独な人間や屈辱をうけている人間のところには走って行ったと彼等はいつも言っていた。にもかかわらず、こういう事態になると貴方に誰も手を差しのべぬと思ったのです。だが僕の考えはやや浅はかでした。なぜなら一人の司祭が貴方に連絡してみた結果、戻ってきた返事は「会いたくない」という一語でした。「今は彼を静かにしておくほうがいいんだよ。あの人の気持がわからないのかね」とその司祭に言われた時、僕は自分の無神経さとエゴイズムにやっと気がつきました。

こうして貴方との長い長い接触が終りました。思えばあの聖愛病院で初めて貴方が僕の病室に入ってこられてから三十年以上の歳月が流れています。ねむかった貴方の話。犬を棄てられた思い出。貴方と山道を駆けた時の苦しさ。寄宿舎での出来事。母の死。そしてあの軽井沢で僕に自分のバターをくれた貴方の霜やけでふくれた手。それらは一つ一つ、僕の人生の河のなかに重要な素材として沈澱《ちんでん》していました。一人の人間がもう一人の人生に残していく痕跡。我々は他人の人生の上にどのような痕跡を残し、どのような方向を知らずに与えているのか、気がつきませぬ。ちょうど、風が砂浜に植えられた松の形をゆがめ、その枝の向きを変えるように、貴方と母とが、他の人にもまして、僕という人間をこちらの方向にねじ曲げた。そして今、その貴方はどこかに去ってしまったわけです。

貴方がその後、英語の会話学校で教鞭《きょうべん》をとったりスペイン語の個人教授をして生活していることは風のたよりで聞きました。貴方とあの日本女性との間に子供ができたことも誰かが教えてくれました。それらは前よりはもっと少ない衝撃で僕の心に受け入れられましたし、あれほど一時は信者を困惑させた事件も、少しずつ忘れられていきました。

あの結婚式の出来事は二度と妻との間に話題にのぼりませぬ。話題にのぼらぬのではなく、それに触れるのをお互い避けているのです。にもかかわらず、夕食のあとなど、食堂から自分の書斎にはいり、扉をきっちりしめて机にむかう時、あるいは深夜、本から顔をあげる時、貴方の声がふと浮ぶことがあります。「私を信じなさい」と。そして僕は貴方をまだ信じるため何とかして自分のものにしようとする。貴方を（勿論、変形こそしましたが）自分の三つの小説のなかに登場させて探ろうとしたのは一つにはそんな気持からでした。僕は色々と貴方の心理をたどろうとする。ひょっとすると貴方は僕の母をより高い世界に導いたように、あの顔色の悪い女を高めようとして足をすくわれたのかもしれぬ。初めは司祭としての感情や憐憫《れんびん》の情に男の感情が次第に混じていくのを貴方は気がつかなかった。貴方は余りに自信がありすぎた。強い木は突然折れることを知らなかった。自己への過信が、逆にその足を突然すくったのかもしれぬ。そして足が一度すくわれると、貴方のような男には傾斜を滑り落ちる速度も早かった。そんな図式的な想定を僕は幾度もくりかえし、失敗しました。貴方の失落の真相が結局はわからぬからです。そして、よし、そんな仮定をたてたところで、僕の心が治まるわけではなかった。

だが、ある日、何年ぶりかで、貴方を遂に見ました。土曜日の夕方のデパートの屋上でした。僕は当時、駒場《こまば》に住んでいましたから、時々、息子を遊ばせるためにその屋上にある遊園場に出かけたのです。そんな一日でした。小学校一年生になる息子は、ぐるぐる廻るカップに乗ったり、小銭を入れると声の出る人造人間に夢中になっていました。飛行機を幾つもつけた大きな輪が、音楽にのって、ぐるぐると、空に回転していました。僕と同じような父親や母親が、あっちの椅子、こっちのベンチに腰かけて子供に眼をやりながら休み、その中にまじって僕も一本のコーラを買い、新聞を読みながら、それを少しずつ飲んでいた。何げなく顔をあげた時、貴方のうしろ姿を見た。

屋上の縁には危険のないように高い金網がはりめぐらしてありました。金網の手前には十円を入れると、しばらくの間、街を遠望できる望遠鏡が幾つか並び、そこにも親につれられた子供たちが群がっていました。貴方はその望遠鏡と金網との間にたって、一人でじっと暮れていく街に向きあっていた。その市街の上に鉛色の大きな雲の層がどこまでもひろがり、西の一部分だけが乳色に白んで、わずかに、わびしい陽がもれていました。何の変哲もない東京の夕暮の空で、貴方の体は、こちらから眺めると向うのビルやアパートよりはやや低く見えました。スモッグのせいか、ビルにはもう灯をともした窓があり、その灯が妙ににじんで光り、アパートのほうには下着や蒲団が干してありました。貴方はもうカトリックの聖職者が着るあの黒い服もローマン・カラーもつけていなかった。灰色のくたびれたような背広だったと思います。その背広のせいか、昔、あれほど堂々としていた体が、なんだか貧弱でみすぼらしくなったような気がした。こんな言葉を使っては失礼ですが、田舎者の西洋人のようにも見えたのです。意外だったのは、その時それほど驚きの気持が、僕に起きなかったことです。むしろ、それが自然であり、当り前のような気さえした。なぜかわからない。その貴方には、かつて貴方がもっていた確信も自信も消えうせて、その夕暮、デパートの屋上で時間をつぶす多くの日本人の平凡な親子からもふりかえられもしなかった。僕は思わず立ちあがろうとした。しかしその時、見憶えのあるあの女性が白い毛糸の服をきた子供の手を引いて貴方に近よってきた。貴方がたは背をこちらにむけ、子供をかばうようにして、向うの出口に去っていった。

貴方に会ったと言っても、ただそれだけでした。勿論、そのことは妻にも黙っていた。とるに足りぬようなその再会が、近年、夜など、ふと心に浮んでくる。そしてその貴方のうしろ姿を幾度か噛《か》みしめる時、それは僕の人生の河のなかで、他の幾つかの影法師に重なります。たとえば、小さい時、大連の街でロシヤパンを売っていた白系ロシヤの老人。それから、あの教会でくたびれた足を曳《ひ》きずりながら、人眼につかぬように司祭館をたずねていた老外人。(あの老外人も貴方と同じように結婚したため司祭職を追われた人でした)夏の黄昏《たそがれ》、その人は逃げようとする僕にこわがらないでくれと言った。彼の哀しそうだった眼に、貴方が無理矢理に棄てさせた雑種の犬の眼が重なります。動物や鳥たちはなぜ、あのように悲しみにみちた眼をするのか。僕にはそれらすべてが、僕の裡《うち》で一つの系列をつくり血縁の関係を結び、僕に何かを語りかけようとしている気がしてならぬ。と同時に、それらを一つの系列として自分の人生のなかに場所を与える時、貴方がもはや、自信と信念に充ちた強い宣教師としてではなく、灯をつけたビル、おむつを干したアパートの間にはさまって、もはや、人生を高みから見おろし裁断する人ではなく、貴方が棄てた犬の悲しい眼と同じ眼をする人間になったことを考える。そして、そのために貴方が僕を裏切ったとしても、もうそれを恨む気持は少なくなった。むしろ貴方のかつて信じていたものは、そのためにあったのだとさえ思う。あるいは貴方はそれをもう知っているのではないか。なぜなら、霧雨のふる渋谷のレストランで、貴方はボーイが一皿の食事を運んできた時、他の客に気づかれぬよう素早く十字を切ったのだから。僕が貴方についてやっとわかるのはまだそれだけです。

母なるもの

夕暮、港についた。

フェリー・ボートはまだ到着していない。小さな岸壁にたつと、藁屑《わらくず》や野菜の葉っぱの浮いた灰色の小波が、仔犬《こいぬ》が水を飲むような小さな音をたてて桟橋にぶつかっていた。トラックの一台駐車した空地の向うに二軒の倉庫があり、その倉庫の前で男が燃やしている焚火《たきび》の色が赤黒く動いている。

待合室には長靴をはいた土地の男たちが五、六人ベンチに腰かけて切符売場があくのを辛抱づよく待っている。足もとには魚を一杯つめこんだ箱や古トランクがおいてあったが、その中に、鶏を無理矢理に押しこんだ籠が転がっていた。籠の隙間から、鶏は首を長くだして苦しそうにもがいている。ベンチの人たちは私に時々、探るような視線をむけながら、だまって坐っている。

こんな光景をいつか、西洋の画集で見たような気がする。しかし誰の作品か、何時《いつ》見たのかも思いだせぬ。

海の向う、灰色に長くひろがった対岸の島の灯がかすかに光っている。どこかで犬が鳴いているがそれが島から聞えるのかこちら側なのかわからない。

灯の一部だと思っていたものが、少しずつ動いている。それでやっと、こちらに来るフェリー・ボートだと区別がついた。ようやく開《あ》いた切符売場の前に、さっきベンチに腰かけていた長靴の男たちが列をつくり、そのうしろに並ぶと魚の匂いが鼻についた。あの島では、たいていの住人は半農半漁だと聞いている。

どの顔も似ている。頬骨がとび出ているせいか、眼がくぼんで、無表情で、そのため何かに怯《おび》えているようにみえるのだ。つまり狡《ずる》さと臆病さとが一緒になってこの土地の人のこの怯えた顔を作りだしているのだ。そう思うのは、私が今から行く島について持っている先入観のせいなのかも知れぬ。なにしろ江戸時代、あの島の住人は、貧しさと重労働とそれから宗門迫害とで苦しんできたからだ。

やっと、フェリー・ボートに乗り、港を離れることができた。一日に三回しか、九州本土と、この島との間には交通の便がない。二年前までは、このボートも朝晩おのおの一度しか往復していなかったそうである。

ボートと言っても伝馬船《てんません》のようなもので椅子もない。自転車や魚の箱や古トランクの間で乗客は窓から吹きこむ冷たい海風にさらされたまま立っている。東京ならば愚痴や文句を言う人も出ようが、誰もだまっている。聞えるのは船のエンジンの音だけで、足もとに転がった籠のなかで鶏までウンともスンとも言わない。靴先で少しつつくと、鶏は怯えた表情をした。それがさっきの人たちの表情に似ていておかしかった。

風が更に強くなり、海も黒く、波も黒く、私は幾度か煙草に火をつけようとしたが、いくらやっても、風のためマッチの軸が無駄になるだけで唾にぬれた煙草は船の外に放り棄てた。もっとも風のため船のどこかへ、転がったかもしれぬ。今日半日、バスにゆられて長崎からここまで来た疲労で背中から肩がすっかり凝り、眼をつぶってエンジンの音をきいていた。

エンジンの響きが幾度か真黒な海のなかで急に力なくなる。すぐまた急に勢いよく音をあげ、しばらくして、また、ゆるむ。そういう繰りかえしを幾回も聞いたあと、眼をあけると、もう島の灯がすぐ眼の前にあった。

「おーい」

呼ぶ声がする。

「渡辺さんはおらんかのオ。綱を投げてくれまっせ」

それから綱を桟橋に投げる重い鈍い音がひびいた。

土地の人たちのあとから船をおりた。つめたい夜の空気のなかには海と魚との匂いがまじっている。改札口を出ると、五、六軒の店が、干物や土産物を売っている。このあたりでは飛魚を干したアゴという干物が名物だそうである。長靴をはいた、ジャンパー姿の男

がその店の前で、改札口を出てくる我々をじっと見つめていたが、私の方に近よってきて、

「御苦労さまでございます。先生さまを教会からお迎《むけ》えにあがりました」

こちらが恐縮するほど、頭を幾度もさげ、それから、私の小さな鞄《かばん》を無理矢理にひったくろうとした。いくら断っても、鞄をつかんだまま離さない。私の手にぶつかった彼の掌は、木の根のように大きく、固かった。それは私の知っている東京の信者たちの湿ったやわらかな手とちがっていた。

いくら肩を並べて歩こうとしても、彼は頑《かたく》なに一歩の距離を保って、うしろから、ついてきた。先生さまと言われたさっきの言葉を思いだして私は当惑していた。こう言う呼び方をされると土地の人は警戒心を持つようになるかもしれない。

港から匂っていた魚の臭いは、どこまでも残っていた。その臭いは、両側の屋根のひくい家にも、狭い道にも長い長い間、しみついているように思えた。さっきとは全く反対に、今度は左手の海のむこうに、九州の灯がかすかにみえる。私は、

「お元気ですか、神父さんは。手紙をもらったので、すぐ飛んで来たんだが……」

うしろからは何の返事もきこえない。なにか気を悪くさせたのかと、気をつかったが、そうではないらしく、遠慮をして無駄口をたたかぬようにしているのかもしれぬ。あるいは長い昔からの習性で、ここの土地の者たちはむやみにしゃべらぬのが、一番、自分の身

を守る方策と考えているのかもしれない。

あの神父には、東京であった。私は当時、切支丹《きりしたん》を背景にした小説を書いていたので、ある集まりで九州の島から出てきた彼に自分から進んで話しかけた。その人もまた眼がくぼみ、頬骨のとび出たこのあたりの漁師特有の顔をしていた。東京のえらい司教や修道女たちの間にまじってすっかり怯えたせいか、話しかけても、ただ強張《こわば》った表情をして、言葉少なく返事する点が、今、私の鞄をもっている男とそっくりだった。

「深堀神父を知っておられますか」

その前年、私は長崎からバスで一時間ほど行った漁村で、村の司祭をやっている深堀神父に随分、世話になった。浦上町出身のこの人は海で私に魚つりを教えてくれた。まだ頑として再改宗しない、かくれの家にもつれていってくれた。言うまでもなくかくれ切支丹たちの信じている宗教は、長い鎖国の間に、本当の基督教《キリスト》から隔たって、神道《しんとう》や仏教や土俗的な迷信まで混じはじめている。だから長崎から五島、生月《いきつき》に散在している彼等を再改宗させることは、明治に渡日したプチジャン神父以来、あの地方の教会の仕事である。

「教会に泊めてもらいましてね」

話の糸口を引きだしても、向うは、ジュースのコップを固く握りしめたまま、はい、はいとしか返事をしない。

「おたくの管区にも、かくれ切支丹はいるのですか」

「はい」

「この頃は、連中、テレビなどで、写されて収入になるもんだから、次第に悦びだしましたね。深堀神父の紹介した爺さんなどは、まるで、ショーの説明役みたいでしたが。そちらの、かくれ切支丹はすぐ会ってくれますか」

「いや、むつかしか、とです」

それで話は切れて私は彼から離れて、もっと話しやすい連中のところに行った。

だが、思いがけなくこの朴訥《ぼくとつ》な田舎司祭から一ヵ月前、手紙がきた。カトリック信者が必ず使う「主の平安」という書きだしから始まるその手紙には、自分の管区内に住んでいるかくれたちを説得した結果、その納戸神《なんどがみ》やおらしょ（祈り）の写しを見せるそうだというのが手紙の内容だった。字は意外と達筆だった。

「この町にもかくれは住んでますか」

うしろをふりむいて、そうたずねると、男は首をふって、

「おりまっせん。山の部落に住んどるとです」

半時間後ついた教会では、入口の前に、黒いスータンを着た男が手をうしろに組んで、自転車をもった青年と一緒に立っていた。

一度だけだが前にともかく、会ったので、こちらが気やすく挨拶すると、向うは少し当惑したような表情で、青年と迎えに来てくれた男を見た。それは私が迂闊《うかつ》だったのであ

る。東京や大阪とちがって、この地方では、神父さまはいわばその村では村長と同じように、時にはそれ以上に敬われている殿さまのような存在だということを忘れていたわけだ。

「次郎。中村さんに、先生が来たと」と司祭は青年に命令した。「言うてこいや」青年は恭しく頭をさげて自転車にまたがると、闇のなかにすぐ消えていった。

「かくれがいる部落はどちらですか」

私の質問に、神父は、今来た道とは反対の方向を指さした。山にさえぎられているのか灯もみえない。かくれ切支丹たちは、迫害時代、役人の眼をのがれるために、できるだけ探しにくい山間や海岸に住んだのだが、ここも同じなのにちがいない。明日はかなり、歩くなと、私はあまり強くない自分の体のことを考えた。七年前に私は胸部の手術を受けて直ったものの、まだ体力には自信がないのである。

母の夢をみた。夢のなかの私は胸の手術を受けて病室に連れてきたばかりらしく、死体のようにベッドの上に放りだされていた。鼻孔には酸素ボンベにつながれたゴム管が入れられて、右手にも足にも針が突っこまれていたが、それはベッドにくくりつけた輸血瓶から血を送るためだった。

私は意識を半ば失っている筈なのに、自分の手を握っている灰色の翳《かげ》が、けだるい麻酔の感覚のなかでどうやら誰かかはわかっていた。それは母だった。病室にはふしぎに医師も妻もいなかった。

そういう夢を、今日まで幾度か見た。眼が醒《さ》めたあと、その夢と現実とがまだ区別できず、しばらく寝床の上でぼんやりしているのも、それから、やっとここが三年間も入院した病院のなかではなく自分の家であることに気づいて、思わず溜息《ためいき》をつくのも何時《いつ》ものことだった。

夢のことは、妻には黙っていた。実際には三回にわたるその手術の夜、一睡もしないで看病してくれたのは、妻だったのに、その妻が夢のなかには存在していないのが申し訳ない気がしたためだが、それよりもその奥に自分も気づいていないような、私と母との固い結びつきが、彼女の死後二十年もたった今でも、あるのが夢にまで出て厭《いや》だったからである。

精神分析学など詳しくはない私にはこうした夢が一体、なにを意味するのか、わからない。夢のなかで母の顔が実際にみえるわけではない。その動きも明確ではない。あとから考えれば、それは母らしくもあるが、母と断言できもしない。ただそれは、妻でもなく、附添婦でも看護婦でもなく、もちろん医師でもなかった。

記憶にある限り、病気の時、母から手を握られて眠ったという経験は子供時代にもない。平生、すぐに思いだす母のイメージは、烈しく生きる女の姿である。

五歳の頃、私たちは父の仕事の関係で満洲の大連に住んでいた。はっきりと瞼《まぶた》に浮ぶのは、小さな家の窓からさがっている魚の歯のような氷柱《つらら》である。空は鉛色で今にも雪がふりそうなのに雪は降ってはいない。六畳ほどの部屋のなかで母はヴァイオリンの練習をやっている。もう何時間も、ただ一つの旋律を繰りかえし繰りかえし弾いている。ヴァイオリンを顎《あご》にはさんだ顔は固く、石のようで、眼だけが虚空の一点に注がれ、その虚空の一点のなかに自分の探しもとめる、たった一つの音を摑《つか》みだそうとするようだった。そのたった一つの音が摑めぬまま彼女は吐息をつき、いらだち、弓を持った手を絃《げん》の上に動かしつづけている。私はその顎に、褐色の胼胝《たこ》がまるで汚点のようにできているのを知っていた。それは、音楽学校の学生の頃から、たえず、ヴァイオリンを顎の下にはさんだためだったし、五本の指先も、ふれると石のように固くなっていた。それはもう幾千回と、一つの音をみつけるために、絃を強く押えるためだった。

小学生時代の母のイメージ。それは私の心には夫から棄てられた女としての母である。大連の薄暗い夕暮の部屋で彼女はソファに腰をおろしたまま石像のように動かない。そうやって懸命に苦しみに耐えているのが子供の私にはたまらなかった。横で宿題をやるふりをしながら、私は体全体の神経を母に集中していた。むつかしい事情がわからぬだけに、うつむいたまま、額を手で支えて苦しんでいる彼女の姿がかえってこちらに反射して、私はどうして良いのか辛かった。

秋から冬にかけてそんな暗い毎日が続く。私はただ、あの母の姿を夕暮の部屋のなかに見たくないばかりにできるだけ学校の帰り道、ぐずぐずと歩いた。ロシヤパンを売る白系ロシヤの老人のあとを何処《どこ》までもついていった。日がかげる頃、やっと、道ばたの小石を蹴《け》り蹴り、家への方角をとった。

「母さんは」ある日、珍しく私を散歩につれだした父が、急に言った。「大事な用で日本に戻るんだが……お前、母さんと一緒に行くかい」

父の顔に大人の嘘を感じながら、私はうんと、それだけ、答え、うしろからその時も小石をいつまでも蹴りながら黙って歩いた。その翌月、母は私をつれて、大連から、神戸にいる彼女の姉をたよって船に乗った。

中学時代の母。その思い出はさまざまあっても、一つの点にしぼられる。母は、むかしたった一つの音をさがしてヴァイオリンをひきつづけたように、その頃、たった一つの信仰を求めて、きびしい、孤独な生活を追い求めていた。冬の朝、まだ凍るような夜あけ、私はしばしば、母の部屋に灯がついているのをみた。彼女がその部屋のなかで何をしているかを私は知っていた。ロザリオを指でくりながら祈ったのである。それからやがて母は私をつれて、最初の阪急電車に乗り、ミサに出かけていく。誰もいない電車のなかで私はだらしなく舟をこいでいた。だが時々、眼をあけると、母の指が、ロザリオを動かしているのが見えた。

暗いうち、雨の音で眼がさめた。急いで身支度をすませ、この平屋の向い側にある煉瓦づくりのチャペルに走っていった。

チャペルはこんな貧しい島の町には不似合なほど洒落《しゃ》れている。昨夜、神父の話を聞くと、この町の信者たちが石をはこび、木材を切って二年がかりで作ったのだそうである。三百年前、切支丹時代の信徒たちもみな、宣教師を悦ばすために、自分らの力で教会を建築したというが、その習慣はこの九州の辺鄙《へんぴ》な島にそのまま受けつがれているのである。

まだ薄暗いチャペルのなかには、白い布をかぶった三人の農婦が、のら着のまま跪《ひざまず》いている。作業着をきた男たちも二人ほどいた。祈禱台《きとうだい》も椅子もない内陣でみんな畳の上で祈っているのである。彼等はミサがすめばそのまま鍬《くわ》をもって畠に行くか、海に出るようだった。祭壇では、あの司祭が、くぼんだ眼をこちらにむけてカリスを両手でかかえ、聖体奉挙の祈りを呟《つぶや》いている。蠟燭《ろうそく》の灯が、大きなラテン語の聖書を照らしている。私は母のことを考えていた。三十年前、私と母とが通った教会とここが、どこか似ているような気がしてならなかった。

ミサが終ったあと、チャペルの外に出ると雨はやんだが、ガスがたちこめている。昨夜、神父が教えてくれた部落の方角は一面に乳色の霧で覆われ、その霧のなかに林が影絵のように浮んでいる。

「こげん霧じゃとても行けんですたい」

手をこすりながら神父は私のうしろで呟いた。

「山道はとても滑るけん。今日は一日、体ば休められてだナ、明日、行かれたらどうですか」

この町にも、切支丹の墓などがあるから、午後から見に行ったらどうだというのが神父の案だった。かくれたちのいる部落は山の中腹だから、土地の者ならともかく、片肺しかない私には雨に濡れて歩く肺活量はなかった。

霧の割れ目から、海がみえた。昨日とちがって海は真黒で冷たそうだった。舟はまだ一隻も出ていない。白い牙《きば》のように波の泡だっているのが、ここからでも良くわかる。

朝食を神父とすませたあと、貸してもらった六畳の部屋で、寝ころんだまま、この地域一帯の歴史を書いた本を読みかえした。細かい雨がふたたび降りつづけ、その砂のながれるような音が部屋の静けさを一層ふかめる。壁にバスの時刻表がはりつけてあるほかは何もない部屋だ。私は急に東京に戻りたくなった。

記録によるとこの地方の切支丹迫害が始まったのは一六〇七年からでそれが一番、烈しくなったのは一六一五年から一七年の間である。

ペトロ・デ・サン・ドミニコ師

マチス

フランシスコ五郎助
ミゲル新右衛門
ドミニコ喜助

それらの名は、私が今いるこの町で一六一五年に殉教した神父、修道士だけを選んだものだが、実際には名もない百姓の信者、漁師の女のなかにも、教えのため命を失った者が、まだまだ沢山いたかも知れない。前から切支丹殉教史を暇にまかせて読んでいるうちに、私は、一つの大胆な仮説を心のうちにたてるようになった。これらの処刑は、一人一人の個人によりも部落の代表者にたいして見せしめのため行われたのではないかという仮定である。もっともこれは当時の記録が裏うちをしてくれぬ限り、いつまでも私の仮定にすぎないが、あの頃の信徒たちは一人一人で殉教するか背教するかを決めたよりは、部落全体の意志に従ったのではないかという気がするのである。

部落民や村民の共同意識は今よりずっと血縁関係を中心にして強かったから、迫害を耐えしのぶのも、屈して転ぶのも、一人一人の考えではなく、全村民で決めたのではないかというのが、前からの私の仮定だった。つまりそうした場合、役人たちも信仰を必死に守る部落民を皆殺しにすれば、労働力の消滅になるので、代表者だけを処刑する。部落民側も部落存続のため、どうしても転ばざるをえない時は全員が棄教する。その点が日本切支丹殉教と外国の殉教の大きなちがいのような気がしていたのである。

南北十粁《キロ》、東西三・五粁のこの島には往時、千五百人ほどの切支丹がいたことは記録でわかっている。当時、島の布教に活躍をしたのは、ポルトガル司祭カミロ・コンスタンツォ神父で、彼は一六二二年に田平《たびら》の浜で火刑に処せられた。薪に火がつけられ、黒い煙に包まれても、彼の歌う讃美歌「ラウダテ」は群集にきこえたという。それを歌い終り、「聖なる哉《かな》」と、五度大きく叫び彼は息たえた。

百姓や漁師の処刑地は島から小舟で半時間ほど渡った岩島という岩だらけの島だった。信徒たちはその小島の絶壁から、手足を括《くく》られたまま、下に突きおとされた。最もその迫害がひどかった頃には、岩島で処刑される信徒は月に十人をくだらなかったそうである。役人たちも面倒がり、時にはそれらの何人かを菰《こも》に入れて、数珠つなぎにしたままつめたい海に放りこんだ。放りこまれた信徒たちの死体は、ほとんど見つかっていない。

昼すぎまで、島のこんな凄惨《せいさん》な殉教史を再読して時間をつぶした。霧雨はまだ降りつづけている。

昼食の時、神父はいなかった。日にやけた、頬骨の出た中年のおばさんがお給仕に出てくれた。私は彼女のことを漁師のおかみさんぐらいに考えていたのだが、話をしているうちに、なんと、おばさんは生涯を独身で奉仕に身を捧《ささ》げる修道女だと知って驚いた。修道女といえば、東京でよく見かけるあの異様な黒い服を着た女たちとばかり思っていた私は、俗称「女部屋」とこのあたりで言われている修道会の話を初めて聞いた。普通の農婦と同じように田畠で働き、託児所で子供の世話をし、病院で病人をみとり、集団生活をするのがこの会の生活で、おばさんも、その一人だそうである。

「神父さまは不動山のほうにモーターバイクで行かれましたけん。三時頃、戻られるとでしょ」

彼女は雨でぬれた窓のほうに眼をやりながら、

「生憎《あいにく》のわるか天気で、先生さまも御退屈でしょ。じきに役場の次郎さんが切支丹墓ば御案内に来ると言うとります」

次郎さんというのは昨夜、神父と教会の前で私を待っていてくれたあの青年のことである。

その言葉通り、次郎さんが、昼食が終ってまもなく、誘いに来てくれた。彼はわざわざ長靴まで用意してきて、

「そのお靴では泥だらけになられると、いかん思うて」

こちらが恐縮するほど、頭を幾度もさげながら、その長靴が古いのをわび、

「先生さまにこげん車、恥ずかしかですたい」

彼の運転する軽四輪で、町を通りぬけると、昨夜、想像したように、屋並はひくく、魚の臭いが至るところにしみついていた。港では十隻ほどの小舟がそれでも出発の用意をしていた。町役場と小学校だけが鉄筋コンクリートの建物で、目ぬき通りと言っても、五分

もしないうちに藁ぶきの農家に変るのである。電信柱に雨にぬれたストリップの広告がはりつけてあった。広告には裸の女が乳房を押えている絵が描かれ、「性部の王者」というすさまじい題名がつけられていた。

「神父さんは、こげんものを町でやることに、反対運動をされとるです」

「でも若い連中なら、チョクチョク行くだろう。信者の青年でも……」

私の冗談に次郎さんはハンドルを握りながら黙った。私はあわてて、

「今、信者の数は島でどのくらいですか」

「千人ぐらいはおりますでしょ」

切支丹時代は千五百人の信徒数と記録に載っているから、その頃より五百人、下まわったわけである。

「かくれの人数は?」

「ようは知りまっせん。年々、減っとるではなかですか。かくれの仕来《しきた》りば守っとるのも年寄りばっかりで、若い衆はもう馬鹿らしかと言うとります」

次郎さんは面白い話を私にしてくれた。かくれたちは、いくらカトリックの司祭や信者が再改宗を説得しても応じない。彼等の言い種《ぐさ》は、自分たちの基督教こそ祖先の頃から伝わったのだから本当の旧教で、明治以後のカトリックは新教だと言い張っているのである。その上、代々、聞きつたえた宣教師《バーデレ》さまたちの姿とあまりにちがった今の司祭の服装

が、その不信の種を作ったようで、

「ばってん、フランスの神父さまが、智慧《ちえ》ばしぼられて、あの頃の宣教師の恰好ばされて、かくれば訪ねられたですたい」

「で?」

「かくれの申しますには、これは良う似とるが、どこか、違うとる。どうも信じられん……」

この話には次郎さんのかくれにたいする軽蔑《けいべつ》がどこか感ぜられたが、私は声をたてて笑った。わざわざ、切支丹時代の南蛮宣教師の恰好をしてかくれをたずねたフランス人司祭もユーモアがあるが、いかにもこの島らしい話でよかった。

町を出ると、海にそった灰色の道が続く。左は山が迫り、右は海である。海は鉛色に濁り、ざわめき、車の窓を少しあけると、雨をふくんだ風が、顔にぶつかってきた。

防風林に遮《さえぎ》られた場所で車をとめ、次郎さんは傘を私にさしかけてくれた。砂地にはそれでも、小さな松の植木が点々と植わっている。そして切支丹の墓は、ちょうどその砂の丘が海のほうに傾斜していく先端に転がっている。墓といっても私だって力をだせば抱えあげられるような石で、三分の一は砂に埋まり、表面は風雨に晒《さら》されて鉛色になり、わずかに何かで引っかいたような十字架とローマ字のM、とRとが読めるだけである。そのM、とRとから私はマリアという名を聯想《れんそう》し、ここに埋まっている信徒は女性ではないだろうかと思った。

どうしてこの墓ひとつだけが町からかなり離れたこんな場所にあるのか、わからぬ。迫害後、その血縁がひそかに人目につかぬここに移しかえたのかもしれぬ。あるいは迫害中、この女は、この浜のあたりで処刑されたのかもしれぬ。

見棄てられたこの切支丹の墓のむこうに荒海が拡がっていた。防風林にぶつかる風の音は電線のすれ合うような音をたてている。沖に黒く、小島が見えるが、あれがこの辺の信徒たちを断崖《だんがい》から突き落したり、数珠つなぎにしたまま、海に放りこんだ岩島である。


母に嘘をつくことをおぼえた。

私の嘘は今、考えてみると、母にたいするコンプレックスから出たようである。夫から棄てられた苦しさを信仰で慰める以外、道のなかった彼女は、かつてただ一つのヴァイオリンの音に求めた情熱をそのまま、ただ一つの神に向けたのだが、その懸命な気持は、現在では納得がいくものの、たしかに、あの頃の私には息ぐるしかった。彼女が同じ信仰を強要すればするほど、私は、水に溺《おぼ》れた少年のようにその水圧をはねかえそうともがいていた。

級友で田村という生徒がいた。西宮《にしのみや》の遊廓《ゆうかく》の息子である。いつも首によごれた繃帯《ほうたい》をまいて、よく学校を休んだが、おそらくあの頃から結核だったのかもしれない。優等生から軽蔑されて友だちも少ない彼に私が近づいていった気持には、たしかにきびしい母にたいする仕返しがあった。

田村に教えられて、初めて煙草をすった時、ひどい罪を犯したような気がした。学校の弓道場の裏で、田村は、まわりの音を気にしながら、制服のポケットから、皺《しわ》だらけになった煙草の袋をそっとだした。

「はじめから強く吸うから、あかんのやで。ふかすようにしてみいや」

咳《せ》きこみながら鼻と咽喉《のど》とを刺す臭いに、私はくるしかったが、その瞬間、まぶたの裏に母の顔がうかんだ。まだ暗いうちに、寝床から出て、ロザリオの祈りをやっている彼女の顔である。私はそれを払いのけるために、さっきよりも深く、煙を飲みこんだ。

学校の帰りに映画に行くことも田村から習った。西宮の阪神駅にちかい二番館に田村のあとから、かくれるように真暗な館内に入った。便所の臭気がどこからか漂ってくる。子供の泣き声や、老人の咳払いの中に、映写機の回転する音が単調にきこえる。私は今頃、母は何をしているかと考えてばかりいた。

「もう帰ろうや」

何度も田村を促す私に、彼は腹をたてて、

「うるさい奴やな。なら、一人で帰れ」

外に出ると、阪神電車が勤め帰りの人を乗せて、我々の前を通りすぎていった。

「そんなにお袋に、ビクビクすんな」と田村は嘲《あざけ》るように肩をすぼめた。「うまいこと言うたらええやないか」

彼と別れたあと、人影のない道を歩きながら、どういう嘘をつこうかと考えた。家にたどりつくまで、その嘘はどうしても思いつかなかった。

「補講があったさかい。そろそろ受験準備せないかん言われて」

私は息をつめ、一気にその言葉を言った。そして、母がそれを素直に信じた時、胸の痛みと同時にひそかな満足感も感じていた。

正直いって、私には本当の信仰心などなかった。母の命令で教会に通っても、私は手を組み合わせ、祈るふりをしているだけで、心は別のことをぼんやりと空想していた。田村とその後たびたび出かけた映画のシーンや、ある日、彼がそっと見せてくれた女の写真などまでが心に浮んでくる。チャペルの中で信者たちは立ったり跪いたりしてミサを行う司祭の祈りに従っていた。抑えようとすればするほど、妄想は嘲るように、頭のなかにあらわれてくる。

真実、私はなぜ母がこのようなものを信じられるのか、わからなかった。神父の話も、聖書の出来事も十字架も、自分たちには関係のない、実感のない古い出来事のような気がした。日曜になると、皆がここに集まり、咳ばらいをしたり、子供を叱りながら、両手を組み合わせる気持を疑った。私は時々、そんな自分に後悔と、母へのすまなさとを感じ、もし神があるならば、自分にも信仰心を与えてほしいと祈ったが、そんなことで気持が変る筈はなかった。

もう、毎朝のミサに行くこともやめるようになった。受験勉強があるからというのが口実で、私はその頃から心臓の発作を訴えだした母が、それでも、冬の朝、ひとりで教会に出かける足音を、平気で寝床で聞いていた。やがて、一週に一度は行かねばならぬ日曜日の教会さえ、さぼるようになり、母の手前、家を出ても西宮の、ようやく買物客が集まりだした盛り場を、ぶらぶらと歩き、映画館の立看板をみながら時間をつぶすのだった。

その頃から母は屢々《しばしば》、息ぐるしくなることがあった。道を歩いていても、時折、片手で胸を押え、顔をしかめたまま、じっと立ちどまる。私は高を括っていた。十六歳の少年には死の恐怖を想像することはできなかった。発作は一時的なもので、五分もすれば元通りになったから、大した病気ではないと考えていた。実は長い間の苦しみと疲労とが、彼女の心臓を弱らせていたのである。にもかかわらず、母は毎朝五時に起き、重い足をひきずるようにして、まだ人影のない道を、電車の駅まで歩いていくのだった。教会はその電車に乗って二駅目にあったからである。

ある土曜日、私は、どうにも誘惑に勝てず、登校の途中、下車をして、盛り場に出かけた。鞄はその頃、田村と通いはじめていた喫茶店にあずけることにした。映画がはじまるまで、まだかなりの時間があった。ポケットには一円札が入っていたが、それは、数日前、母の財布から、とったものである。時折、私は母の財布をあける習慣がついていた。夕暮まで映画をみて、何くわぬ顔をして家に戻った。

玄関をあけると、思いがけず、母が、そこに、立っていた。物も言わず、私を見つめている。やがてその顔がゆっくりと歪《ゆが》み、歪んだ頰に、ゆっくりと涙がこぼれた。学校からの電話で一切がばれたのを私は知った。その夜、おそくまで、隣室で母はすすり泣いていた。耳の穴のなかに指を入れ、懸命にその声を聞くまいとしたが、どうしても鼓膜に伝わってくる。私は後悔よりも、この場を切りぬける嘘を考えていた。

役場につれて行ってもらって、出土品を見ていると、窓が白みはじめた。眼をあげるとやっと雨もやんだようである。

「学校のほうへ行かれると、もうチトありますがなア」

中村さんという助役が横にたって心配そうにたずねる。まるでここに何もないのが自分の責任のような表情をしている。役場と小学校にあるのは、私の見たいかくれの遺物ではなく、小学校の先生たちが発掘した上代土器の破片だけだった。

「たとえばかくれのロザリオとか十字架はないのですか」

中村さんは更に恐縮して首をふり、

「かくれの人たちア、かくしごとが好きじゃケン。直接、行かれるより、仕様がなか。何しろ偏窟《へんくつ》じゃからな。あの連中は」

次郎さんの場合と同じように、この中村さんの言葉にもかくれにたいする一種の軽蔑心が感じられる。

天気模様をみていた次郎さんが戻ってきて、

「恢復《かいふく》したけえ。明日は、大丈夫ですたい。なら、今から岩島ば見物されてはどうですか」

と奨めてくれた。さきほど、切支丹の墓のある場所で、私が何とかして岩島を見られないかと頼んだからである。

助役はすぐ漁業組合に電話をかけたが、こういう時は、役場は便利なもので、組合では小さなモーターつきの舟を出してくれることになった。

ゴム引きの合羽《かっぱ》を中村さんから借りた。次郎さんも入れて三人で港まで行くと、一人の漁師がもう舟を用意している。雨でぬれた板に茣蓙《ござ》をしいて腰かけさせてくれたが、足もとには汚水が溜っていた。その水のなかに、小さな銀色の魚の死体が一匹漂っていた。

モーターの音をたてて舟がまだ波のあらい海に出ると、揺れは次第に烈しくなる。波に乗る時はかすかな快感があるが、落ちる時は、胃のあたりが締められるようだ。

「岩島は、よか釣場ですたい。わしら、休日には、よう行くが、先生さまは釣りばなさらんとですか」

私が首をふると、助役は気ぬけした顔をして漁師や次郎さんに、大きな黒鯛《くろだい》を釣った自慢話をはじめた。

合羽は水しぶきで容赦なく濡れる。私は海風のつめたさにさっきから閉口していた。そう言えば、さっきまで鉛色だった海の色がここでは黒く、冷たそうである。私は四世紀前に、ここで数珠つなぎになって放りこまれた信徒たちのことを思った。もし、自分がそのような時代に生れていたならば、そうした刑罰にはとても耐える自信はなかった。母のことをふと考えた。西宮の盛り場をうろつき、母親に嘘をついていたあの頃の自分の姿が急に心に甦《よみがえ》った。

島は次第に近くなった。岩島という名の通り、岩だけの島である。頂だけに、わずかに灌木《かんぼく》が生えているようだ。助役にきくと、ここは郵政省の役人が時々、見に行くほかは、町民の釣場として役にたつだけだという。

十羽ほどの鳥が嗄《しわが》れた声をあげながら頂の上に舞っていた。灰色の雨空をそれら鳥の声が裂き、荒涼として気味がわるかった。岩の割れ目も凸凹がはっきりと見えはじめた。波がその岩にぶつかり壮絶な音をたてて白い水しぶきをあげている。

信徒たちを突き落した絶壁はどこかとたずねたが、助役も次郎さんも知らなかった。おそらく一箇所ときめたわけでなく、どこからでも、落したのであろう。

「怖《おそ》ろしか、ことですたい」

「今じゃとても考えられん」

私がさっきから思っているようなことは、同じカトリック信者の助役や次郎さんの意識には浮んではいないらしかった。

「この洞穴は蝙蝠《こうもり》がようおりましてなア。近づくとチイチイ鳴き声がきこえよる」

「妙なもんじゃな。あれだけ、速う飛んでも、決してぶつからん。レーダーみたいなものが、あるとじゃ」

「ぐうっと一まわりして先生さま、帰りますか」

兇暴《きょうぼう》に白い波が島の裏側を嚙《か》んでいた。雨雲が割れて、島の山々の中腹が、漸《ようや》くはっきりと見えはじめた。

「かくれの部落はあそこあたりですたい」

助役は昨夜の神父と同じように、その山の方向を指さした。

「今では、かくれの人も皆と交際しているんでしょう」

「まアなア。学校の小使さんにも一人おられたのオ。下村さん、あれは部落の人じゃったからな。しかし、どうも厭《いや》じゃノオ。話が合わんですたい」

二人の話によると、やはり町のカトリック信者はかくれの人と交際したり結婚するのは何となく躊躇《ちゅうちょ》するのだそうである。それは宗教の違いと言うよりは心理的な対立の理由によるものらしい。かくれは今でもかくれ同士で結婚している。そうしなければ、自分たちの信仰が守れないからであり、そうした習慣が彼等を特殊な連中のように、今でさえ考えさせている。

ガスに半ばかくれたあの山の中腹で三百年もの間、かくれ切支丹たちは、ほかのかくれ部落と同じように「お水役」「張役」「送り」「取次役」などの係りをきめ、外部の一切にその秘密組織がもれぬように信仰を守りつづけた筈である。祖父から父親に、父親からその子にと代々、祈り《オラショ》を伝え、その暗い納戸に、彼等の信仰する何かを祭っていたわけである。私はその孤立した部落を何か荒涼としたものを見るような気持で、山の中腹に探した。だが、もちろん、それはここから眼にうつる筈はなかった。

「あげん偏窟な連中に、先生、なして興味ば持たれるとですか」

助役さんは、ふしぎそうに私にたずねたが、私はいい加減な返事をしておいた。

秋晴れの日、菊の花をもって墓参りに行った。母の墓は府中市のカトリック墓地にある。学生時代から、この墓地に行く道を幾度、往復したか知らない。昔は栗や橡《とちのき》の雑木林と麦畑とが両側に拡がって、春などは結構、いい散歩道だったここも、今は、真直ぐなバス道路が走り、商店がずらりと並んだ。あの頃、その墓地の前にぽつんとあった小屋だけの石屋まで、二階建ての建物になってしまった。来るたびに一つ一つの思い出が心に浮ぶ。大学を卒《お》えた日も墓参した。留学で仏蘭西《フランス》に行く船にのる前日にもここにきた。病気になって日本に戻った翌日、一番、先に飛んできたのもここである。結婚する時も、入院する時も、欠かさず、この墓にやってきた。今でも妻にさえ黙ってそっと詣《もう》でることがある。ここは誰にも言いたくない私と母の会話の場所だからである。親しい者にさえ狎々《なれなれ》しく犯されまいという気持が私の心の奥にある。小径《こみち》を通りぬける。墓地の真中に聖母の像があって、その回りに一列に行儀よく並んだ石の墓標は、この日本で骨をうずめた修道女たちの墓地である。それを中心に白い十字架や石の墓がある。すべての墓の上に、あかるい陽と静寂とが支配している。

母の墓は小さい。その小さな小さな墓石をみると心が痛む。回りの雑草をむしる。虫が羽音をたて一人で働いている、私の回りを飛びまわる。その羽音以外、ほとんど物音がしない。

柄杓《ひしゃく》の水をかけながら、いつものように母の死んだ日のことを考える。それは私にとって辛い思い出である。彼女が、心臓の発作で廊下に倒れ、息を引きとる間、私はそばにいなかった。私は田村の家で、母が見たら泣きだすようなことをしていたのである。

その時、田村は、自分の机の引出しから、新聞紙に包んだ葉書の束のようなものを取りだしていた。そして、何かを私にそっと教える際、いつもやるうすら笑いを頬にうかべた。

「これ、そこらで売っとる代物《しろもの》と違うのやで」

新聞紙の中には十枚ほどの写真がはいっていた。写真は洗いがわるいせいか、縁が黄色く変色している。影のなかで男の暗い体と女の白い体とが重なりあっている。女は眉をよせ苦しそうだった。私は溜息をつき、一枚一枚をくりかえして見た。

「助平。もうええやろう」

どこかで電話がなり、誰かが出て、走ってくる足音がした。素早く田村は写真を引出しに放りこんだ。女の声が私の名を呼んだ。

「早う、お帰り。あんたの母さん、病気で倒れたそうやがな」

「どないしてん」

「どないしたんやろ」私はまだ引出しの方に眼をむけていた。「どうして俺、ここにいること、知ったんやろな」

私の母が倒れたと言うことよりも、なぜ、ここに来ているのがわかったのかと不安になっていた。彼の父親が遊廓をやっていると知ってから、母は、田村の家に行くことを禁じていたからである。それに母が心臓発作で寝こむのは、近頃、そう珍しいことではなかった。しかし、その都度、名前は忘れたが、医師がくれる白い丸薬を飲むことで、発作は静まるのだった。

私はのろのろと、まだ陽の強い裏道を歩いた。売地とかいた野原に錆《さ》びたスクラップが積まれていた。横に町工場がある。工場では何を打っているのか、鈍い、重い音が規則ただしく聞えてくる。自転車にのった男が向うからやってきて、その埃《ほこり》っぽい雑草のはえた空地で立小便をしはじめた。

家はもう見えていた。いつもと全く同じように、私の部屋の窓が半分あいている。家の前では近所の子供たちが遊んでいる。すべてがいつもと変りなく、何かが起った気配はなかった。玄関の前に、教会の神父が立っていた。

「お母さんは……さっき、死にました」

彼は一語一語を区切って静かに言った。その声は馬鹿な中学生の私にもはっきりわかるほど、感情を押し殺した声だった。その声は、馬鹿な中学生の私にもはっきりわかるほど、皮肉をこめていた。

奥の八畳に寝かされた母の遺体をかこんで、近所の人や教会の信者たちが、背をまげて坐っていた。だれも私に見向きもせず、声もかけなかった。その人たちの固い背中が、すべて、私を非難しているのがわかった。

母の顔は牛乳のように白くなっていた。眉と眉との間に、苦しそうな影がまだ残っていた。私はその時、不謹慎にも、さっき見たあの暗い写真の女の表情を思いだした。この時、はじめて、自分のやったことを自覚して私は泣いた。

桶《おけ》の水をかけ終り、菊の花を墓石にそなえつけた花器にさすと、その花に、さきほど顔の回りをかすめていた虫が飛んできた。母を埋めている土は武蔵野《むさしの》特有の黒土である。私もいつかはここに葬られ、ふたたび少年時代と同じように、彼女と二人きりでここに住むことになるだろう。

助役は私に、何故、かくれなどに興味を持つのかとたずねたが、いい加減な返事をしておいた。

かくれ切支丹に関心を抱く人は近頃、随分、多くなっている。比較宗教学の研究家たちには、この黒教と呼ばれる宗教は恰好の素材である。NHKも幾度か、五島や生月のかくれたちをテレビで写したし、私の知っている外人神父たちも、長崎に来ると、たずねまわる方が多いようである。だが、私にとって、かくれが興味があるのは、たった一つの理由のためである。それは彼等が、転び者の子孫だからである。その上、この子孫たちは、祖先と同じように、完全に転びきることさえできず、生涯、自分のまやかしの生き方に、後悔と暗い後目痛《うしろめた》さと屈辱とを感じつづけながら生きてきたという点である。

切支丹時代を背景にしたある小説を書いてから、私はこの転び者の子孫に次第に心惹《ひ》かれはじめた。世間には嘘をつき、本心は誰にも決して見せぬという二重の生き方を、一生の間、送らねばならなかったかくれの中に、私は時として、自分の姿をそのまま感じることがある。私にも決して今まで口には出さず、死ぬまで誰にも言わぬであろう一つの秘密がある。

その夜、神父や次郎さんや助役さんと酒を飲んだ。昼食の時、給仕をしてくれたおばさんの修道女が、大きな皿に生海胆《なまうに》と鮑《あわび》とをいっぱいに盛って出してくれた。地酒は、甘すぎて、辛口しか飲まぬ私には残念だったが、生海胆はあの長崎のものが古いと思われるほど、新鮮だった。さっきまで、やんでいた雨がまた降りはじめた。酔った次郎さんが、唄を歌いはじめた。

むむ　参ろうやなア　参ろうやなあ
パライゾの寺にぞ、参ろうやなあ
むむ
パライゾの寺とな　申するやなあ
広い寺とは申するやなあ
広いなあ狭いは、わが胸にであるぞやなア

この唄は私も知っていた。二年前、平戸に行った時、あそこの信者が教えてくれたからである。リズムは把《とら》えがたく憶《おぼ》えられなかったが、今、どこかもの悲しい次郎さんの歌声を聞いていると、眼にかくれたちの暗い表情が浮んでくる。頬骨が出て、くぼんだ眼で、どこか一点をじっと見ている顔。長い鎖国の間、二度とくる筈のない宣教師たちの船を待ちながら、彼等はこの唄を小声で歌っていたのかもしれぬ。

「不動山の高石つぁんの牛が死んだとよ。よか牛じゃったがなア」

神父はあの東京のパーティであった時とは違っていた。一合ほどの酒で、もう首まで赤黒くなりながら、助役を相手に話している。今日一日で、神父も次郎さんもどうやら私に他国者《よそもの》意識を棄ててくれたのかも知れぬ。東京の気どった司祭たちとちがって農民の一人といったこの司祭に、次第に好意を感じてくる。

「不動山の方にもかくれはいますか」

「おりまっせん。あそこは、全部、うちの信者ですたい」

神父は少し胸を張って言い、次郎さんと助役さんは重々しい顔でうなずいた。朝から気づいたことだが、この人たちはかくれを軽蔑し、見くだしているようである。

「そりゃア、仕方なかですたい。つき合いばせんとじゃから。いわば結社みたいなもんですたい、あの人たちは」

五島や生月ではかくれは、もうこの島ほど閉鎖的ではない。ここでは信者たちでさえ彼等の秘密主義に警戒心を抱いているようにみえる。だが、次郎さんや中村さんだって、かくれの先祖を持っているのである。それに二人が今、気がついていないのが、少し、おかしかった。

「一体、何を拝んでいるのでしょう」

「何を拝んどりますか。ありゃア、もう本当の基督教じゃなかです」神父は困ったように溜息をついた。「一種の迷信ですたい」

また、面白い話をきいた。この島では、カトリック信者が、新暦でクリスマスや復活祭を祝うのにたいし、かくれたちは旧暦でそっと同じ祭を行うのだそうである。

「いつぞや、山ばのぼっとりましたらな、こそこそと集まっとるです。あとで聞いたら、あれがかくれの復活祭でしたたい」

助役と次郎さんとが引きあげたあと、部屋に戻った。酒のせいか、頭が熱っぽいので窓をあけると、太鼓を叩くような海の音が聞える。闇はふかくひろがっていた。海の音が更にその闇と静寂とを深くしているように私には思えた。今まで色々なところで夜を送ったが、このような夜のふかさは珍しかった。

私は、長い長い年数の間、この島に住んだかくれたちも、あの海の音を聞いたのだなと感無量だった。彼等は肉体の弱さや死の恐怖のため信仰を棄てた転び者の子孫である。役人や仏教徒からも蔑《さげす》まれながら、かくれは五島や生月や、この島に移住してきた。そのくせ、祖先たちからの教えを棄てきれず、と言っておのが信仰を殉教者たちのように敢然とあらわす勇気もない。その恥ずかしさをかくれはたえず嚙みしめながら生きてきたのだ。

頬骨が出て、くぼんだ眼で、じっと一点を見つめているような、ここ特有の顔は、そうした恥ずかしさが次第につくりあげたものである。昨日、一緒にフェリー・ボートに乗った四、五人の男たちも次郎さんも助役も、そんな同じような顔をしている。そしてその顔に、時折、狡さと臆病との入りまじった表情がかすめる。

かくれの組織は、五島や生月やここでは多少の違いがあるが、司祭の役割をするのが、張役とか爺役で、その爺役から、みんなは、大切な祈《オラショ》りを受けつぎ、大事な祭の日を教えられる。赤ん坊が生れると洗礼をさずけるのは、水方である。所によっては爺役と水方とを兼任させる部落もある。そうした役職は代々、世襲制にしているところが多い。その下に更に五軒ぐらいの家で、組を作っている例を、私は生月で見たことがある。

かくれたちは勿論《もちろん》、役人たちの手前、仏教徒を装っていた。檀那寺《だんなでら》をもち、宗門帳にも仏教徒として名を書かれていた。ある時期には、祖先たちと同じように、役人たちの前で踏絵に足をかけねばならない時もあった。踏絵を踏んだ日、彼等は、おのが卑怯《ひきょう》さとみじめさを嚙みしめながら部落に戻り、おテンペンシャと呼ぶ緒でつくった縄で体を打った。おテンペンシャは、ポルトガル語のデシピリナを、彼等が間違えて使った言葉で、本来「鞭《むち》」という意味だそうである。私は東京の切支丹学者の家で、その鞭《おテンペンシャ》を見たことがある。四十六本の縄をたばねたもので、実際、腕を叩いてみるとかなり痛かった。かくれたちはこの鞭で身を打つのである。

だがそんなことで、彼等の後《うしろ》目痛《めた》さが晴れるわけではなかった。裏切者の屈辱や不安が消えるわけではなかった。殉教した仲間や自分たちを叱咤《しった》した宣教師のきびしい眼が遠くから彼等をじっと見つめていた。その咎《とが》めるような眼差《まなざ》しは心から追い払おうとしても追い払えるものではなかった。だから彼等の祈り《オラショ》を読むと、今の基督教祈禱書の翻訳調の祈りとはちがった、たどたどしい悲しみの言葉と許しを乞う言葉が続いているのだ。字をよめぬかくれたちが、一つ一つ口ごもりながら呟いた祈りはすべてその恥ずかしさから生れている。「でうすのおんはあ、サンタマリア、われらは、これが、さいごーにて、われら悪人のため、たのみたまえ」「この涙の谷にて、うめき、なきて、御身にねがい、かけ奉る。われらがおとりなして、あわれみのおまなこを、むかわせたまえ」

私は闇のなかの海のざわめきを聞きながら、畠仕事と、漁との後、それらのオラショを嗄れた声で呟いているかくれの姿を心に思いうかべる。彼等は自分たちの弱さが、聖母のとりなしで許されることだけを祈ったのである。なぜなら、かくれたちにとって、デウスは、きびしい父のような存在だったから子供が母に父へのとりなしを頼むように、かくれたちはサンタマリアに、とりなしを祈ったのだ。かくれたちにマリア信仰がつよく、マリア観音を特に礼拝したのもそのためだと私は思うようになった。

寝床に入っても、寝つかれなかった。うすい蒲団《ふとん》のなかで、私は小声で、さっき次郎さんが教えてくれた唄の曲を思いだそうとしたが無駄だった。

夢を見た。夢のなかで、私は胸の手術を受けて病室に運ばれてきたばかりらしく、死体のようにベッドに放り出されていた。鼻孔には酸素ボンベにつながれたゴム管が入れられ、右手にも右足にも針が突っこまれていたが、それはベッドに括りつけた輸血瓶から血を送るためだった。私は意識を半ば失っている筈なのに、自分の手を握ってくれている灰色の翳《かげ》が誰かわかっていた。それは母で、母のほか病室には医師も妻もいなかった。

母が出てくるのはそんな夢のなかだけではなかった。夕暮の陸橋の上を歩いている時、ひろがる雲に、私はふと彼女の顔を見ることがあった。酒場で女たちと話をしている時、話が跡切《とぎ》れて、無意味な空白感が心を横切る折、突然、母の存在を横に感じることもある。真夜中まで、上半身を丸めるようにして仕事をしている時、急に彼女を背後に意識することもある。母はうしろから、こちらの筆の動きを覗《のぞ》きこむような恰好をしている。仕事の間は、子供はもちろん、妻さえ、絶対に書斎に入れぬ私なのに、その場合、ふしぎに母は邪魔にならない。気を苛立《いらだ》たせもしない。

そんな時の母は、昔、一つの音を追い求めてヴァイオリンを弾き続けていたあの懸命な姿でもない。車掌のほかは誰もいない、阪急の一番電車の片隅でロザリオをじっと、まさぐっていた彼女でもない。両手を前に合わせて、私を背後から少し哀しげな眼をして見ている母なのである。

貝のなかに透明な真珠が少しずつ出来あがっていくように、私は、そんな母のイメージをいつか形づくっていたのにちがいない。なぜなら、そのような哀しげなくたびれた眼で私を見た母は、ほとんど現実の記憶にないからだ。

それがどうして生れたのか、今では、わかっている。そのイメージは、母が昔、持っていた「哀しみの聖母《マーテル・ドロロサ》」像の顔を重ね合わせているのだ。

母が死んだあと、彼女の持物や着物や帯は、次々と人が持っていった。形見分けと言って、中学生の私の眼の前で叔母たちはまるでデパートの品物をひっくりかえすように、簞《たん》笥《す》の引出しに手を入れていたが、そのくせ、母には最も大事だった古びたヴァイオリンや、長年使っていたボロボロの祈禱書や針金が切れかかったロザリオには見向きもしなかった。そして叔母たちが、棄てていったもののなかに、どこの教会でも売っているこの安物の聖母像があった。

私は母の死後、その大事なものだけを、下宿や住まいを変えるたびに箱に入れて持って歩いた。ヴァイオリンはやがて絃も切れ、罅《ひび》がはいった。祈禱書の表紙も取れてしまった。そしてその聖母像も昭和二十年の冬の空襲で焼いた。

空襲の翌朝は真青な空で、四谷《よつや》から新宿まで褐色の焼けあとがひろがり、余燼《よじん》は至る所にくすぶっていた。私は自分のいた四谷の下宿のあとにしゃがみ、木切れで、灰の中をかきまわし、茶碗のかけらや、僅かな頁の残った字引の残骸をほじくり出した。しばらくして何か固いものにさわり、まだ余熱の残った灰のなかに手を入れると、その聖母の上半身だけが出てきた。石膏《せっこう》はすっかり変色して、前には通俗的な顔だったものが更に醜く変っていた。それも今では歳月を経るにしたがって、更に眼鼻だちもぼんやりとしてきている。結婚したあと、妻が一度、落したのを接着剤でつけたため、余計にその表情がなくなったのである。

入院した時も私はその聖母を病室においていた。手術が失敗して二年目がきた頃、私は経済的にも精神的にも困《こう》じ果てていた。医師は私の体に半ば匙《さじ》を投げていたし、収入は跡《と》絶《だ》えていた。

夜、暗い灯の下で、ベッドからよくその聖母の顔を眺めた。顔はなぜか哀しそうで、じっと私を見つめているように思えた。それは、今まで私が知っていた西洋の絵や彫刻の聖母とはすっかり違っていた。空襲と長い歳月に罅が入り、鼻も欠けたその顔には、ただ、哀しみだけを残していた。私は仏蘭西に留学していた時、あまたの「哀しみの聖母《マーテル・ドロロサ》」の像や絵画を見たが、もちろん、母のこの形見は、空襲や歳月で、原型の面影を全く失っていた。ただ残っているのは哀しみだけであった。

おそらく私はその像と、自分にあらわれる母の表情とをいつか一緒にしたのであろう。時にはその「哀しみの聖母」の顔は、母が死んだ時のそれにも似て見えた。眉と眉との間にくるしげな影を残して、蒲団の上に寝かされていた、死後の母の顔を私ははっきりと憶えている。

母が、私に現われることを妻に話したことはあまりない。一度、それを口に出した時、妻は口では何かを言ったが、あきらかに不快な色を浮べたからである。

ガスは一面にたちこめていた。

そのガスのなかから、からすの鳴く声がきこえてきたので、部落がやっと近くなったことがわかる。ここまで来るまでは、やはり肺活量の少ない私には相当の難儀だった。山道の傾斜もかなり急だったが、それより次郎さんから借りた長靴では粘土の道が滑るので閉口した。

これでも良い方なのだと、中村さんが弁解する。昔は、このガスでは見えぬが南にある山道しかなくて、部落まで行くには半日がかりだったそうである。そういう尋ねにくい場所に住んだのも、かくれたちが役人の眼を避ける智慧だったのだろう。

両側は、段々畠で、ガスのなかに樹木の黒い翳がぼんやりみえ、からすの鳴き声が更に大きくなった。昨日たずねた岩島の上にも、からすの群れが舞っていたのを思いだした。

畠で働いていた親子らしい女と子供に中村さんが声をかけると、母親は頰かぶりを取って丁寧に頭を下げる。

「川原菊市つぁんの家は、この下じゃったな。東京から、話ばしといた先生さまが来なさったばってん」

子供は私のほうを珍しそうに見つめていたが、母親に叱られて畠のなかを駆けていった。

助役さんの智慧で、町から手土産の酒を買ってきていた。道中は次郎さんが持ってくれたのだが、その一升瓶を受けとり、私は二人のあとから部落に入った。部落のなかで、ラジオの歌謡曲が聞えてきた。モーターバイクを納屋においてある家もある。

「若い者はみなここを出たがりますたい」

「町に行くのですか」

「いや、佐世保や平戸に出かせぎに行っとる者の多かですたい。やはり島ではかくれの子と言われれば働きにくかとでしょう」

からすはどこまでも追いかけてきた。今度は藁《わら》ぶきの屋根にとまって鳴いている。まるで我々の来たことをここの人たちに警告しているようである。

川原菊市さんの家は、ほかの家よりやや大きく、屋根も瓦ぶきで、うしろ側に楠《くすのき》の大木がある。その家を見ただけで、私は菊市さんが「爺役」――つまり、司祭の役をしているのだとすぐわかった。

私を外に待たしたまま、中村さんは、しばらく家の中で、家族と交渉していた。さっきの子供が、ずりさがったズボンに手を入れて、少し離れたところで私たちを見ていた。気がつくとこの子供は泥だらけのはだしである。からすがまた鳴いている。

「厭《いや》がっているようですね、我々に会うのを」

次郎さんに言うと、

「ナーニ、助役さんが話せば、大丈夫ですたい」

私を少し安心させてくれた。

やっと話がついて土間のなかに入ると、一人の女が、暗い奥からこちらをじっと見ている。私は一升瓶を名刺代りだと差し出したが返事はなかった。

家のなかはひどく暗い。天候のせいもあるが、晴れていてもこの暗さはそれほど変りあるまいと思われるほどだった。そして、一種独得の臭いが鼻についた。

川原菊市さんは六十ほどの年寄りで、私の顔を直視せず、どこか別のところを見つめているような怯《おび》えた眼つきで返事をする。その返事も言葉少なく、できれば、早く帰ってほしいような感じだった。話が幾度か跡切れるたび、部屋のなかは勿論、土間の石臼《いしうす》や莚《むしろ》や藁の束にまで私は視線をむけた。爺役の杖《つえ》か、納戸神《なんどがみ》のかくし場所を探していたのである。

爺役の杖は、爺役だけの持つもので、洗礼を授けに行く時は樫《かし》の杖を使い、家払いにはグミの杖を使うが決して竹は用いない。それは切支丹時代に、司祭が持った杖を真似たことは明らかである。

注意ぶかく見たのだが、もちろん杖も納戸神のかくし場所もわからない。私はやっと菊市さんたちの伝承している祈り《オラシヨ》をきいたが、そのオラショは、他のかくれたちの祈りと全く同じで、たどたどしい悲しみの言葉と許しを乞う言葉で埋められていた。
「この涙の谷にてうめき、なきて御身にねがい、かけ奉る」菊市さんは一点を見つめたま
ま、一種の節をつけながら呟《つぶや》いた。「我等が御とりなして、あわれみのおまなこを、むか
わせたまえ」その節まわしは昨夜、次郎さんが歌った歌と同じように、不器用な言葉をつ
なぎあわせ、何ものかに訴えているようだった。
「この涙の谷にて、うめき、なきて」
私も菊市さんの言葉を繰りかえしながら、その節を憶えようとした。
「御身にねがい、かけ奉る」
「御身にねがい、かけ奉る」
「あわれみのおまなこを」
「あわれみのおまなこを」
瞼《まぶた》の裏に、年に一度、踏絵を踏まされ寺参りを強いられた夜に部落に戻った後、この暗
い家の中でそれら祈りを唱えるかくれたちの姿が浮んでくる。「われらが、おとりなし
て、あわれみの、おまなこを……」
からすが鳴いている。私たちはしばらくの間、黙って、縁側のむこうに一面ながれてく
るガスを眺めていた。風が出てきたのか、乳色のガスの流れは速くなっている。
「納戸神を、見せて……もらえないでしょうか」

私は口ごもりながら頼んだが菊市さんの眼は別の方向にむいたまま、返事がない。納戸神とは、言うまでもなく別に切支丹用語ではなくて、納戸に祭る神の意味だったが、かくれたちの間では自分の祈る対象を、人目に最もつかぬ納戸にかくして、世間には納戸神と呼び役人の眼を誤魔化していたのである。そしてその納戸神の実体を、信仰の自由を認められた今日でさえ、かくれたちは異教徒《ゼンチヨ》に見せたがらない。異教徒《ゼンチヨ》に見せれば、納戸神に穢《けが》れを与えると信じているかくれも多いのである。

「折角、東京から来なさったんじゃ。見せてあげたらよか」

中村さんが少しきつく頼むと、菊市さんはやっと腰をあげた。

そのあとから我々が土間を通りすぎると、さっきの暗い部屋から女が異様なほど眼をすえてじっとこちらを見つめていた。

「気をつけなっせ」

腰をかがめねば通れぬ入口を通り納戸にはいる時、次郎さんが背後から注意してくれた。土間よりも、もっと薄暗い空間には、藁と馬鈴薯《ばれいしょ》の生ぐさい臭いがする。真向いに蠟《ろう》燭《ろく》をおいた小さな仏壇がある。偽装用のものであろう。菊市さんの視線は左の方に向いている。その視線の方向に入口から入ってもすぐには眼に入らぬ浅黄色《あさぎいろ》の垂幕が二枚、垂れている。棚の上には餅《もち》と、神酒《みき》の白い徳利とが置かれている。菊市さんの皺《しわ》だらけな手が、その布をゆっくりとめくりはじめる。黄土色の掛軸の一部分が次第に見えてくる。

「絵ですたい」うしろで次郎さんが溜息《ためいき》をついた。

キリストをだいた聖母の絵――。いや、それは乳飲み児をだいた農婦の絵だった。子供の着物は薄藍《うすあい》で、農婦の着物は黄土色で塗られ、稚拙な彩色と絵柄から見ても、それはこのかくれの誰かがずっと昔描いたことがよくわかる。農婦は胸をはだけ、乳房を出している。帯は前むすびにして、いかにものら着だという感じがする。この島のどこにもいる女たちの顔だ。赤ん坊に乳房をふくませながら、畠を耕したり網をつくろったりする母親の顔だった。私はさきほど頬かむりをとって助役さんに頭をさげていたあの母親の顔を急に思いだした。次郎さんは苦笑している。中村さんも顔だけは真面目を装っていたが、心のなかでは笑っていたにちがいない。

にもかかわらず、私はその不器用な手で描かれた母親の顔からしばし、眼を離すことができなかった。彼等はこの母の絵にむかって、節くれだった手を合わせて、許しのオラショを祈ったのだ。彼等もまた、この私と同じ思いだったのかという感慨が胸にこみあげてきた。昔、宣教師たちは父なる神の教えを持って波濤《はとう》万里、この国にやって来たが、その父なる神の教えも、宣教師たちが追い払われ、教会が毀《こわ》されたあと、長い歳月の間に日本のかくれたちのなかでいつか身につかぬすべてのものを棄てさりもっとも日本の宗教の本質的なものである、母への思慕に変ってしまったのだ。私はその時、自分の母のことを考え、母はまた私のそばに灰色の翳のように立っていた。ヴァイオリンを弾いている姿でもなく、ロザリオをくっている姿でもなく、両手を前に合わせ、少し哀しげな眼をして私を見つめながら立っていた。

部落を出るとガスが割れて、はるかに黒い海が見えた。海は今日も風が吹き荒れているらしかった。昨日たずねた岩島はみえぬ。谷には霧がことさらふかい。からすが霧にうかぶ木々の影のどこかで鳴いている。「この涙の谷にて、われらがおとりなして、あわれみのおまなこを」私は先程、菊市さんが教えてくれたオラショを心のなかで呟いてみた。かくれたちが唱えつづけたそのオラショを呟いてみた。

「馬鹿らしか。あげんなものば見せられて、先生さまも、がっかりされたとでしょ」

部落を出た時、次郎さんは、それがいかにも自分の責任のように幾度かわびた。助役さんは我々の前を途中で拾った木の枝を杖にして、黙って歩いていた。その背中が固い。彼が何を考えているのかはわからなかった。

巡礼

ローマからテル・アビブに向う機内で二人の日本人と一緒になった。

いずれも矢代と同じようにイスラエルに行くのである。日航がサービスにくれた空色のバッグを狭い足もとにおいた中年男は農場《キブツ》視察が目的だそうだが、途中で仲間たちと別れてきたとかで、

「なに、視察は名目ですわ。そう言わんと、みんなに恨まれますねん」

飛行機に乗る直前に一杯ひっかけてきたとみえ、話す息が酒くさい。

窓ぎわの青年は逆にエルサレムで日本から来た聖地巡礼団に合流すると言った。その巡礼団よりは一足さきに巴里《パリ》に飛んで、仏蘭西《フランス》のあちこちを見物してきた基督《キリスト》教大学の学生である。それをきくと中年男は白けた顔になり、

「お宅さんは……」

白けた中年男の気持がわかるだけに、矢代は少し当惑したが、さりとて嘘をつくわけにもいかず、

「私もこちらの学生さんと大体同じような目的なんです」

と答えた。途端に相手はさっきよりももっと気まずそうな顔をして膝《ひざ》をさすりながら、

「アーメンか。あんたらは……」

とつぶやいた。

矢代は今まで、彼が曲りなりにも信者だと知ると、他人がすぐ見せる白けた顔には馴れていたものの、この時も一種の軽い屈辱感を感じた。それは子供の頃、転校した当日、学校で味わわねばならなかった気持に少し似ていた。

晴れた穏やかな空だった。白い雲を突きぬけると四方は青空になった。座席の上の小さな電光文字が消えた時、中年男はベルトをはずしながら、

「始めての外国旅行やけど、言葉はわからんでも気合いで通ずるもんでんなあ。ぼくはずっと日本語で通しましたんや。ただ、あっち、こっちで、オリーブ臭い洋食ばかり食わされて閉口しましたわ。アテネが一番ひどい」

「ギリシャにも寄られたのですか」

「それが、あんた、ポン引にだまされましてな。ビール一本飲んだだけやのに一万円近い金をとりよって」

自分たちのほか誰も日本語がわからぬのに声をひそめ、

「場末の地下室のうすぎたない店でんねん。女が四、五人、おりましたわ。淫売やね。こ

いつらが」

矢代はその女と寝たのかと聞くのがサービスだとは思ったが、巡礼団に加わるという窓ぎわの学生を気にして質問をひかえた。

学生のほうはアーメンと言われたのが癪《しゃく》に障ったらしく窓に八ミリを当てて知らん顔をしている。東京のプロテスタントの教会などに来る若い連中によくある小悧巧《こりこう》なスピッツのような顔だ。矢代は自分も一応は信者のくせに、日本人信者たちのスピッツのような胡《う》散《さん》くさいニセものの顔に嫌悪をいつも感じる。

「考えてみれば一万円のなかにおねんね代も入っとったんやから、高うはないんやが」

中年男は矢代が黙っているので仕方なしに前の座席についている袋をのぞきはじめた。飛行機はハイウェイを走る車よりももっと静かで、今、スチュワーデスがあまり数の多くない乗客に紙のコップを配りはじめた。

「ぼくも創価学会の知り合いがおって、入れ入れと言われますけどね、どうも宗教は苦手やな。まして、アーメンのほうは外国の宗教やさかい」

学生は何か言いたそうにスピッツのような顔をこちらにむけたが、すぐ眼をそらせた。

「私も、まあ、信者は信者ですが……」

と矢代はつくり笑いをうかべながら、

「若気の過ちがずっと続いているようなもので……」

これでは弁解にもならぬ弁解にちがいなかった。なぜ、こんな時、いつも、自分が信者であることを恥じるようなことを言うのだろう。創価学会の信者なら、胸をはって自分が学会員だと宣言するだろうに。俺がアーメンであるのを恥ずかしがるのは、日本での信者がみんな女と寝たことのないような顔をしているからだろうか。それともずっと昔、戦争中に、同級生や教師からまるで日本人ではないかのように言われた思い出が残っているせいか。それとも基督教信者であることはまるで偽善者の代名詞みたいに言われているからか。確信がないからだ。結局、神について俺には何も自信がないからだとスチュワーデスがくれた紙コップを手でまわしながら、矢代はぼんやり考えた。

「イスラエルでは、どんなもん、食わせるんやろ」

「あそこはアラビヤ料理でしてね。袋みたいなパンに色々な野菜や魚を詰めたのを食うんです」

「へえ、するとお宅さんは、一度、こちらに来られたことがあるんですか」

矢代は首をふった。本当はイスラエルに行くのもこれで三度目だが、今まで、この聖地をたずねても、彼は一向に確信がつかめず、日本に戻っても卑屈な態度から抜けきれなかった。

「テル・アビブには中華料理店ぐらい、ありまっしゃろな」

知らぬと言うと、中年男は、しばらく酸素マスクのつけ方を書いた英文の紙を手で弄《もてあそ》んでいたが、やがて席をうしろに倒して眠りはじめた。面倒くさくなって眠ったふりをしたのかもしれぬ。

いつ来ても、テル・アビブの田舎くさい飛行場のまわりは変りない。

トランクをさげて暗いターミナルから出ると、突然、錫《すず》をとかしたような白い光がまぶたにぶつかってくる。客を奪いあう運転手の大声がきこえる。うす穢《ぎたな》い老人に似たユーカリの木が広場をとり囲んでいる。広場の真中に旅行案内所のバラックが二軒ならんでいる。はじめてここに来た時そのバラックに寄ったことがあったが、壁になぜかコカコーラの古いポスターがはりつけてあった。

テル・アビブに行く中年男とここで別れて、矢代は基督教大学の学生と古ぼけたタクシーに乗った。中東戦争で良い乗用車は徴集されたので、どれもこれも年をくったフォードかフィアットだ。

「失礼ですけど」

運転手は車のラジオをつけた。すると「黄金のエルサレム」という二度目にここに来た時もよく耳にした音楽がまた聞えてきた。部落のような町なみをぬけると、白っぽいねじくれたオリーブの樹が両側につづく。学生は彼に小説家の矢代かとたずねた。信者かとたずねられる時ほどではないが、見知らぬ人に自分が小説家だとさとられると彼はいつも困惑した気持を味わう。

「そうじゃないかと、ローマから思っていたんです。取材ですか」

「いいえ」

「いやでしたね。さっきの日本人」

学生はまるで矢代の感情がわかっているような言い方をして、

「ああいう連中が意外と多いんです」

彼はそれ以上このスピッツのような顔をした学生から自分の内部を不躾《ぶしつけ》に掻《か》きまわされたくなかったので、

「聖地巡礼団はどこの企画ですか」

「日本基督教公団です。西尾先生なんかがリーダーで……御存知でしょう」

矢代はそのプロテスタントの学者の名は聞いたことはあるが、会ったことはないと答えた。事実、西尾という神学者を知らない。ただ彼の悪い癖で、神学者という日本語らしからぬ言葉から、もうその相手に、この学生を年とらせたような老いた洋犬のイメージを浮べてしまう。

「何処《どこ》をまわるんですか」

「まず、エルサレムを見物します。ベトレヘムもナザレもガリラヤも廻ります。基督の歩かれたところは……全部巡礼します」

学生はツーリスト・ビューローの社員のように、一つ一つの行く先を区切って発音した。

さっき過ぎたオリーブ畠にかこまれた白い小さな部落――あそこもイエスが通った場所ですよと言いかけて、意地悪な気持から矢代は黙った。それは彼が二度の旅行でやっと知った知識の一つだったので、こんなスピッツのような学生や巡礼団の連中に教えたくはなかったのだ。

「イスラエルって言うけれど、仏蘭西の田舎みたいな風景ですね」

学生は八ミリを窓から出してシャッターをいつまでも押している。こちらが聞きもしないのに、この写真は日本に帰って「クリスチャン学生の会」という集まりで見せると言う。

「巡礼団はこの会の友だちが大部分なんです。でも参加できなかった人たちは気の毒ですから、この映画を撮っておくんです」

と学生は得意そうに言った。

(君はトルコ風呂に行ったことがあるか)と矢代は突然、彼にたずねたい衝動にかられた。

(いえ、行きません)

(行きませんじゃなくて、実は行けないのだろう)

もちろん口には出さなかったそんな質問が頭に浮んだのは、自分がこの学生と同じ年頃に一つのいやな記憶があるからかもしれぬ。

はじめて新宿の青線に出かけた時のことだ。

あれは何かのコンパのあとで、彼は無理矢理に三、四人の友人にそこに連れていかれた。友人たちはアーメンである彼を苛《いじ》めようという気があり、彼は彼でそのアーメンであるゆえにかえって負けまいと言う気持から、平気を装ってあとをついていったのである。飲屋のような家だったが、どんな入口だったかもう記憶は確かではない。憶《おぼ》えているのは、階段を昇る時ぎいぎいと軋《きし》んだことと鏡台と箪笥《たんす》のある二階の小さな部屋があったことだ。畳がうすよごれて黒ずんでいた。電燈も暗かった。女は階段をぎいとならしながら氷イチゴを持ってきてくれた。あれは夏だった。

「たべなさいよ」

その声は少し嗄《しわが》れていて、嗄れた声は病気のためではないかと不意に考えると、彼はもう氷イチゴの匙《さじ》を口に入れる勇気さえなかった。

「たべなさいよ」

窓の下でアイスキャンデーを売る鈴の音が聞えた。小さな粗末な鏡台と安物の箪笥とを、病菌がそこについているように彼はこわごわと眺めた。

「ぼくは遊ばないよ。代金を払うから、帰してくれ」

女は黙って横をむいた。こちらの感じていることをそのまま女は嗅《か》ぎとったにちがいなかった。

何でもないと言えば何でもない思い出だが、女のその時の小さな顔は後になって彼の胸を時々、痛くさせる。友人たちのまだ残っているあの家を、気づかれぬように出た時、矢代はほっとした。信者として罪を犯さないでよかったと思った。だが、自分のとった態度がどんなにうすぎたないものかを気づくには、その後、歳月を要した。女が奢《おご》ってくれた氷イチゴに匙をつけず、あの部屋に吐き気のような嫌悪を感じたことが、どんなに卑劣な罪かわかるまでには、病気やその他の痛い目がいった。聖書であの頃の彼のような男こそパリサイ人と呼んでいることがわかるまでには年数がいった。

ユーカリの並木がしばらく続くと必ず白い小さな部落をすぎる。イスラエルの兵士を載せたジープが時折、向うから走ってくる。部落をぬける道を少年につれられた羊の群れがゆっくり横切っていく。そのたびごとに、学生の押す八ミリの音がまひるの蠅《はえ》の羽音のようにしばらく続く。

「そんな羊など、仏蘭西でも見たでしょう」

少し皮肉をこめた矢代に、

「いえ。羊は羊でも……ここのは聖書に出てくる羊でしょう」

学生は、鈍感な人だと言う表情で、

「我はよき牧者なり。牧者はその羊のために命を捨つですか……。ぼくはあの句が好きなんですが……」

（羊はなにもイスラエルでなくても……日本にもいますよ）

夕暮の新宿駅の雑踏や人々のくたびれた顔が矢代の頭にうかんだ。


ホテルの窓から遠く夕陽の照った荒野が見えた。花崗岩質《かこうがんしつ》の白っぽい丘陵が波のようにうねってその彼方《かなた》に夕陽に薄桃色にみえる地帯がのぞいている。そこがかつて洗者ヨハネが人々を集め、イエスがそれに交って修業した所なのだ。

通りすぎる雲が丘陵に影を落す。窓いっぱいに見える風景は夕陽のあかるく照った部分と、つめたく翳《かげ》った部分とに急にわかれる。

見晴らしは気に入ったが、少し困ったことには、予約したホテルがあの学生や日本から来た巡礼団と同じ宿である。

さっき、車がホテルにつくと玄関に「日本巡礼団」と大書した紙をもった日本人の男女が四、五人、入口に立っていて、まるで遠い旅から戻ってきた肉親を迎えるように車からおりた学生に駆けより、手までさしのべた。

学生から矢代のことをきいたのか、好奇心のこもった眼をこちらに向けた。玄関に入ると、どこかから聖歌を日本語で合唱する男女の声がながれてきた。

外人の客たちは微笑しながらその合唱のする方向を眺めている。矢代はフロントで急いで記名するとボーイに鞄《かばん》も運ばせず、すぐエレベーターに乗った。

棕梠《しゅろ》の葉手にもち　迎えよ主を
よろこびのほめうた　高らかに歌え

天地を統《す》べる　ダビデの末よ
ろばにまたがり　エルサレムへと

窓はしめてあるのに日本巡礼団の合唱は矢代の部屋まで伝わってくる。どうして、ああ言う歯のうくような歌を歌うのだろう。子供の時から讃美歌を聞くと彼は時々、硝子《ガラス》を釘《くぎ》でひっかかれた時のような身震いを感じることがあった。讃美歌とか、神父のもっともらしい話とかは矢代の基督教にたいする信仰を強めるどころか、それを冷却するために役だった。

(それなら……棄てればいいじゃないか)

矢代は今日まで幾度も口に出したこの言葉を呟《つぶや》く。讃美歌や説教だけではなくアーメンの匂いのするもの、硝子を釘で引っかいたような感じのするすべての物、スピッツのような顔をした連中、我はよき牧者なりという気障《きざ》な言葉、それらを含めた一切のものを棄てしまえば万事が片附く筈なのに、彼は長い歳月、結局は棄てられぬ自分を知っていた。もし基督教の家庭などに生れねば、俺は一九《いっく》の膝栗毛《ひざくりげ》に出てくるあんな人間になろうとした男なのだ。最もアーメンに縁のないような人間に、なぜアーメンはとり憑《つ》いたのだろう。

これ以上、歯のうくような讃美歌を聞きたくなかったので、シャツを着かえて外出の支度をした。巡礼団の日本人たちはロビーのあちこちのソファに集まったり、絵葉書売場の前にかたまっている。

茜色《あかねいろ》の夕陽がホテルの下に絨毯《じゅうたん》のようにひろがるエルサレムに光を投げていた。回教寺院のドームがとりわけその光をまぶしく反射している。この寺院のある四角い広場はかつてイエスが商人を追い払ったダビデ神殿の跡である。羊の門の前に外車が一台停っている。城壁も陽をあびて粘土のように赤かった。

天地を統べる　ダビデの末よ
ろばにまたがり　エルサレムへと

矢代もまたそのろばにまたがった男と同じように狭い道が蟻《あり》の巣のなかのように錯綜《さくそう》し

ている町に入った。布を頭にかぶったアラビヤ人たちが大きな壺を足もとにおいて長い水《みず》煙草《たばこ》の管をくわえていた。籠を頭に載せた黒衣の女が暗い洞穴のような入口から煙のように出てくる。壁に片手をあてて杖をついた盲の老婆が歩いていく。街はイエスの時代と同じように臭く、きたなく、そして夕暮の奇妙な哀しさと静かさとがあった。

三度目の旅で矢代は今は何処に何があるか、手にとるように知っている。夕陽が壁に染みをつけている古ぼけた建物は、今は小学校だが、二千年前は、そこはイエスを裁いたピラトの官邸だった。建物のどこかで子供たちが遊んでいる声が、彼に自分の孤独だった小学校の放課後を思いださせた。

ピラトがどんな顔をして、どんな服装をした男だったのか矢代はわからない。彼が想像するピラトは小心な生真面目な男なのである。ローマから占領地のユダヤに派遣された監督官というから、戦後の日本に赴任した米軍司令官のようなものだったのだ。そのピラトの前に、ある日、瘦《や》せこけた哀れな男が引きずり出されてきた。瘦せた哀れな男はどう見ても罪を犯したとはピラトには思えなかった。だがユダヤ人たちは官邸の前に集まりこの男を殺せ、殺せと叫んでいる。生真面目なピラトは困惑し、迷い、騒ぎをしずめるだけのために、その男を群集に引き渡した。街の秩序を保つためには、この瘦せた哀れな男を処刑するのもやむをえないと思ったからである。小心な彼は自分の監督としての地位をみすぼらしいこんな男のために失いたくはなかったのだ。

小学校の壁には幾つかの落書があった。日本の子供たちと同じように、ここの子供たちも顔や性器を下手糞《へたくそ》な線で描いていた。夕陽の染みがその下手な性器に表情をつくっている。矢代は迷惑な話だと呟いた。ピラトにとっては自分の官邸に連行されたこの痩せた男は迷惑至極な存在だったのだ。できればそんな男に係わりは持ちたくなかったのである。それなのに男は彼の人生のなかに紛れこんできた。ピラトの感情を無視して紛れこんできた。

夾竹桃《きょうちくとう》の花の咲いている阪神の教会のことを矢代は思いだす。小学校二年の時、彼は自分と同じような仲間と一列に並ばされて洗礼を受けた。子供の彼には信仰など何もわからなかった。母親がそう命じたから日曜学校に通い、ハイキングやバザーの菓子につられ、結局、受洗したにすぎぬ。痩せた哀れな男はピラトにたいすると同じようにその日から矢代の人生にも勝手に紛れこんできた。

迷惑な話だ。あなたはなぜ、まるで遠い国から戻ってきた親戚《しんせき》のように狎《な》れ狎《な》れしく私の人生に係わりを持つのですと矢代は夕陽の染みのついた壁に向って囁《ささや》く。あなたが紛れこまなければ、私は弥次喜多のような世界で呑気《のんき》に生きることだってできたのだ。アーメンに最も縁のないような人間である私の肉体に、なぜ、あなたはとり憑《つ》いたのですか。

城壁にそって歩いた。塔の下にたつ。この塔の場所にヘロデ王の館があったのである。ヘロデがどんな顔をして、どんな服装をした男だったのか、矢代はわからない。小さい時、母につれられて見た「ゴルゴタの丘」という映画で、ヘロデはまぶたの肉がたるみ馬鹿のように少し口をあけた男だった。その顔から、矢代はやがてヘロデをいつも何かに怯《おび》えながら快楽にふけっている男のように想像するようになった。この王はサロメにそそのかされて洗者ヨハネを殺したが、いつもヨハネの暗い姿に怯えていた。そして痩せた哀れな男が群集の手によって自分の前につれて来られた時、彼はヨハネの姿をそこに見るような気がしたのである。だから彼はその思い出を消すためにも、この男の処刑に反対しなかったのである。

矢代がアーメンの臭いのするものを棄てられぬのは、死んだ母の姿につながっていた。母はヘロデをじっと見つめたヨハネのように彼にとっては辛い存在だった。母が生きている間、彼は彼女をわざと傷つけたり、反抗したりしたが、自分を悲しげにじっと見つめる母の眼はそのたび毎に矢代の胸を痛くさせた。彼女が死んだあとも、その眼はやはりどこからか彼をじっと見つめていた。

眼。悲しげな眼——今、矢代はペトロが鶏の鳴く前に、痩せた哀れな男を否定したカヤパの邸の跡に立っている。

夕陽は既にしりぞき、誰もいないこの場所には笠松の枝が風にかすかに鳴っている。松ぼっくりが、靴にふまれて乾いた音をたてる。遠くから単調な、もの憂いアラビヤの音楽が聞えてくる。この場所でペトロは痩せた哀れな男と自分とは関係がないのだと皆に言い張った。するとその男は人々に引かれながらペトロを遠くから悲しげな眼でみつめた。あなたは結局そのペトロを許された。ユダには首をくくらせたのに、ペトロなら許された。なぜあなたはユダを許さなかったのか。私にはそれがわからない。もしユダも許されたと聖書に一行でも書いてあったなら、長い長い歴史の間に、どんなに多くの人がほっとしたことでしょう。

闇が忍びより、犬の吠える声が遠くでする。矢代はくたびれた足を曳《ひ》きずってホテルに戻った。灯のうるんだホテルは遠くから見ると、夜の海にうかぶ船のようだ。玄関に入ると、巡礼団の日本人たちは相変らずロビーの椅子や絵葉書売場にかたまっていた。

客のほとんど引きあげた食堂で食事をとった。背の高いアラビヤ人のボーイが一人残っていたが、早く仕事を片附けたいらしくデザートのあとの珈琲《コーヒー》をはぶいてしまった。オリーブ油の臭いのしみたサラダを食べながら、機内で会ったあの日本人の中年男のことを思い出した。

部屋に戻って、することもなく、ぼんやり腰かけていると、扉を誰かがノックする。スピッツのような顔をしたあの学生だった。そのうしろに、右の頰に大きなしみのある老紳士と三、四人の青年たちが海草のように立っていた。

「お邪魔でしょうか」

邪魔だとは言えぬので仕方なしに部屋に入れると、

「こちらが巡礼団のリーダーの西尾先生です」

右の頬にしみのある老紳士は日本と同じように、黒い名刺入れから名刺をゆっくり出した。神学大学教授という肩書を矢代はちらっと見てポケットに入れた。

「本当に前からお目にかかりたいと思っていたんですよ」

神学者は慇懃《いんぎん》だが押しつけるような声でそう言いながら、矢代の小説を一冊、読んだことがあると附け加えた。その小説はできれば読んでもらいたくない小説の一つだった。彼にはそれだけではなく他人の眼にはあまり触れられたくない小説が何冊もあった。

「さっき散歩に行かれたのをロビーでちらっと拝見しましたよ」

ひどく慇懃だが、何かを押しつけてくるようなこの声──この声に矢代は日本で馴れていた。それは信者に話しかける時の牧師や神父の声だ。いつも教え諭《さと》すようなこの声。ミサの時や説教壇からだけではなく、どんな時も、彼等はふしぎにこの声で話す。

「何処と何処に行かれましたか。私たちも午後、みなで街の中を歩いてきましたがね」

矢代が煙草をすすめたが神学者はゆっくり首をふり、膝の上で祈禱《きとう》でもするように手を組んだ。皆が坐る椅子がないので学生たちはベッドの上に雀のように並んで神妙に腰かけ、話を聞いている。

「ピラトの官邸とヘロデの館と、カヤパの家。時間があまりなかったもので」

「ベトレヘムやベタニヤは行かれませんでしたか」

「ええ」

私が歩いたのは、あの痩せた哀れな男を裏切ったり裁いたりした人間のいた所だけです、と矢代は心のなかで言いかえした。今のところ私には彼が生れたベトレヘムも、彼が楽しく友人と交わったベタニヤもほとんど興味がないのです。私に興味があるのは、日本人から金を巻きあげたいかがわしい酒場や、そこにいる女たちや、ピラトや……。

「もっとも、申し訳ないがあなたの行かれた場所は考古学的には怪しいものでしてねえ」

西尾氏は矢代のひそかな独りごとも知らず、うしろの学生たちをふりむいて、

「この諸君にもさっき説明しておいたんですが、エルサレムのそうした遺跡には確実性のないものが多いんですから。何しろ当時のエルサレムは今の街の地下数尺に埋もれていましてねえ」

「今日、皆で行ったゴルゴタの丘やギボンの池はどうなんです」

ベッドに腰かけている度の強そうな眼鏡をかけた学生がたずねると、神学者は膝の上に組んだ指を動かしながら、

「それは学問的に確かです。学問的に確かなものしか君たちに今度は見せないよ」

学生たちは一斉に笑った。その笑い声には西尾氏に阿《おもね》るような響きがあってなんだか嫌だった。

た。学生を前にしてこの人が、自分に優越感を示そうとしているのも彼には少し不愉快だった。確かなものというその言葉が矢代の頭に後味のわるさを残している。確かなものしか認めない傾向が矢代のまわりや友人にありすぎた。そのくせお前だってその確かでないかもしれぬものに結局は確信を抱けずに洗礼以来二十年を費やしたじゃないかと、彼は神学者が尺取虫のように動かしている指を見ながら考えた。

「でも、ぼくら小説家には別に学問的に確かでなくってもいいんです」

「そうでしょう。だから小説家のKなぞ、私の大学の友人だが……始終、偽物の骨董《こっとう》を掴《つか》まされて悦んでいますよ」

するとまた阿るような小さな笑い声が起った。神学者は矢代に自分たち巡礼団に加わらないかと言った。

「お供したいですがね。三、四日しかいないので」

矢代は眼をしばたたいた。彼はそういう仕草をして心を人に見られまいとする癖があった。

「お忙しいからね。小説を書く人たちは」

神学者は学生たちをちらっと見た。沈黙が少し続いた。度の強そうな眼鏡をかけた学生が、咳《せ》きこむような口調で、

「西尾先生、今、確実なものと言われましたが、たとえばですね……今日、ぼくらの行っ

た基督昇天の場所など……」

「ああ」

「もちろん、あんな場所なども学問的に出鱈目《でたらめ》でしょうけど、イエスの復活のことなんか、どう考えたらいいんでしょう」

「どう考えたら良いかと言うと？」

「つまりですね、イエスの墓に天使がたっていて、中に一枚の布しか残っていなかったという話が聖書に載っていますが」

「ああ、載っているよ」

「つまりですね、そういうことをどう解釈したらいいのですか」

膝の上に組んだ両手のなかから二本の人差指だけが上をむいて動いた。それから、あの諭すような声で神学者はゆっくりと、

「聖書のなかのそういう話は象徴的に考えなさいよ。いいですか。その時代の人の感覚で書かれているんですから。イエスの復活ということはね、イエスが死んだあとも、その教えが人々の心のなかに強く新しく……生きはじめたと言うことですよ。そうでしょう。矢代さん」

「ええ」

促されて矢代はまた眼をしばたたきながら、かすれた声をだす。そのくせ、そうじゃな

いと心のなかで反撥していた。そんな辻褄《つじつま》の合った話はもう俺は聞きあきた。あたらしい神学がどんなものか知らぬが、そんな合理的な解釈にはもうくたびれた。聖書に書いてあるままに、天使があらわれ、墓に布一枚を残してイエスが昇天していった話を素直に信じられたらどんなにいいだろう。彼はむかし素直にそれを信じて教会に来る年寄りや女たちを軽蔑《けいべつ》していた。だが今は、その人たちにまじりミサにあずかるたびに、羨望《せんぼう》と、劣等感とを味わうのだった。

矢代が話にのっていかぬので学生たちはまた黙った。近眼の学生がまた口を開いて、

「矢代先生などは、たとえばですね」

「ええ」

「矢代先生などは基督者と社会悪などをどう考えられますか」

神学者の前で先生とよばれて矢代は、また眼をしばたたいた。

「たとえばですね。現在、ベトナムなんかで戦争やっていますね。教会がそれを傍観してますし、長いあいだ社会悪や政治悪を傍観してましたね。その点、どう考えられますか」

ほかの学生たちはこの時、矢代のほうに、電線に並んだ雀のように同じ表情を急に向けてきた。まるでそれによって矢代の誠実さをテストするような顔つきだった。

「君、戦争に反対し、戦争をなくすようにするのが、今日のクリスチャンの義務だよ。それは日本キリスト教会でもはっきり宣言しているでしょう」

神学者が突然横から彼にかわって口を出したので、矢代は驚いて顔をあげた。西尾氏はこちらが当惑しているのを見て、助け舟を出してくれたのかもしれぬ、しかしこの時彼は自分の気持が無視されたような気がした。たとえ、それが信仰や人生についてこの神学者のように確実なものが一つもない、劣等感にみちたものでも、指を触れられるのは嫌だった。膝の上に組んだ尺取虫のように動く指でいじられるのは嫌だった。

「確信がないんです。ぼくには」

「なにがですか」

「つまり、そういうことに……」

みなが急に白けた顔をしたのがわかった。その表情は機内で彼をアーメンと知って胡散臭そうにみたあの中年男を思いださせた。

「ぼくにはそういうことを言うクリスチャンが、時々、なんだかインチキ臭く思えて」

また、馬鹿なことを俺は口に出した、と思ったがもう仕方なかった。彼はもがけばもがくほど這《は》い出られぬ泥沼に入ったような気がした。

「よくわからないんだが、そういうことを自信ありげに言える人が羨《うらや》ましいけど……信用できないんです」

「どういう意味でしょう。それは」

神学者は開きなおったようにこちらを向いた。

「戦争に反対したり戦争をなくすように努力する人間が、偽者だ、と言われるのですか」

「いや、ぼくは信者の場合だけを言っているのであって」

額に汗がにじむのを感じながら、

「クリスチャンならそう言うことを軽々しく言えないような気がして」

「わからないな。なぜでしょう」

「なぜと言われると、困るんですが……その……基督教徒になることは、つまり……負けるが勝ちということを、結局、この地上や世界では負けることを認めた者のような気がするもんですから」

負けるが勝ちという言葉だけで自分の気持が相手に通ずる筈はなかった。それに彼にはこのことについても他の信仰のことと同じように確信がなかった。ただ二十年前、新宿の青線で女と寝ずに外に出た時、助かったような気持になった自分のいやらしさを彼はこの時、思いだしていた。どうも、うまく言えぬ。うまく言えぬが、度の強い眼鏡をかけたこの学生の質問に、彼はなぜか、あの時の自分と同じいやらしさを感じた。スピッツのような顔をした学生にも同じいやらしさを感じた。それにたいする神学者の教え諭すような答えにも同じものを感じていた。

「色々、屈折されるからね、小説家は……そのままに受けとっちゃ、いかん」

西尾氏は、白けた空気をとりつくろうように言った。

「お忙しい方だから……そろそろ失礼しましょうか」
彼は膝にくんだ手をはなし、長い指で懐中時計を出した。

翌朝、食堂におりるため、強い陽ざしが窓から入りこんでいる廊下を歩いていると、階段の下からさわがしい声がきこえてきた。巡礼団たちがバスに乗りこむところだった。日の丸を忘れるなよ、車につけるんだからさ。ゲリラに射たれたら大変だもんなと一人が言うと笑い声がどっと起った。

その声を聞くと矢代は食堂に行く気持を失い、シーツの乱れた自分の部屋に戻った。さわがしい声はやがて消えた。バスがエンジンをかける音がひびいてくる。窓に顔を押しあてると、日本巡礼団と書いた布を窓の下にぶらさげ、日の丸をつけたバスから顔を出して、昨日から親しくなったボーイたちに学生たちは手をふっていた。

午前中、矢代は寝乱れたベッドの上に横になって無為に時間をすごした。ホテルのなかは静かだった。今頃、あのバスは埃《ほこり》にまみれたオリーブの山を越え、オレンジ畠にかこまれたキブツを通過してサマリヤに向っているだろうし、そこで西尾氏はイエスが休まれた井戸を指さしたり、旧約に出てくるタボール山についてあの教え諭すような声で説明しているだろう。三度の旅行で、矢代は巡礼団の訪れる罪の匂いの一向にしないコースを知っていた。

（巡礼か）

そう彼は呟いて、のろのろと支度をし、のろのろと部屋を出た。ホテルから街の城壁に通ずるアスファルトは強い陽ざしで柔らかくなり歩きにくい。樹かげで昼寝をしていたアラブ人の物売りが急に起きあがって聖地のスライドを売りつけに来た。

「女の写真はないか」

とたずねると、物売りは首をふった。神学者は女と寝る時、あの長い指をどのように使うのだろうと考え、矢代は陽光をうけながらひくい声で笑った。フォードの新車がアメリカ人の観光客をのせて彼の横すれすれにアスファルト道を登っていった。

もう一度、カヤパの邸跡に行きヘロデの塔の下に立った。有難いことにこうした場所には客はいない。観光客たちは、あの痩せた哀れな男を傷つけ裏切った者の痕跡《こんせき》よりは、罪の臭気のない透明な巡礼地に出かけるからだ。直射日光を受けながら歩いているうち、汗はわきの下から変な臭いを漂わせた。これが俺の巡礼だと矢代は思った。

エルサレムの城壁が彼の歩いている地点から威嚇するように直立して見える。かつてそこからイエスの弟子の一人が投げ落されて殺されたのである。

羊の糞《ふん》の落ちているオリーブ山の斜面にたち、ゲッセマネの園を見おろした。園に建っている俗悪なカトリック教会が嫌だったし、イエスが弟子たちと捕縛されたというこの場所には巡礼客たちが集まってくる怖《おそ》れがあったからだ。この前、エルサレムに来た時も、ここに立って同じようによごれたハンカチで汗をふきながら園を見おろしたのを憶えている。見おろしながら、彼は着ていた亜麻布を捨てて裸で逃げたという弟子の一人のことを考えたのも憶えている。剣と棒とを持った群集がやってきた時、亜麻布を着た男も他の弟子も痩せた哀れな師をたちまち見捨てて逃げたのだ。弟子たちは矢代と同じように箸《はし》にも棒にもかからぬ連中だったのだ。だからその場面は彼にもよくわかる。夕暮の新宿のホームを勤めからくたびれて戻る人々にまじって歩いている時のようによくわかる。だが、哀れな師が死んだ後、威嚇するようなあの城壁から突き落されてもなお信念を変えなくなった彼等の変りようになると、矢代は遠い異国の街の絵葉書を見るようなぼんやりとした気持になる。どうして臆病者がそうなれたのだろう。確かなことはあの痩せた哀れな男は死んだあとさえ弟子たちの人生に紛れこみ、つきまとったことだ。少年時代、夾竹桃の花の咲く教会で矢代の人生に彼が紛れこんでから、どうしても離れてくれなかったように……。

「いい加減にしてくれ」

と矢代はひくいが悲鳴に似た声で言った。

「俺は日本人だしあんたとは何の縁もないんだ。もういい加減に出ていってくれないか」

だが、その男が住みついた宿なし犬のように決して自分から出ていかぬことも矢代は知っていた。

彼は帰りの飛行機に乗っている自分の姿を眼に浮べた。テル・アビブの白い街を飛行機の窓から見おろしながら、この前も、その前も自分は水割りを飲み、鞄に入れた一九の膝栗毛の文庫本を開いたが（外国でこの一九の文庫本を開くと、彼は久しくたべなかった塩辛や日本酒の味を思い出せるのだ）今度も自分は同じことをするのではないかと彼は汗をふきながら考えた。

犀鳥

男は小説家で東京の郊外にある小さな都市に住んでいた。

小さな市にはそれでも二つのデパートがあって、その屋上にのぼると街の哀しい拡がりの向うに冬の弱い陽をあびた団地の群れや丘陵が見わたせた。屋上の遊び場には平日でも子供をつれた母親たちがベンチに腰かけてその風景をぼんやり眺めていた。

男は時折そのデパートの小禽《ことり》売場に出かけた。別に小禽を求めるのではなく、ただ飽かず十姉妹《じゅうしまつ》や文鳥が籠のなかに動くのを覗《のぞ》きこみ、宝石のように光りながら体をくねらせ泳ぐ熱帯魚の水槽の前に立っていた。

「この九官鳥はどうです」ある日、売場の主任が話しかけた。「まだ子供ですが、頭はいいですよ」

男は首をふって、昔、この鳥を飼って死なせたことがあるからと言った。本当はこの利口そうな眼をした漆黒の鳥がほしかったが、彼とちがって生きものの好きではない妻と無駄な言い争いをしたくなかったのだった。

別の日、主任はまた、

「猿を飼う気はありませんか」

と奨めた。

小禽や熱帯魚の売場なのに、時折、ペットになる栗鼠《りす》や兎が売られていることもある。主任が指さした猿は小さな手で金網を握りながら、老人と赤ん坊をまぜたような顔で彼をじっと見つめている。悲しそうな眼が男の心を惹《ひ》いた。

「どうです」主任は彼を更に誘惑した。「私には動物の好きな人がわかるのです。動物も自分を好きな人間がわかるもんです」

だが結局、彼はこの猿を買うことを諦《あきら》めて屋上にのぼった。屋上からはその日も街の哀しい拡がりと冬の弱い陽をあびた団地が遠くに見わたせた。

「なぜあなたは汚い犬まで好きなの」

もうずっと前、結婚したばかりの頃、妻はふしぎそうに男に訊《たず》ねた。

「俺は」男は苦笑しながら答えた。「犬と話した時もあったんだ」

「いつ」

「子供の頃」

「今もそうなの」

「今は……もう駄目さ」

妻は彼の話を信じるふりをしたが、信じていないことは男にはよくわかっていた。だが、子供の時、男はたしかに犬と話をした記憶があったのである。

その時、彼は小学生で満鉄の社員の父親の仕事で大連に住んでいた。両親は彼のために黒いむく毛に覆われた満洲犬を一匹、飼ってくれた。

犬は彼が毎朝、日本人の小学校に通う時、いつも保護者のような重々しい顔をしてあとをついてきた。そして授業時間の間は運動場の陽溜《ひだま》りに寝そべり、放課後、彼がランドセルのなかでアルミの弁当箱の音をたてながら家に戻る時も、ひどく神妙な表情で黙々とそばを歩いていた。彼が道草をくって満人の物売りが饅頭《マントー》を売っているのを見物したり蜘蛛《くも》の巣に悪戯《いたずら》をしている時も犬はそばで欠伸《あくび》をしながらつき添っていた。

小学校の三年生になった時、両親に別れ話が持ちあがった。二人がなぜ仲たがいしたのか、小さな彼にはよくわからなかったが、帰宅すると暗い家のなかでいつも母親が辛そうに坐って考えこんでいるのを見るようになった。夜になると寝ている隣の部屋の父親のいらだった声にまじって母親のすすり泣きが聞え、そんな時、彼は布団を頭からかぶり、耳の穴に指を入れてひとり涙をながした。

秋が終りかけて吐く息が白くなったある日曜日、父親は彼を誘って波止場に連れていった。つめたい海が遠い防波堤の向うに拡がり一隻の船の姿もない。埠頭《ふとう》では満人の苦力《クーリー》たちが蟻《あり》のように重い高粱《コーリヤン》袋をかついで働いている。彼は父の背中を上目使いに見ながら家で石像のように坐っている母のことを考えていた。

「母さんは日本に帰るが……」

と突然、父親は海を見つめながら、

「お前も一緒に日本に行きなさい」

「父さんは」

しばらく黙ったあと震えた声で訊ねた。訊ねた時、彼の口から溜息《ためいき》のように白い息が洩れた。

「父さんか。父さんはここに残る」

彼は泣くのを懸命に怺《こら》えたが、防波堤もつめたい海も泪《なみだ》でにじむのを感じた。

その日から学校に行くたびに、彼はわざと騒ぎ、わざとはしゃいだ。放課後、皆が戻ったあとも、いつまでも埃《ほこり》っぽい空虚な廊下や誰もいない運動場でうろうろとしていた。先生に注意されて仕方なしにランドセルのなかの弁当箱の音をたててアカシヤの葉が黄色くよごした路を戻る時、犬はそんな彼のうしろをついて来た。「あっちへ行け」と彼は怒鳴り、時には石を投げつけることもある。彼は自分の悲しみを誰も知っていないことを承知していたが、この犬だけがわけ知り顔の表情をしているのが辛かったのである。石を投げつけられた犬は少し逃げてはそこからじっと彼を眺め、またそっとあとをついてくるのだった。

日本に戻る日、馬車《マーチョ》が母親と彼を迎えに来た。父親は腕を組み、煙草をくわえて母親のそばに腰かけた。家を出る時、

「さいなら」

と彼はもう、生涯、会うことのないであろう彼の犬に言った。

「ああ」

と犬は答えて眼をしばたたいた。犬はその時、たしかに彼をじっと見つめ眼をしばたたいてああと答えた。そしてそのことは彼にはひとつも不思議でも奇怪でもなかった。今でも男はその時の犬の眼とああ、と答えた声とを思いだすことができるのだ。

青年の頃、結核をやった彼は結婚して十年ほどたった年にその病気の再発で入院をした。受けた手術が二度も失敗して彼の病状は入院する前より、もっと悪くなった。

高い熱と激しい咳《せき》が毎日つづいた。寝台にくくりつけた大きな体温表を見ながら彼の若い主治医をふくめた三人の医師が声をひそめて何事か話しあい、やがてその年かさの人がつくり笑いをうかべた。

「大丈夫です。心配はいりませんな。しばらく様子を見ましょう」

心配はいりませんと医師たちは言うが、彼等自身も途方に暮れていることを男は敏感に感じとった。

高熱だけはどうにか引いたあとも、男はただ薬を与えられるだけで何ヵ月も放っておかれた。入院していた時は裸だった窓の外の樹木に葉が茂り、やがてその葉に病室の陽が遮られ、梅雨の陰鬱な雨音が一日中、聞える。

「手術はもうできないのですか」

彼の頼みに若い主治医は眼をそらせた。

「そのうち、教授たちにも相談してみます。しかしねえ、前の手術で肋膜《ろくまく》がすっかり癒着していているからねえ」

いつもの年よりきびしい夏が来て、それから秋が訪れた。にもかかわらず体は一向によくならなかったし、手術にも踏み切ってもらえなかった。

入院した頃、次々と訪れてくれていた見舞いの客も、もうほとんど姿を見せなくなった。時折、病室を訪れてくれる人に男は無理な笑顔と元気そうな声を出してはあとでひどく疲れた。考えてみるとはじめの手術から今日まで二年の歳月がこの病院でたっている。貯金はほとんど使い果している。

「思いきって手術をしますか」

冬のはじめ、諦めたように主治医がやっとそう言ってくれた時、男はむしろ、何でもいいこの生ける屍《しかばね》のような毎日から解放されることだけをせつに望む気持になっていた。

「そうしてください。でも、二回も手術して癒着した肋膜を剝《は》がす時はどのくらいの血がながれるのですか」

この時も若い主治医は窓のほうに眼をそらせた。そして何も答えなかった。その表情から三度目の手術には死ぬ可能性もあるなと男は見てとった。

その午後、彼は病院に来た妻に九官鳥を買ってくれと頼んだ。乏しくなった家計からかなり高いこの鳥を買うのは妻には気の毒な注文だとは思ったが、どうしてもほしかったのである。もう誰とも話をしたくなかったし、医師の慰めもほとんど信じない気持になっていた。

唐草模様の風呂敷に鳥籠を包んで妻が九官鳥を冬の病室に運んで来たのはそれから三日目の午後で、籠のなかで漆黒の頸《くび》に黄色い線の入った鳥が止り木にしがみついていた。ぬれた眼で虚空の一点をじっと見つめたまま、陽が退く時間になっても動かない。

夜、妻が帰ったあと病院のなかはいつものようにさむく空虚だった。廊下にだけ小さな灯がともり、時折、遠くから便所の戸が軋《きし》み、サンダルをならす音が聞えてくる。止り木からいつか籠の底におりた九官鳥は羽をふくらませて部屋の闇の部分を見ていた。

男は、この九官鳥が欲しかった自分の気持を嚙《か》みしめた。もう医師や見舞いの客や妻にさえも微笑をつくったり元気そうな声を出すのに疲れた自分が、話をできるのはこの鳥だけのような気がしたのである。この鳥は人間の声や言葉を真似るくせにその意味はわからぬ。男はひょっとして手術台で死ぬかもしれぬ今度の手術のことを考え、自分の死んだあと、この九官鳥が彼とそっくりの声をだしてしゃべりだすのを空想してひくく笑った。

「なあ」

と彼はベッドから羽をふくらませた鳥に話しかけた。

「俺はこの病室で二年半くらした。お前はその籠のなかに何年いる」

九官鳥は彼をじっと見た。

朝から始まり六時間かかった手術日には雪がふった。麻酔から眼がさめると、もう翌日の朝がた近くで窓枠に白い雪が溜っていた。色々なチューブや針がさしこまれた体は機械のように無感覚で、半時間ごとに看護婦が何本もの注射を一度にうち、足ばやに病室を出ていった。

男がようやく危機を脱出した数日後、妻は彼の心臓が手術中、停り、それが動いて、医者が奇蹟《きせき》だと言ったことを話した。

「九官鳥は」

かすれた彼の声に妻は首をふって、

「死んだの。あの夜はひどく寒かったでしょう。面倒をみている余裕なんか誰にもなかったんですもの」

ようやく体を動かせるようになってから、彼は病室の隅に新聞紙に包んだ鳥籠のあるのに気がついた。鳥籠には九官鳥の糞《ふん》が灰色に、わびしく、こびりついていた。

ある冬の日、男は山で先生に出会った。

山は猿の餌《え》づけで知られていて、一日のうち何回か猿の群れが曲りくねったバス路の何《ど》処《こ》かに姿を見せ、バスからおりた観光客たちをとり巻いて菓子や果物をねだるのだ。男もそんな観光客の一人だった。いつかデパートで主任から奨められた時、彼は猿を飼ってみようかと言う気になったのだが、その後、人からこの動物は、突然、狂暴になるし、それに糞尿の世話が大変だと聞かされて、すっかり諦めてしまったのである。諦めてしまったあとも猿の研究家の随筆を読んだり、動物園に出かけることで興味をどうにかつないでいた。

馴れきった猿たちは観光客のすぐそばまでやってくる。若い娘のスカートを引っ張って餌をねだる奴もいれば、人間と同じように仔猿《こざる》を前に出して客の関心を惹くことを知っている母親猿もいる。男は皆と同じようにそんな猿たちの動作に笑ったり首をかしげながら、長い間、楽しんでいた。

リュックを背負って登山靴をはいた一人の老人がバスの運転手に会釈をしながら黙々とバス路をのぼっていった。ハイカーかと男は思ったが、こんな山をリュックを背負って一人で山にのぼるには、その人は少し年寄りすぎていた。

「だれですか、あれは」

老人が谿《たに》の方角におりて消えるのを見送ってから彼は運転手にたずねた。

「猿の先生ですよ。この山では有名な人です。毎週必ず一度はああしてね、猿のことを見にこられるんです」

帽子のひさしを阿弥陀《あみだ》にあげて、運転手は灌木《かんぼく》のほうに敬意をこめた眼をやった。老人の姿はもう何処にも見えなかった。

やがて猿たちは引きあげ観光客もバスに乗りはじめた。このバスは山をこえて百人一首にも出てくる有名な寺のある湖水のほとりまで行くのである。

「乗らんですか」

フロント硝子《ガラス》を叩きながらさっきの運転手が彼を促したが、首をふった。そして一人、バス路に残された。

猿の群れは何処にかくれたのか、樹々と灌木に覆われた谿は午後の陽のなかで静まりかえっていた。男は岩に腰かけて空にうかぶ小さな雲をながめ、谿に視線をやりながら老人の戻るのを待った。紹介もなしに声をかけるのは失礼だとは思ったが、東京に住んでいる彼はそう度々、この山を訪れるわけにはいかなかった。

灌木をふむ足音がやがて聞えて、リュック姿の老人はゆっくりとバス路まであがってきた。彼は一人、岩に腰かけて、男には関心のない顔でまた山をのぼりはじめた。それを追いかけて声をかけた。

先生との交際はこうして始まった。交際と言っても、二度ほど先生の家に行き話をきいたり、一度、山に連れていってもらっただけだったが、それでも交際は交際だった。先生は動物の専門家でも学者でもなく、家族に死にわかれて老婢《ろうひ》と一緒に暮している鉄鋼会社の役員だった。だから彼が先生と呼ぶと老人は照れた表情をしてやめて下さいと言った。それでも男は老人をやはり先生と呼んだ。

先生の話によるとあの山のバス路に出てくる猿たちは気どって本当の姿を見せていないし、人間たちが餌をやるようになってから群れの生活は少しずつ変っているとのことだった。たとえば、昔は必ず高い樹木にのぼらせた見張りもおかなくなったし、自分で苦心して餌を探すという労働意欲も失われている。そのくせ生意気にもキャラメルや菓子を食べるようになってから虫歯をつくったり、風邪をひきやすくなってしまったと先生は真面目な表情で歎いた。

先生に連れられて初めてあの谿に足を踏み入れたのは冬のある日で、残雪がまだ斜面に残っているから厚着をして厚い靴をはいていらっしゃいと言われ、男はジャンパーを着て毛糸の手袋をはめ、餌になる南京豆《ナンキンまめ》と蜜柑《みかん》とをリュックに入れて先生のあとに従った。

樹々につかまりながら斜面をおりると、先生はたちどまって口に手をあて犬の遠吠えのような声をだした。静まりかえった谿にその声は吸いこまれたが、男の眼には何の気配も感じられない。にもかかわらず、先生が指さした方角から、いつの間にか数匹の猿がこちならを窺《うかが》いながら這《は》いのぼってきた。別の方角からも別の群れが姿をみせた。木から音もなく滑りおちてくる猿もいた。彼等は先生と男とを遠巻きにしながら鋭い声をあげて餌の催促をした。一匹だけ仲間のなかに入らず遠くから悲しい声を出す痩《や》せた猿がいた。

「村八分に会っている猿ですよ」

と先生は悲しそうに呟《つぶや》き、ボールを投げるように蜜柑を放ってやった。

「もうこの猿たちは仰向けになってわたしのそばに寝ます。安心して仲間だと思っているのかもしれませんな」

「いつ頃からそうなりました」

「もう四年ぐらい前から。それまでは彼等に囲まれて怖《おそ》ろしい目にあった時もありましたよ。今はわたしに悪さをする奴がいてもあのボスがきびしく叱ってくれる」

ボスは先生から少し離れた枯草のなかで不機嫌な表情をしていた。先生の話によると、彼の機嫌がよくないのは見知らぬ人間を連れてきたからだった。

「昔は動物がそんなに好きじゃなかったんです。子供がいなかったので家内が猿を飼いはじめたのです」

突然、先生は男に話しはじめた。

「飼ってみると次第に情が移って自分の子供のような気になりましてな。家内などは奴が病気の時、徹夜で看病したし、抱いて寝てやることもありました」

「その猿、どうしました」

「死にました。死んだ時は家内と一緒に本当に泣きましてね。その家内も翌年、亡くなりましたが」

先生は一人になってから週に一度、リュックに猿の餌を入れてこの山に来るようになったのである。

「人間には一人になるとなぜか動物だけを友だちにしたい心が起きるんでしょうねえ」

男には先生のその言葉がわかるような気がした。彼は人生のなかで本当に一人だった時はそう数多くはなかったが、その一人の時に求めたのは人間ではなくて一匹の犬であり、一羽の九官鳥だったからだ。


男はむかし切支丹《きりしたん》時代を背景に小説を書いたことがある。小説を書きながら彼はモデルにしようとした何人かの背教司祭の顔に次第に心ひかれた。

背教司祭とは幕府の弾圧に信仰を捨てた神父たちのことである。すさまじい拷問と死の威嚇に遂に転んだ聖職者たちのことである。彼等のなかには波濤《はとう》万里あらゆる苦労をなめて日本に渡り、馴れぬ異国での生活に耐えて、長年、布教を行ってきた外人司祭もいたし、あるいはその外人司祭の奨めで遠いヨーロッパで勉学した、日本人司祭もいた。

男はそうした何人かの敗北者たちの生涯を集めて一人の主人公を創ったが、小説を書きおえたあとも汗にまみれ苦痛にゆがんだそれらの顔がいつまでも心から離れず、暇をみては彼等がみじめに生きのびた跡を歩きまわった。

ある初夏の真昼、長崎の古い寺をうろついていた。寺の背後の斜面を無数の墓が埋めつくしていて、男はその墓の一つ一つを覗きこんでいたのである。記録によれば、このどこかにFとよぶポルトガルの背教宣教師が埋められていた。過去帳にはもうその名は見当らなかったが、男はそれがここにあることを資料から知っていたのだ。

あちこちに古い大きな樹が茂っていて、時折、男はその樹の下に足をとめて汗をふいた。何処からか風に送られ蜂《はち》の羽音がきこえ、樹木の葉がゆれて古い墓に影をつくる。自分も死んだらこういう大きな樹木の影のなかに憩いたいとその時、男はせつに思った。

そこからは長崎の古い町なみが見おろせた。彼がその墓を探している背教司祭は拷問に耐えかねて転んだあと、この寺のちかくで日本人たちから蔑《さげす》まれながら生きたのである。司祭は奉行所から僅かばかりの扶持《ふち》をもらったが、その代りに奉行所によばれて、捕えられた別の外人宣教師の訊問《じんもん》を通訳したり、かつての同僚に棄教を奨め、その拷問に苦しむ姿を目撃せねばならなかった。いわば長い間、自分を支えてきた信仰に唾かけねばならぬ屈辱の仕事をさせられたのである。

初夏の長崎の空は真青だったが、寺をとりまく古い家々は黒かった。もちろん、町の並びも道すじもその背教司祭がここに住んでいた頃とはすべて変ったことを男は知っていたが、まるでそれらが昔のままのように、長い間、空と家々とを眺めていた。

その背教司祭が一人になった時、どんな思いにかられ、どんな風に泪をながしたか記録には残ってはおらぬ。ただ出島にいるオランダ人の一人がその書簡の一節に何気なく「彼は犀鳥《さいちょう》という鳥を飼って住んでいます」と書いているのを男は強く記憶に残していた。犀鳥というのがどんな鳥か見たことはない。しかし暗い部屋のなかでその一羽の鳥とじっと向きあっている影のような背教司祭の姿は男にも想像できた。ずっと昔、寝しずまった病院の一室で九官鳥に話しかけた自分を思いだしたからでもある。

デパートの小禽売場の主任は男が犀鳥という名を呟いた時首をかしげた。

「そうねえ。すぐには見つからんとは思いますが、同業者に当ってみましょうか」

そのくせ主任の気のなさそうな顔をみて男はどうせ駄目だろうと思った。事実、それから二ヵ月たっても三ヵ月たっても、小鳥や熱帯魚を覗きこんでいる男に主任は犀鳥のことはもう忘れたように話しかけてきたし、男も男でもう犀鳥のことは二度と口にしなかった。だがその年の冬、

「渋谷の小禽屋の主人ですがねえ」突然受話器の向うに主任の声がきこえて「犀鳥を持っているそうですよ。ええ、犀鳥です。見せてもいいと言っていますがね」

底びえのする空の曇った午後だった。主任はその持主と一緒に男の家にあらわれた。ガスストーブが小さく燃えている男の部屋に金網の鳥籠が運ばれ、鳥に似てうすよごれて黒

い、鳥よりは嘴《くちばし》のひどく大きな鳥がその籠にうずくまっていた。

（これが犀鳥か）

男は羽をひろげるようにして鳥籠の隅に身じろがぬ鳥を眺めた。

「わたしも初めてだ、この鳥を見るのは」

と主任も専門家らしく籠の前にしゃがみこみ、

「かなり年とっているな」

するとと人のよさそうな中年の渋谷の小禽屋は弁解した。なにしろこいつは三年ほど前にアフリカに行った日本人船員が持ちかえってしばらく飼っていたが、やがて行きつけのスナックのママさんにゆずり、そのママさんも持てあまして自分のところに持ってきたんだからな。

「暖かいところが好きでさ。ストーブのそばにおいてやると、羽のなかにさ、頸《くび》を入れて静かにしているよ」

「食べもんは」

「何でも食うな。林檎《りんご》でも蜜柑でも。うちじゃ沢庵《たくあん》でも食わせてんだ」

二人の会話を聞きながら男も妙な鳥だと思った。何よりもふしぎなのはこの鳥に睫《まつげ》があることだった。まるでマスカラをつけた女の泣き顔のような顔をしている。

二人が引きあげたあと男はガスストーブの火を細くして机に向った。あけた鳥籠の口から犀鳥はいつの間にか出て、床の上にじっとうずくまっている。泣いている女に似たその顔をじっと眺めていると、それはまた道化師の泣き笑いの表情のようでもある。南の国から日本に連れてこられ、あちこちの持主を転々とした鳥の羽はぬけてかつて漆黒だった色もあせてしまっている。

背教司祭もこの鳥と同じように生涯、故郷のポルトガルに戻ることを許されず、奉行所の監視をうけながら一生、日本の長崎に住まわされた。檀那寺《だんなでら》も持たされ、仏像も拝まされ、ある死刑囚の日本名を無理矢理与えられ、日本人に帰化させられたのである。彼には慰めてくれる友もなければ、心をうちあけられる肉親もなかった。この道化師のような一羽の鳥だけがおそらく残された話相手だったのだ。

男は机から頭をあげて、うずくまっていた鳥がそろそろと頸をのばし、ストーブの暖かい方に向きを変えていくのに眼をやった。冬の暮はひどく静かで、部屋はもう灯をともさねばならぬ時刻になっていた。外で近所の女の子が唄を歌っている。男は長崎のあの寺の近くの小さな家で背教司祭がこの道化師に似た顔をした犀鳥と向きあっている姿を思いうかべた。それは、今と同じように静かで、今と同じように外で小さな娘が歌っているのが聞えるような夕暮だったかもしれない。

夫婦の一日

妻がだまされた。

と言うと大袈裟になるが、私から見るとインチキな占師の、出鱈目な預言に彼女はひっかかったのである。その男は妻にこう言った。

「放っておくと、あんたの御主人に十一月には大きな不幸が来ますよ」

普通、占師はそこまで悪いことをはっきりは口に出さぬと聞いている。しかし私から見るとインチキなその占師は遠慮もせずにそう言ったそうである。

ことの起りはこうである。

今年になって、私の家では、よくない事や悲しいことばかりが起った。

思いだすのも辛いが、三年間も働いてくれた若いお手伝さんが突然、発病した。血液の癌で、大学病院に入院したけれども二ヵ月半の命と宣告され、それより一ヵ月だけ生きのびただけで死んでしまった。

昨年の年末まではそんなことを夢にも想像できぬほど元気だった。お正月休みに田舎に帰って正月五日、戻ってきた時、風邪に似た病気にかかっていた。

近所の医者も風邪だと診断したが、それが一週間たっても十日たっても良くなるどころか、悪化する一方なので、友人の医師の診察を受けた。

「即刻、大学病院に入院させなさいって」

妻から出先の場所に至急電話がかかってきた時、私は即座に悪い予感にかられた。受話器を握りしめたまま、こみあげてきたその不吉な予感を急いでのみこんだ。癌という文字を頭にうかべることが、怖しかったのである。

三ヵ月半、妻も私も病人に嘘ばかり言いつづけた。今は苦しいけれども三月の終りにはきっと恢復して退院できるのだ、とさえ言った。三月の終りといったのは、それが彼女の若い生命が尽きる頃として医師の言った時期だったのである。

何もわるいことをしていない娘がこんな病気にかかり、こんな風に死んでいく。それを思うとたまらなかった。夜、目をさまし、そのことをどう心のなかで処理していいのか考えつづけた。目を闇にあけていると、妻もたびたび寝がえりをうった。

妻が病人のために茶断ちをすると言うので、私も三十五年間、喫いつづけてきた煙草をやめることにした。そんなことが効果がないにせよ、せめて彼女の苦しみをわかちあいたい気持だったのである。

悪いことには悪いことが重なる。

三月、ながい間、蓄膿症だった私の鼻から不快な出血がつづき、病人の入院している大学病院で診てもらうと癌になる怖れがあるから手術せよと奨められた。むかし大きな手術を三度もうけた私だったから一時間ほどのオペは何でもなかったが入院の病人二人をかかえた妻は大変だったろう。

私が手術を受けて三日目に、お手伝さんは息を引きとった。今年の春のことは思い出すのも辛い。

「馬鹿、言うな」

と私は久しぶりに妻に荒々しい声をだした。夕食を一緒にとっている時から彼女がいつになく沈んだ顔をして口数も少いのを訝《いぶか》しく思い、二人きりになってから問いただしてみた。そして妻が女友だちに連れられ中野の占師を訪れたことを知った。

「なぜ、そんなところに行く。俺たちがカトリックだということを忘れたのか」

「でも、色々と悪いことがあるし……それにあなたの体が心配だったから」

妻は私から眼をそらせて弁解した。

そう言われ私は一瞬たじろいだ。

たしかに手術したあとも私の体は調子が悪かった。鼻のほうは一応は直ったが、五十数歳の体にそんな一時間程度の手術でもかなりの衝撃を与えたようで、四ヵ月たっても衰弱が一向に恢復しなかった。体重がめっきり減り、頬がげっそりこけただけでなく、夏だというのに下肢に異常な冷たさを感じたり、関節に痛みを感じた。医師は私に糖尿病が悪化し、ホルモンのバランスが崩れたのだと言った。

「俺の体が心配だったからと言って、そんな占師の言う迷信などを信じるのか」

「だって、次々と悪いことが続くでしょう。だからAさんがよくあたる占師のところで見てもらおうって……」

「曲りなりにも俺たちは基督教信者だろ。恥ずかしくないかね。そんな男にだまされて」

やりこめられた時、いつもそうするように妻は唇を少しとがらせて黙りこんだ。しかし不服であるのはその表情でよく私にはわかっていた。


十五年ほど前、ある婦人雑誌にたのまれて下町にあるよく当るという老女の占師を取材したことがあった。

午後の小さな暗い玄関に、女性の靴や下駄が何足か散乱していた。それはこの老女をたずねてきた客のものらしかった。私たちもその履物と履物との間に自分の靴をぬいだ。

「臭いね」

私は同行した雑誌社の人にそっと囁いた。その臭いには家にこもっている臭気だけではなく、別の何かが含まれているような気がした。

待ち部屋になっている六畳に入ると三人の先客が待っていた。いずれも女性で、二人は中年の婦人であり、一人は水商売らしい化粧をした若い女だった。若い女は咽喉にでも何かできたのかよごれた包帯を首にまき、煙草をすっていた。中年の女たちは私をちらと見ると、そのまま視線を西陽のさす窓のほうに向け、それぞれ物思いにふけっていた。

廊下を隔てた部屋からひくい陰気な声がかすかに聞えてきた。呪文でも唱えているようなその声はやがて占師のお狐さまへの祈禱だとわかった。

西陽が暑かった。その暑い光線のなかにさっきのあの臭いが更に強くなった。

やがて一人の女が（彼女も中年の主婦だった）戻ってくると、入れ代りに煙草を喫っていた若い女性が待ち部屋から姿を消した。残った二人の中年の女たちは相変らず窓のほうにぼんやりと眼を向けて何かを考えこんでいる。

何とも言えぬ遣切《やりきれ》なさが胸にこみあげてきた。その遣切なさは自分の悩みや苦しみの解決をこのような迷信じみた祈禱に求めるこの女性たちの顔を見ているうちに起ってきた。何だか悲しくさえなってきた。

妻と口論をしながら十五年前のその夕暮のことを急に思いだした。西陽の照りつけていたあの女占師の部屋と、そこで待っていた三人の女たちの表情、そして部屋全体にこもっていた臭いまで甦ってきた。

妻も、今日、同じような顔をしながら占師の家で自分の順番を待っていたのだな、と思った。その顔は我々の持つ最も愚かな面と最も低級な意識のあらわれのような気がした。そして妻がその愚かな、低級な部分をむき出しにしたと考えると、言いようのない疲労感が胸に拡がった。

その日、彼女に口をきかなかった。きかぬことで私がこのような迷信を本当はどんなに嫌っているのかを見せようとした。私は雑誌社に頼まれて占師の家に行ったがそれはあくまで好奇心のためであり、好奇心以上の何ものでもなかった。

食卓でもテレビを一緒に見ている時でも眉のあたりに不機嫌な影を漂わせている私に妻は当然、気づいた筈だった。

「ごめんなさいね」

と彼女はその夜やっとあやまった。

「あんなところに行って」

あやまられたことで、不快は少しずつとけたので、

「それはね、君の不安な気持もわかるさ……」

「わかってくださるのなら……私と一緒に鳥取に行ってください」

突然、思いがけないことを彼女が口にしたので、その意味がよく理解できず、私はきょとんと妻の顔を見た。

「鳥取？　鳥取になぜ行くんだい」

「十一月にあなたに良くない事が起らないためには……吉方《きっぽう》のお水と砂を取ってこなくちゃいけないんです。その水を飲んでもらい、砂を家の庭にまくんです」

私は黙ったまま彼女を睨みつけていた。長年、生活を共にしたこの女が一瞬見知らぬ別の女になったような恐怖さえ感じ、

「お前……お前だってカトリックだろう」

妻は私と結婚したあと、カナダ人の神父さんから洗礼を受けた。もっともそれは、私への義理と妻としての義務感から行ったものだったかもしれない。だが二十五年間、一緒に教会に行ったり、知人の冠婚葬祭に出ても彼女はすっかり信者になりきっているように私には見えた。

「ええ、そうですよ。でも私はあなたとは違うんです」

「どう違うんだ」

「あなたみたいにカトリック以外の宗教を無視する育ちかたはしていないんです。実家の父も母も観音さまの信者だったから、私も観音さまを今でも拝む気持は捨てられません。方《かた》がえだって迷信だ、迷信だと思えないんです」

「それじゃお前は多神教じゃないか」

「多神教か何か、むつかしいことはわかりません。でも皆が拝むものに、頭をさげたっていいじゃありませんか」

妻が宗教のことでこんなに開きなおり、逆ったのは始めてである。私はさっきと同じように茫然として彼女の顔を見ていた。

「ねえ、鳥取に行ってください」

「馬鹿を言うな」

「お願い。鳥取に一緒に行ってください」

妻の表情は必死であり、真剣だった。彼女がそんな顔をするのは、その占師がよほど悪い予想を口に出したに違いなかった。

「俺が鳥取に行かなければ、どうなるんだ」

「それは……悪いことが起るんです」

「悪いことって何だね。俺が死ぬのか」

はっきりそう言うと妻は眼をそらせたまま、何も返事をしない。その眼のそらせかたで、彼女が聞いたことが何かが、私にもよくわかった。

怒りがこみあげてきた。これは最も悪辣な詐欺だと思った。他人の不安や心配を利用して金をとる詐欺にちがいなかった。その詐欺に妻はひっかかったのだと私は考えた。

その日だけでなく翌日も翌々日も私は妻にものを言わなかった。こちらがこれほど怒っているのを見せれば彼女も折れるだろうと高を括ったのである。

しかし何時になく妻は気持を変えず、

「お願い。鳥取に行ってください」

二日間、この言葉をくりかえして私の承諾を得ようとした。私は返事をしない。まったく黙殺しようとする。

友人のMに相談した。Mは私と同じようにカトリックだったからである。

「女房が馬鹿になったんだ。閉口をしている」

私のうち明け話をきいてMは、

「断然、拒絶するんだ。そういうことを許すと奥さんは今後もその占師にすべて相談に行くようになる」

と反対した。私もまったく同感だった。

別の友人のAはカトリックを毛嫌いしている男だったが、これもMと同意見だった。

「志賀直哉はねある日、虫の居どころが悪く、道のお地蔵さまを蹴倒したそうだ。その後すぐ座骨神経痛を患い、子供を亡くしたので夫人がお地蔵さまにお詫びしたいと言われたが、絶対に許さなかったってな。迷信を一度信じると泥沼に足を入れたようになる。Mの言う通りだ」

彼等は長年の友人だから他人の眼にはおそらく滑稽で愚劣にちがいない私たち夫婦の争いを笑いもせず、親身になって考えてくれた。そして二人の意見はまた私の気持でもあった。

「Mも、あれは泥沼にはまるようなものだと言っていたぞ。一度、足を入れるともがけばもがくほど、這いあがれなくなる」

　そう教えても、妻は私の顔をじっと見て、

「鳥取に行ってください」

と半ば泪ぐんだ。

「Mはたとえその迷信通り、何もせず十一月に俺が死んだって、かまわんじゃないかと言っていたさ。そうなりゃ、これも殉教だからな」

　私は妻を笑わそうとしてそんな話を伝えたのだが、彼女はにこりともせず、

「ほかの事はもう頼みませんから、このことだけは承知してください」

　それだけを繰りかえした。


　雨模様の日、私と妻とは羽田飛行場の待合室で半時間も遅れている飛行機の出発を待っていた。鳥取の飛行場は雨や霧の日には着陸が困難になるので、天候をもう少し見てから決めるのだと係員が言った。

（よかった）

と私は心のなかでほっとした気持だった。このまま飛行機が飛ばなければいい。そうな

れば妻も仕方がなかったと諦め、私は愚かな迷信を自分までが実行しないですむ。いつになく頑固で執拗な彼女の頼みに私が根負けをしたのは、これ以上、不快な気持を持ち続けるよりは早く片附けたほうがいいという利己心もあったが、最後に相談したI神父が、

「そんなこと何でもないじゃないか。鳥取に行ってやりなさいよ。君がその迷信を信じていない以上、行こうが行くまいが、君には問題ないだろ。むしろ奥さんの気持がそれですむなら、行くことで解決したまえよ」

と言ってくれたためだった。

今度だけは占いの通りにするが、二度とそんな家には足を運ばないという条件を出し私は渋々、妻の希望に従った。だが飛行機の切符を手に入れ、朝早くこの羽田飛行場に来ても自分が今日から二日間、愚劣きわまる無意味なことに時間を浪費するのだという不快感をどうしても追い払うことができなかった。そしてそんな詐欺を妻に働いた占師の胸ぐらをつかまえて何処かに突き出してやりたかった。

妻は小さな鞄のなかにスコップや水筒を入れている。その上、三十糎ほどの杭と木槌も用意していた。スコップは帰宅後、わが家の庭にまく砂を鳥取で取るためであり、水筒は私に飲ませる向うの水を入れるためだった。更に小さな杭を占師の指図に従って鳥取の何処かに打ちこむことになっていた。木槌や杭を彼女に持たせるわけにはいかなかったか

ら、私がこわきにかかえたが、その包みに眼がいくたびに自分が何故こんなことをしているのかを思いだし、チ、チと舌打ちをしたい気持だった。

（雨よ、もっと降れ。飛行機よ、出るな）

私は心のなかで念じていたが一時間ちかくたつと、アナウンスが鳥取行きの客に出発を知らせた。途端にそれまで沈んでいた妻の顔が急に明るくなった。

霧雨のなかをバスにのり、飛行機まで運ばれた。機体の小ささも、席の狭さも、プロペラ機であるのも、何もかも気にくわない。私は浪費する時間を少しでも惜しむようにわざと鞄から本を出し、妻には話しかけず読みはじめた。

「ごめんなさいね、我儘を押し通して」

と彼女は飛行機が動き出した時また、あやまった。

「いいか。今度だけだぞ」と私は念を押した。「もう二度と占いなどに見てもらうな」

「わかっています」

雨雲のなかを小さな飛行機はたえずゆれながら飛びつづけた。本を読んでいるうちに私は眠くなり、しばらくうとうととしてうす目をあけると浜松の上を飛んでいた。

わびしい小さな飛行場に着いた。これもわびしい建物のなかに見送り人や客の湿った体臭がこもっていた。今、到着した飛行機は折りかえし東京に引きかえすのである。

ここにおりるのは始めてだったから私は建物を出て灰色の雲に覆われた風景を眺めなが

ら、何処に行こうかと考えた。妻が砂をすくったり、杭を地面にうち込んでいる姿を誰かに見られたくはなかったからである。

「近所で見物するところは何処ですか」

私は妻とタクシーに乗ると若い運転手にたずねた。

「長者湖と砂丘だね」

「今日は見物人がたくさん来ていますか」

「天気が悪いからなあ。少いんじゃねえですか」

その二ヵ所を廻ってくれと頼んで私は鞄から山陰地方の旅行ガイドの雑誌をとり出した。しかしそれには長者湖の説明はなかった。何かで読んだかすかな記憶ではそこには一人の長者がいたが小作人たちの労苦に心を寄せなかったため彼の田畠が一夜で湖になったという伝説の湖だった。

小さな湖がすぐ見えた。雨がまたふりはじめて湖の水は黒く、まわりの森も黒い。しかし湖にそって国道が走り、たえずトラックや車が通りすぎているようなので、おりて杭を地面に打ちこむわけにはいかない。

「お客さん、おりますか」

運転手は少しひどくなってきた雨に窓をあわてしめながらたずねた。

「いや、いいよ。車から見るから」

「じゃあ砂丘に行きましょう」

砂丘に行っても車から降りないつもりでいた。妻が私の反対を押しきって砂をすくったり杭をうち込むのは仕方がないが、私までそんな迷信に巻きこまれたくはなかった。ここまでついて来ただけで夫としては充分だと私は考えた。

車は雨のふるひろい台地を走り、丘をのぼった。その丘をおりるとそこが有名な鳥取砂丘なのだと運転手が言った。

妻は、彼女の母親が方位や家相にこだわるのを笑っていた。妻は少女時代、見しらぬ人の家に妹と二日間ほどあずけられたことがあった。それは引越しをする筈になっていたのだが今の家からその新しい家の方位が悪いために、母親が二人の娘を知人の家に泊らせたのである。

「あの時はほんとに、えらい迷惑だったわ」

その話を私にしてくれた時、妻は自分の母親のことを可笑しそうに笑った。

私たち夫婦がささやかな家を建てようとした時も妻の母はそっと家相のことを心配してくれた。もっとも私も妻もそんな話を一笑にふして取りあわなかったため、設計図には少しも変更はなかった……

その妻が今、母親と同じように迷信を信じている。それは母親ゆずりの傾向が年とって出たのか、それとも今年次々と起った災難が彼女の心をそこまで弱くさせたのか、私にはわからなかった。しかし私には迷信を信ずる気持などはもっとも次元の低い心の働きのような気がしてならなかった。

「本当の宗教とは、そんなこととは関係ないんだよ」

「そんなことって」

「それを信じれば病気が治るとか、世俗的な運がひらけるとか……そういうことさ」

私はむかし何度も妻にその点を強調してきたつもりだった。そして彼女も私の考えに同意したと思っていた。

砂丘の入口の前はひろい駐車場があり、駐車場を囲んで三軒の土産物屋が並んでいる。雨が更にひどくなった。それでも三組ほどの新婚夫婦らしい男女が傘をさして砂丘に入る松林のなかに姿を消した。

「お客さん、傘は持っているんですか」

「いいえ」

と首をふった。

「でもレインコートとビニールがあるから」

彼女はバッグから採った土を包むため用意したビニールをとり出した。

「行ってこいよ」

と私はつめたく木槌と杭を入れた風呂敷を彼女の膝にのせ、

「俺はここに残っているから」

と言った。

「そう」

妻は上眼使いに私をチラッと見て、また眼を伏せ、レインコートを着て車から出ていった。

松林に向う砂地を歩きにくそうに登る妻の背中を意地悪な眼で見つめた。そして彼女の姿が消えたあとも私はじっと車のなかで動かなかった。運転手はハンドルの横のラジオをつけた。

「結婚式はショーテンカク、披露宴もショーテンカク」

ラジオからそんな声が聞えてくる。

「お客さんは砂丘を見ないんですか」

雨が少し小降りになった時、運転手がふしぎそうに言った。ここまで来ても一向に見物しない私を訝しく思ったのであろう。

「ああ、雨だからね」

「トランクに俺の傘があるから、貸しますよ」

「いいよ」

しかし運転手はもう車をおりて後部トランクの蓋をあけようとしていた。

仕方なくその傘を借りて、さっき妻が登った砂地を松林に向った。砂地はすっかり湿って、ところどころに水溜りができていた。

松林をぬけた途端、雨をふくんだ風が強く顔にぶつかった。前面に灰色の大きな砂丘がみえ、その砂丘の背後に暗い黒い日本海が白波を泡だたせて拡がっていた。

見物人は七、八人もいない。豆粒のようにみえる。私は妻がどこにいるか探すと、彼女の着ていたベージュ色のレインコートが、砂丘の隅に遠くに見えた。

しゃがんでいる。砂をビニールにとっているのか、杭を打ちこんでいるのかわからぬがその背中が懸命に動いている。

私はその方向に向って歩いた。妻にたいする何とも言えぬ憐憫の気持がこみあげ、その気持に押されて足が動いた。

うしろに立つと彼女はこちらをふりむいた。雨で髪も顔もぬれ、その髪が額にへばりついていた。不器用な手つきで砂をビニールに入れていたのがよくわかった。そして今彼女は杭をその砂のなかに打ちこもうとしているのだった。

「貸せよ、その木槌を」

私が言うと、妻は怒ったような顔をして私に木槌をさし出した。

「こんなことやったって……無意味じゃないか、え、わかるだろ」

そう言いながら、しかし私は妻が両手で支えた杭の頭を木槌で打った。打ちながらこれが人生だと思った。チエホフが書いた短篇でこんな夫婦の愚劣な一日があったような気がする。しかし……しかし、これで良いのだと言う感情が心の半分で生れ、その感情が少しずつ胸に拡がっていく。

「これで……」

打ちこまれ、わずかに頭の残った杭に砂をかけながら私は妻に言った。

「気がすんだろ」

妻はニッと笑って、うなずいた。

授賞式の夜

かしこまって彼は演壇の左に腰かけていた。反対側にこの文芸賞の選考委員たちが一列にならび、真むかいには受賞を祝って来てくれた作家や出版社の友人が席を埋めていた。式がはじまる前、利光はそれらの友人、知人の顔に笑いかけたり目礼をしたりした。ものを書きはじめてから三十年の間に見なれてきた顔である。むかし、彼の小説の欠点を容赦なく指摘したので一時は仲たがいまでしたAの顔がある。利光が長期入院をしている時も忘れずに月に一度は見舞に来て励ましてくれた出版社のBの顔もみえる。文学的な仲間というより、遊んだり飲んだりする友だちのCも来てくれている。その一つ、一つを眼で追いながら彼は、今日、雨のなかをここに駆けつけてくれた好意を嬉しく思っていたが、不意に自分がこれらの人たちをどこかでだましているようなうしろめたさと、ここに腰かけている居心地悪さを感じた。

この複雑な感情はどう分析してよいかわからなかった。彼は自分がいつか死んで、葬式が行われる日、やはりこの人たちが今日と同じように忙しいなかを参列してくれ、彼の遺影に向きあい、何人かが心こもった弔辞を読んでくれる時、今と同じうしろめたさ、居心地の悪さを感じるのではないかと急に思った。そして、菊の花にうずまった彼の遺影の口がゆがみ、「私はその弔辞のような男ではないんです」と叫んだらどうなるだろうと考えた。

現実にはそんな馬鹿げた事が起る筈はない。額ぶちに入れられた写真の利光は弔辞の間も温和しく微笑し、温和しく沈黙し、温和しく耳かたむけているだろう。ちょうど今、選考委員の一人が壇上に立って受賞作と基督教との関係を多少の諧謔をまじえて話してくれている間、彼がじっと聞いているように。そして突然、立ちあがって、そのスピーチをひっくりかえすような声で「私はそんな男ではないんです。私は……」とは決して言わないように……

選考委員は決して間違った説明や解釈をしているのではなかった。利光はたしかに幼少の頃、母親が強いた洗礼をうけ、その宗教に苦しみ、それを軸として小説を書いてきたからである。作品にも「イエス伝」とか「天の無言」というように基督教が彼の心を刺激し、苦しめ、迷わせた主題を露骨に織りこんだものが多かった。だからこの選考委員がその方面から受賞作を語ってくれるのも当然だったし、更に今度の受賞作は、長い間の利光の迷いや問題に決着を与えたものだと人も言い、彼自身もそう思っていた。

去年、やっとこの作品を書き終えた時、利光は久しぶりに心の静かさを味わうことができた。その静かさは、秋の日の午後、柔らかな陽をあびている果樹園の静寂に似ていた。彼は果樹園の真中に腰かけて自分が丹精し、実らせた林檎を満足げに掌にのせて見つめる農夫だった。そして彼はこの作品のなかで五十六歳になってやっとつかまえた彼のイエスなるものの姿をたしかに自分のものだと信ずることができた。

そのイエスなるものの像は彼をふくめて人間の生涯の同伴者的な姿だった。同行二人という四文字を笠に書いて、とぼとぼと人生という山の辺の道を歩む者のうしろから離れずついてくる影のような存在だった。

それなのに、あれから半年以上たった今、選考委員や参列者の前で感じるこのうしろめたさは何なのだろう。実はその違和感は、今起ったものではない。それは少しずつ少しずつ目に見えぬ埃のように、遠くから聞える海鳴りのように彼の心のなかに溜り、彼の内面で鳴ってきたのだ。事実この授賞式に来るために乗ったタクシーのなかでも味わったし、今朝、洗面所の鏡にむかって自分の顔を見つめている時にも心のなかに起っていたのである。

その時、彼は歯ブラシを使いながら昨夜見た夢をまた思いだしていた。若い頃の彼なら夢を見てもすぐ忘れてしまったのだったが、三年前、たった一人の兄や身内を次々と亡くして、一時、つよい不眠症と鬱的な傾向に陥り、臨床心理学の医師に治療を受けて以来、前夜の夢をかなり甦らせることができるようになっていたのだ。

昨夜の夢は、紐で縛った箱を彼が懸命に開けようとしているものである。紐の結び目が複雑で解けず彼はいらいらし、怒りさえ感じ、その怒りのために目がさめた。

昨夜だけでない。時々、それと似た夢をよく見た。それと似たというのは綱や紐で縛った何かがよく出てくる点である。夢のなかで彼が縛られて悲鳴をあげている他家の犬を逃がそうとしたり（それは実際にもあった出来事で、小説に書いたこともある）、縛られたロバが彼の前にあらわれたり、縛られた郵便物の束に埋って溜息をついたりする。医師は彼にそんな夢をしゃべらせながら頬杖をつき遠くを見つめているような眼で（その医師はたれ目で、顔色がわるく、疲れきったようだった）その話をきいていた。

「私には特に性的にサディストの傾向はないと思います」

利光は予防線をはるように自分の性的傾向は正常だと言った。語っている夢に縄や紐がよく出てくるので医師が彼のことをサドかマゾかと考えないか心配したのである。

「いやいや」

医師は重々しくうなずいた。

「人間、誰でもそんな傾向はあるものです。だから恥ずかしいことじゃありませんよ。でもね、利光さんの場合、夢に縄や綱が出てくるのは別のためだと思いますね」

「何でしょうか」

「さあ、まだ何も言えませんが、あなた、小説のなかで夢にも出てくるようなロバや犬を使ったことはありませんか」

「ロバはありません。犬なら幾回も小説のなかに出しましたが……」

「じゃあ、その時、その犬はあなたにとって何でしたか」

春で、外は花びえの日だった。心療医師の部屋は空虚で鉛筆を入れたピースの空罐をおいた机と二つの椅子と、そして患者が楽に話せるためにおいた鉄製の簡易ベッドのほか何もなかった。利光はベッドではなく椅子に腰かけ眼をつむって自分が犬を登場させた短篇を噛みしめた。犬は彼の作品のなかではいつも雨のなかをうろつくようなあわれな姿で描かれていた。必ず野良犬か雑種で、決して血統書つきの種類のものではなかった。

「私の書いた犬は……、人間から捨てられたあわれなイエスのイメージです」

「ああ」とこの時だけ、疲れきった表情をした医師のたれ目に急に好奇心が光り、そのなまなましさが利光を急に警戒させた。「ぼくは基督教のことはよくわからんです。……しかしその犬、本当にイエスのイメージでしたか。それよりあなた自身の投影じゃないのですか」

「私の？」

胃でも悪いのか、なまり色の医師の顔を利光はあらためて見なおした。五十歳代の利光よりは十歳ぐらい年下で、ふるびた上衣を着て、袖からのぞいたワイシャツのカフスが何度も洗濯に出したためにすり切れている。この男にも若い頃娘を愛した時期があったのだろうかと彼は瞬間、思った。そして、あまりに多くの人間の苦しみを見知ったため彼は利光のイエスと同じようにこんな疲れきった、すりきれた顔をしているのだろうか。

「ええ、あなた自身の投影じゃないのですか」

利光は黙りこんだ。作品に出てくる小禽や犬がイエスのイメージだと言うのは、彼を論じてくれる批評家たちの考えだったし、利光自身もそう思っていたのだ。

「でも夢のなかで犬やロバは」医師はひくい声で、「いつも縛られているのでしょう」

「そうです」

「縛られているというのは……あなたも、何かに縛られていて……そんな束縛されている御自分の姿を犬やロバのなかに御覧になっているのではないですか」

「じゃ、私を束縛しているのは……たとえば、家族ですか、女房ですか」

利光は相手を少し馬鹿にしたようなうすら笑いをうかべた。彼にはそういう夢の解釈をいかにも精神分析医の俗的な見かたと感じたからである。だが医師は真面目に答えた。

「まだわかりません。でもこれからもここで今後、お話をしているうちに、お助けできるかもしれませんね」

不規則に半年ほど通ったが、医師はその束縛しているものを利光には話さなかった。話すよりも利光の口からそれが出るのをじっと待っているのがよく感じられた。それに気づくと利光の心に警戒がおき、その病院から遠のいていった。

兄や身内の死は一年ほどして諦めがついた。不眠症はくたくたになるまで働いたりさまざまなことに手を出すことで治した。あれらは一時に身のまわりにいた者を亡くしたための一過性のものだったのかもしれない。

だが、その後もやはり彼は夢をみた。縛られたものの出てくる夢をみた。昨夜のように縛った箱をうらしま太郎のように懸命に何度も解いている夢。郵便物の束から必要な一通の手紙を出そうとして、紐の結び目と格闘している夢。さめてみれば、それは毎日の生活で起る何でもない出来事の再現とも考えられたが、「何かに束縛されているあなたの投影」というあの医師の、いかにももっともらしい言葉は利光の心の隅に凧のようにひっかかっていた。気になるのは、医師が彼に言わすために口に出さなかった筈を予想できたためだった。だがそのうちに利光はその思い出を抑えつけ忘れるように努力し、新しい小説にとりかかった。小説にとりかかっている間、彼はあの種の夢を見てももう特に考えなくなった。

だが作品を完成してふたたび夢が動きはじめた。

選考委員の話が終り、もう一人、友人の小説家がユーモアをまじえて祝詞をのべてくれ、それから彼の名がよばれ、賞状や目録を渡された。これで授賞式はすべて終りだった。

「隣室でパーティの用意ができております」

とマイクの前で司会者が言った。「どうぞお移りになって、ごゆっくりご歓談ください」

会場にはテーブルや屋台が作られホステスやボーイたちが待機していた。人々のざわめきが小波のように拡がり、それは彼が今日まで文壇生活で何十回となく出席したものとそう変りはなかった。ちがっているのは、今日、彼が皆の好意に感謝する立場にあることだけだった。近よってくれる知人や友人に頭をさげ、礼をのべ歩き、挨拶してまわった。酔いが少し体に拡がるにつれ、さっきの居心地の悪さも消え、やっと倖せな気持になった。

「ネクタイがゆがんでいるわよ」

髪を短く切った一人のホステスが近よってきた。それから、作ったような甘え声をだして、

「今日はあとで皆さんと店に来てくださるでしょう」

とたずねた。

「行くよ」

もう五十六歳の彼には銀座の酒場など一向に面白くもなかった。本当を言えば、このパーティがすんだあと真直に家に戻り、入浴し、眠りたかった。今夜、どれも同じような顔をして同じような話をするホステスたちの相手をするのは面倒くさい義務だった。しかしそうもいかないだろう。

「君はいつか、俺のことで変なことを言った人だね」

と彼は笑いながら呟いた。

「あら、わたくしが……何を？」

「はじめて君の店にYやMと一緒に行った時、君はこう言ったろ。YやMがあれをしている顔は想像できるが、俺のそんな顔は思い浮かばないって。そんなに男性の臭いがないのか、この俺に」

「そうじゃないの」

ホステスはあわてて自分の前言をうち消した。

「利光ちゃんは教会なんかに行っている人でしょ。だから、そんなはしたないことは想像できないって言うつもりだったの」

「教会に行く人間は」と利光はそのホステスの眼をじっと見つめた。「はしたないことを、しないと思うかい」

「そりゃ人間ですもの。するでしょうけど……そうね、……」と彼女は急に意地悪な顔をした。「逆に教会に行くような人は、もっといやらしいことを考えたり、したりするのかもしれないわね」

捨台詞のようにそう言い残すと、彼女はそばを離れてたくさんの人の渦のなかに消えていった。

(教会に行くような人は、もっといやらしいことを考えたり、するのかもしれないわね)

少し酔った頭にその言葉が残っていた。残ったまま彼は右から声をかけてくれた出版社の人に笑顔をむけた。

いくつかの輪を歩きまわっているうち、利光は彼がさっきからひそかに探していた小ぶとりの兵頭の背中をみた。兵頭は小説を書く前にはドイツで精神医学を研究してきた医師だったからである。背をこちらにむけて彼は批評家で教師の高野と話をしていた。利光がそばによると二人は水わりのグラスをもったまま体の向きをかえて、おめでとう、と言ってくれた。

「急に変な質問をするけど、夢のなかで縄とか紐とかで縛ったものが出てきたら、どう解釈する」

酔った勢で質問をぶつけて兵頭の返事を待った。兵頭はびっくりしたように象のような眼をしばたたいて、

「そりゃ、派によって解釈がちがうさ。ウィーン派でもフロイトなら性的なことに還元するだろうし、アドラーなら人間優越感をそこに見ようとするし」

彼は利光の知らぬ精神医学者たちの名を次々とあげた。フェレンツィ、フェダーン、クライン……

「君自身はどう思う」

利光が迫ると、

「藪から棒に言われても答えようがないよ。その患者の境遇、過去や他の夢との比較によって解釈がちがうからな。でもなぜ、そんな事をきくんだ」

と兵頭は酸漿《ほおずき》のように赤くなった丸い顔に苦笑をうかべた。

「サディズムとかマゾシズムを連想しないか」

と利光はさっきのホステスの探るような眼つきと「もっと、いやらしい事」という言葉を念頭においてたずねると、兵頭はこちらの常識的な知識をあわれむように、

「人間の夢はね……そんなにすぐには性的なものと結びつかないんだよ」

「じゃあ、紐とか縄で縛ったものを夢に見る男は……いつも何かに束縛されているんだろうか」

「それは面白い考えだね。大いにありうるよ」

と兵頭はうなずいて、二人の話を微笑しながら聞いていた高野を会話に引きこむため、

「なあ、古代神話や古代呪術のなかでも、縛るとか、結ぶというのは、深い意味があるんだろう」

と言った。高野はうなずいて、

「そりゃそうさ。縛というのは古代神話や宗教では二つのちがった意味があるものね。自分が、疫病、妖術、悪霊、死なんかに呪縛されて、そこから逃れられぬ時、古代人の表現

は縛だし、またそうした悪霊や病気を村に入れぬ防衛手段として草や枝を村の入口に結んだりしたからね。利光だってアーメンだから旧約聖書でよく神《ヤハウエ》が誰かを綱で身動きとれぬようにするという表現が出てくるのを知っているだろ」

「ああ、知っている。ヨブ記やルカに出ていた。たしか悪魔が病人を縛るという言いかたがあった」

「それがそのいい例だよ。逆に病気や悪霊よけのため、松に紐を結んだりするのは折口さんの説にあるじゃないか」

「しかし……」

と利光は少しためらった後、

「それは古代人の場合だろ。今の俺たちの夢に縛るものが出てきたからと言って、それが何かに束縛されている自分をあらわしていると言えるだろうか」

高野も兵頭も、利光の声がちょっと真剣だったのでこちらを見つめて黙った。それから兵頭が、

「君は……そんな夢をたびたび見るのか」

と急に作ったようなやさしい声でたずねた。利光はわざと平気を装って、

「ああ、時々ね」

「それで……気になるのか」

「少しね。しかし、そうでもない」

「あまり深刻に考えないほうがいいよ。夢なんて、どうでも解釈できるんだから」

しかし兵頭が何かを感じていて、それをあの眼のたれさがった医師と同じように口に出さないでいるのが利光にもよくわかった。さきほどの受賞者席で感じたあの居心地の悪さ、うしろめたさが急にもう一度、苦しいぐらい甦ってきた。ふりむくと、人の渦がみなこちらに顔をむけたような感じがした。そしてその渦のなかにさっきのホステスが探るような眼で遠くから彼を見ていた。その青いアイシャドウをつけて、髪を短く切った少年のような顔が彼にこう言っていた。(もっといやらしい事を考えたり、したりするかもしれないわね)利光は少し吐き気を感じた。

吐き気はそのあともつづいた。八時半頃パーティが終って利光は主催者の出版社の人たちに連れられ二軒の酒場をまわった。文壇の関係者がよく行く二軒目のバーにはさきほど別れた兵頭と高野たちも来ていて、そして二人のそばにあのホステスがつまらなさそうな顔をして坐っていた。彼女は利光たちが彼等から少し離れたテーブルにいっせいに坐ると、立ちあがってこちらにやってきて、

「顔色わるいわ、気持わるいの」

「いいのかい。あの二人をほったらかして」

「何だかこむずかしい話ばかりしているんですもの、頭が痛くなっちゃう。利光ちゃんのことも話してたわよ」

「何て言っていた」と利光は二人のほうにちらりと眼をやって、「悪口かい」

「悪口じゃないわよ。あいつの小説にイエスさまはいるけれど、神さまのほうがよくわからないって」

「ふん、馬鹿馬鹿しい」

「利光ちゃんって、本当に神さまを信じているの。どんな神さま、わたしなんか信じないことにしているけど」

「それより、今日の俺からも、女と寝た時の顔は想像できないかい」

「随分こだわるのね。でも、利光ちゃんって、悪いことって、やったことがないんでしょ」と酔った彼女はからかうような声を出した。「悪いことができない人でしょ」それから彼女は気弱な男の子を苛める女の子のような眼つきをした。「悪いことする勇気もないのね」

「悪いことって何だい。君たち女と浮気することか。そんなこと別に悪いことと思ってないぜ」

「威張っているよ、この人」

彼女は声をたてて笑った。それから急に真顔になってじっと彼の顔を見つめると、

「利光ちゃんみたいなアーメンをうろたえさせてみたいわ。悪い悪い世界に引きずりこんで……」

「悪い悪い世界を知っているのか、君がしている悪い悪い世界って……せいぜいお客の誘惑にのることぐらいだろ」

「馬鹿にしないでよ。そのせいぜいの勇気もないくせに。私の言うのはそんなくだらないことじゃないわよ」

利光は真剣になって彼女のほうに体の向きを変えた。ホステスはその気配に怯えたのか黙りこんだ。

「教えろよ。何が悪い悪い世界か」

「利光ちゃんにそこに行く勇気ができたら教えるわ」

彼女はイブがアダムを誘った時と同じ言葉を使って、また席をたつと別の客の場所に逃げていった。

また吐き気を感じて眼をつむった。眼をつむって酒場の喧騒を聞いているうち、ぽっくり抜けたようにその喧騒が耳から去って、彼は自分だけの想念に浸った。縄につながれたみすぼらしい犬や死にかけている小禽、たしかにそれは彼の書いてきたイエスの変型だった。人間に見すてられたイエスのイメージだった。「あの女はあんなことを言っているよ」いつもの癖で利光はその彼のイエスに友人に話しかけるように話しかけた。「俺には勇気がないってさ」イエスは当惑したように黙っていた。「本当かもしれんな。俺はたしかに悪を覗きに覗いたあと、あんたのところに戻ったんじゃないからな。そりゃあ、あんたも知っているように浮気ぐらいは何度かしたさ。しかし、あんなものは悪じゃなかった。どろどろとした、いやらしい悪って、一体、何だろう。たしかに俺の小説のなかには、あんたが救えるような弱虫の罪人は出てくるが、いやらしい暗黒の世界や悪は描かれていないものね」

そして彼はあの医者にも話さなかったことを自分に呟いていた。「あんたはいつも俺がその暗黒の世界のほうに行こうとするのを妨げていた。俺の書いたあんたは優しそうなくせに俺を縛っていたからね。でもこの頃、俺は、あんたの縄を切って、いつもそばにいるあんたを突きとばしたい衝動にかられる時がある。今度の受賞した小説のような、あんたが蔭から出てきてすべてを支配しはじめたような世界をぶちこわしたい欲望にかられることがある」彼は自分が時間をかけ、つみあげてやっと作った積木細工をゆさぶり、目茶苦茶にしてしまう子供のように思えた。しかしその衝動が近頃の彼の心に起るのも事実だった。

「気分でも悪いのですか」

彼が目をつむっているので斜めにいた出版社の重役が心配そうに声をかけてくれた。

「いいえ、とても愉快です」彼も笑いを頬につくった。

「楽しいのでつい呑みすぎてしまいました」

立ちあがって店の隅にあるトイレに行った。途中で向うむきになった高野の肩を叩いて、

「聞いたぞ」とからかった。「俺の小説の悪口、言っていたんだって」

「悪口なんか言ってませんよ」高野が皮肉っぽく冗談で答えた。「今日は悪口なんか言う日じゃないからね。別の日にたっぷりするよ」

「ユングの話をしてたのさ」と兵頭が生真面目に弁解した。「知ってるだろ。ユングが子供の時、バーゼルの大聖堂の広場で抱いた神のイメージを。神は王座に坐っていて、ウンコをしているんだよ。神のウンコはバーゼルの大聖堂の屋根にあたり、その壁をこわした。子供のユングはその時もう神のなかに愛と、そんな不条理なことをする心があると考えたんだ。だが君の作品の神は……決してそんなあくどいことはしない」

「よく考えときましょう」

質問をうっちゃって彼はトイレに入り少し吐いた。吐いたあと手を洗いながら鏡にうつる自分の顔をみた。今日のため散髪屋に行ったにかかわらずもみあげの部分はすっかり白くなり、眼の下には老いをしめす醜いふくらみが出ていた。酒を過したせいか、眼のふちが赤くなって瞼を泣きはらした道化師の顔のようだった。彼はもう五十六歳だった。

(どうするんだ)

とその顔に向って彼は言った。

（このままずっと行くつもりか。あの同行二人のイエスと一緒に。そして縄は切らないのか。ぶちこわさないのか。今の世界をゆさぶって、ゆさぶってもお前のイエスがひっくり返らないかためしてみる。その時それが本ものだと思わないか……）

トイレを出ると、あのホステスがおしぼりをわたして言った。

「とうとう吐いたのね。少しだけど、そこがよごれているわ」

天国のいねむり男

ズボラはイエス様の弟子たちの一人でしたが、いねむりをすることと食べることが大すきで、失敗ばかりしたため、聖書にも名がのっていないのです。でもイエス様はこのズボラをたいへん愛しておいででした。

あの青空にある天国で、イエス様はひるねをしていたお弟子のズボラを起こして、こうおっしゃいました。

「お前はむかし子どもがすきだった」

「はい、そうです。大すきでした」

とズボラはよだれをふきふき答えました。

「じつはな、この天国からみていると」

とイエス様は困ったように、

「このごろの子どもたちは神様やわたしのことよりもスーパーマンや空飛ぶ円盤のほうが

すっかりすきなようだ」

「どうもそのようです」

とズボラはうなずいて、またいねむりをはじめようとしましたが、イエス様は肩をゆさぶられて、

「なあ、お聞き。ズボラ。お前はあの地上に行き、子どもたちにもう少し、スーパーマンよりも神様とわたしのことを考えるようにしてほしいのだがなあ」

とおっしゃいました。

ズボラはこれは大変なことになったとなさけない顔をしましたが、イエス様のたのみにイヤと言うわけにはいきません。それに子どものことは大すきでしたから、さっそく、この地球に旅行する支度にかかりました。

かれは頭をひねって、子どものすきな扮装《ふんそう》をしてみようと思い、マリア様に相談いたしました。

「ズボラ、それはサンタクロースにきまっているじゃありませんか、子どもたちのすきなのは」

とマリア様はすぐに教えてくださったのです。

そこでかれは二日かかって、サンタクロースの扮装にかかりました。まず空を飛んでいる雲をちょいと切って白いひげのかわりにして鼻の下とあごにつけてみました。そしてマ

リア様にみせますと、

「まあ、ズボラ。すてきですよ」

とマリア様はほめてくださいました。

かれはスーパーマンとおなじように両手をひろげて地球にむかって飛んで行きました。もっともスーパーマンのように威勢よく、一直線にまっしぐらというわけにはいきません。サンタクロースの袋は重いし、かれは運動神経がないので、よたよたしながら、地上にやってきたのです。

(いったい、ここはどこだろう)

かれはキョロキョロまわりを見まわして、びっくりしました。そこはかれがむかし生まれたイスラエルの町とはまったくちがった巨大な建物や自動車が走っている大きな都会東京の郊外でした。

(子どもはいないのかな、子どもは)

かれはサンタクロースの袋をかついで歩いていきました。と、むこうから一人の小学生の子どもがせわしげにやって来たのです。

「やあ」

とズボラはニコニコして声をかけました。

「どうだね、わしと遊ばないかね」

子どもはびっくりしたようにズボラをじろじろ見て、

「おじさんはチンドン屋だな。どこの店の宣伝をしているの」

と言いました。ズボラは天国のテレビで地球のことは知っていましたが、チンドン屋とは何かわかりませんでした。かれの生まれたイスラエルにはあのころチンドン屋はなかったのです。

「どうだね。わしと遊ばないかな」

とさそうと、子どもは首をふって、

「イヤだよ。お母さんにしかられるよ」

「しかられる？　なぜ。神様もイエス様も遊んでいる子どもをごらんになるのが大すきだが！」

「なんだか知らないが、お母さんがこの世はセイゾンキョウソウだって言っていた。ぼくもみんなに負けないよう、学校のあとは塾に行って勉強しなければいけないんだ。そうしなければ一流の中学にも入れないいし、いつか一流の高校や大学に進めなくなるんだ」

「えっ、そりゃなにごとだ」

ズボラはあまりのことに口をぽかんとあけました。ズボラの知っている子どもの世界はこの少年のものとはまったく、ちがっていたのですから。

少年はかけだして行きました。一分でも惜しいようでした。

ズボラはさびしくなってきました。せっかく、この地上にもどってきて、最初に会った子どもに友情を断られたからです。なんだか肩にかけた袋まで重くなってきました。

(そうだ、もっと小さな子に声をかけてみよう)

かれは気をとりなおして歩きはじめました。

すると女の子たちの歌声が聞こえてきました。その声のちかくに近づくと一軒の家の前で二人の少女がうたを歌いながらなわとびをしているではありませんか。

スーパーマンはわれらの味方
スーパーマンはせいぎの味方

(あっ。女の子までスーパーマンのうたを歌っている)

かれはイエス様のなげきを思いだし、かのじょたちに負けまいとみょうな声をはりあげ、

きぃよーし、この夜
星はひかあり

とクリスマスのうたを歌いはじめました。

するとなわとびをしていた二人の少女は遊ぶのをやめて、こわそうにズボラをみつめました。ズボラの声がうたというより犬の遠吠えのように聞こえたためかもしれません。ズボラはいっこうにそれに気づかず、ニコニコして、

きぃよーし、この夜
星はひかあり

そしてかれは言いました。

「おじょうちゃん。おいで、いっしょに遊ぼう」

と、二人の女の子はしりごみをしました。

そして大きな女の子が年下の女の子に、

「お母さんから、知らないおじさんに声をかけられたら、にげなさいって言われたわ。知らない大人は信じちゃだめだよ。このごろ子どもを誘拐《ゆうかい》する大人が多いのよ」

そしてかのじょたちは家のなかに走りこみ、

「お母さん、お兄ちゃん。へんなおじさんが、へんなうたを歌って、わたくしたちに声を

かけるの」

と大声で言いました。

と、家のなかから高校生が現れました。かれは妹をまもるために飛びだしてきたのです。

「こら、お前はなにものだ」

「きぃよーし、この夜、星はひかありー」

「なんだ、なんだ、妹を誘拐するのか、だいいち、そのかっこうは何だ。サンタクロースのまねをして。デパートの大売り出しにしては今は五月じゃないか、いよいよ、あやしいぞ」

「ぼっちゃん、いっしょに遊びましょ。どじょうが出てきてこんにちは」

「気持ちのわるいやつだな、お母さん、交番に電話をしてください。なんだか頭がおかしいらしい男がいるって」

ズボラはびっくりして、にげることにしました。

ズボラは悲しくなってだれもいない空地にもどりました。かれはこの地上に降りてきたのですが、地上の子どもたちはズボラを相手にしてくれないのです。信じてくれないのです。

かれは空を見あげました。夕方の空だけがもうバラ色です。

「イエス様。こりゃ、どういうことですか。わたしにはわからんです」

かれはイエス様にうったえました。

かれがこの地球で生きていたころは、東京のように巨大なビルも高速道路もなかったけれども、子どもたちはもっと飛んだり、はねたり、あまい空気をいっぱいに吸ったり、花や鳥や虫と話をしたりしたのです。

ところが、なにもかもすっかり変わっている。

かれはしょんぼりとしていました。子どもたちはもう一度、子どものようになってほしかったのです。子どもらしく、遊んだり、笑ったり、空や小鳥と話ができたり、とりわけ心から大人を信じることのできる幸福をあたえてやりたかったのです。

日が暮れかかってきました。ズボラはふたたび歩きはじめました。別の子どもと話してみようと思ったからです。

町ではたくさんの子どもがいそがしげにある方向に歩いていきます。男の子も女の子もいます。

「こんにちは」

とズボラは言いました。

「遊ばないか」

すると、子どもたちはおこったように答えました。

「じょうだんじゃないよ。今から塾があるんだ」

いちばんはじめに会った少年と同じ返事です。しかしあの子よりもっと年下のこの子まで塾に行っていると知ってズボラはびっくりしました。

「塾って、いったい何なのかね」

「勉強を教えてくれるところ。知らないのか」

「勉強はもう今日は学校でやったんじゃないのか」

「それだけじゃ足りないんだよ。子どもはみんな塾に行くんだからね。でないと、いつかぼくらはえらくなれないんだ」

そしてかれらはズボラをそこにのこして目のまえの建物のなかに吸いこまれていきました。

ズボラは立ちどまり、首をかしげ、やっと決心をしてその建物のなかに入りました。

建物のなかにはいくつかの部屋があり、それぞれ子どもたちが塾の先生に教えられていました。

「いいか。これがわからないと、きみたちはりっぱな中学には入れないぞ」

と先生はみんなを見まわして質問しました。

「海とは何か」

一人の子どもが答えました。

「海は地球の表面に塩水をたたえたひろい部分です」

「ほぼ、よろしい。では哺乳《ほにゅう》動物とは何か」

「犬や猫のことです」

「それだけじゃ入学試験の答にはならないぞ。よく覚えておきなさい。哺乳動物とは肺で呼吸し、幼児は母の乳で育ち、多くはたまごからは生まれない」

「ちがうぞォ」

と、とつぜん、教室の外から声がしました。みんなびっくりしてうしろをふりむきました。サンタクロースのかっこうをした男がドアのかげからこちらを見ているのです。

「どうしたのですか、あなたは何か用ですか」

と先生はびっくりしてたずねると、その男は半泣きのような顔をして、

「犬と猫とは子どもたちのなかのいい友だちのことです。わたしの考えでは哺乳動物のことだけじゃない。海は塩水のたくさんある場所だけじゃない、それは子どもたちが泳いだり、魚をつって遊ぶところだ。真白い雲をみて、それを夢のお城のようだと思うところだ。とんぼや蝶も昆虫のことだけじゃない。花とお話をして、花からみつをもらい、学校のかえり小さな子どもたちの友だちになってくれるものだ」

と言いました。先生は困ったように、

「中学に進むためにはそれはだめな答です……とにかく、勉強の邪魔をしないでくださ

い」

としかりましたが、ズボラはじっと立っていました。そして天をむいて、

「イエス様、何とかしてください、わしは頭が悪いから」

と心のなかで祈ったのです。

青空のなかでイエス様はズボラの声をお聞きになったようです。

なぜならその瞬間――

子どもたちは窓の外のビルや建物がパッと消えたのにびっくりしました。そのかわり、

東京のかれらがほとんど知らない光景が現れました。

それはまぶしい陽がかがやく春の野原でした。そこではすべてがやさしい。すべてが美

しい。空は青くすんで風はやわらかい。

子どもたちは息をのんでこの野原をみつめました。すると小鳥たちの言葉がわかってき

ました。

神さまは　子どもが　遊ぶのがすき

子どもが　子どもらしいのがすき

さあ　おいで　思うぞんぶん
かけまわり　遊ぼうじゃないか
すると花も風も歌いはじめました。

そうだ　そうだよ　そのとおり
さあ　おいで　思うぞんぶん
かけまわり　遊ぼうじゃないか

それを聞いて、

「うわァ」

教室の子どもたちは大声をあげ塾の勉強などほったらかしにして外にかけて行きました。

しかし、その瞬間、ズボラは目をさましました。

かれは今日も天国でいねむりのさいちゅうだったのです。そしてかれがみた東京のできごとはみんな夢でした。

目をこすったズボラにイエス様が笑いながら声をおかけになりました。

「ズボラ、またおかしな夢を見たようだな、困ったものだ」

「あれ、イエス様、あれは夢でしたか。でも、あの夢のことは、まちがっているでしょうか」

重なるイメージと遠藤流の短篇技法

解説　加藤宗哉

遠藤周作の取材は「一点だけを見る」

遠藤周作の取材旅行に幾度か同行したことがある。『死海のほとり』のエルサレムや、『侍』の仙台など、書下ろし長篇のための取材もあったが、多くは戦国三部作など歴史小説の取材の旅だった。こういうとき、他の作家たちがどういう方法をとるのか知らない。しかし、この小説家の場合は少し変わっていた。とにかく、丹念に見ようとしない。見つめる時間が極端といっていいほどに短いのである。

たとえば戦国三部作のひとつ『男の一生』で訪ねた愛知県江南市小折《こおり》。作者が好んで用いた資料の一つ『武功夜話』によれば、この地にあった生駒屋敷で織田信長は木下藤吉郎を知る。また、信長が愛した側室・吉乃《きつの》（吉野）が暮らしていたのもこの屋敷だった。その屋敷跡へは後になって案内板が立ったが、当時は土地の人間でも曰くを知る者が少なかった。そんな場所を何時間もかけて探し、ようやくたどり着いても、この小説家はものの五分と立っていない。ざっと辺りに眼をやっただけで、では行くか、ともう引きあげていく。

切支丹大名の大友宗麟を描いた『王の挽歌』の取材の折もそうだった。宮崎県延岡市の近くに無鹿という鄙びた町があって、そこはかつて宗麟が自分の理想都市を建設しようとした地なのだが、島津軍（薩摩）との戦いに敗れて、結局、夢は実現しなかった。

私が遠藤周作の伴をしてそこを訪ねたのは初冬で、川には古い小舟が沈みかかったまま杭につながれ、刈り入れの終った田には夕陽が落ちていた。もちろん、そんな場所を訪れる者など他に誰ひとりいない。芒《すすき》をかきわけて土手に登ってみると、北川と教えられた水量豊かな川が音もなく流れ、そこら辺りの野が無鹿なのだった。宗麟もおそらくその土手に立ち、自分の理想都市に思いを馳せたことだろう。野には教会の鐘の音が流れ、人々が戦いのない日々のなかで同じ信仰に結ばれるという夢の地……。

ところがそんな土地に立っても、遠藤周作はやはり一分と佇んでいなかった。川面を眺め、対岸に眼を移し、少しだけ顔を動かすように辺りを確認すると、さっさと引きあげていく。

「なぜですか、いつもじっくり見ないのはなぜですか」と以前から思っていたことを私はあの日ようやく訊いてみた。そしてその答をできる限り正確に記すのなら、たぶん次のようになる。

――丹念に見るとだな、かえってイメージが湧かない。だから一点だけ見るのや。一点だけ眺めて、ほかは見ないようにする。あとはイメージで埋める。

短篇「無鹿」から解る小説家の眼

じつは、今回の文庫『遠藤周作短篇名作選』には収めなかったが、遠藤周作には「無鹿」という作品がある。四百字詰め原稿用紙で三十枚を少し超える、現代を舞台にした短篇である。無鹿への取材旅行から間もない一九九一年春に発表された。……停年まぢかの会社員の男が九州へ最後の出張に行き、小料理屋で隣りあった男から無鹿という町についての話を聞く。無鹿が西郷隆盛も大友宗麟も夢賭けて夢破れたところだったと聞いた主人公は、その土地へ行ってみようと思いたつ。男も若い日には詩人か小説家になろうと思ったことがあるが、人がみなそうであるように、仕事に忙殺されているうちにその夢もまたいつのまにか、かき消えていた。

主人公が無鹿を訪ねるのは「初冬の午後」である。著者が無鹿へ行ったのも十二月二日で、時刻も午後四時近くだったから、小説のなかの情景はほぼ作者が見たものである。とすれば、いったい遠藤周作はあの情景のなかのどの「一点」だけを見たのか。
たとえば土手に登って見た光景は「無鹿」のなかで次のように描かれている。
「川岸には腐った小舟が一艘つながれて、昔、ここが舟着場だったのだろうか、杭が何本も川面から顔をのぞかせている。／向うは枯草のはえた堤防がつづいて、冬の陽ざしのなかで子供たちが遊んでいるのが見える。そしてその遥か向うに狐色をした丘陵が一段とあかるく続いている」①
前半は単なる情景の描写だが、問題は「遥か向うに」と書かれたあとの「狐色をした丘陵」という叙述である。この丘は西郷隆盛が官軍と戦って敗れた場所でもあると作品の中で知らされるが、全体が無彩色のような光景のなかでそこ一箇所だけが鮮やかな光を浴びて浮かび上がる。以後、「狐色」はこの三十枚余りの短篇に三回出てくる。
「陽がまだその狐色の起伏にあたっている。しかし晴れていた空の光線はさきほどより、遥かに衰えはじめて、夕暮に近づきつつあった」②
「北川の橋をわたった時、雲の間から陽の光が弱々しいながら、狐色の丘やその周りの田園に幾条かさしているのがみえた」③
そして旅から戻った小説の終りでは、「突然、加治（主人公）のまぶたに稲をかり取った田が拡がり狐色の丘陵の風景や、川の土手で段ボール箱にのって滑っていた女の子の頬の赤い顔がうかんだ」④

と書かれる。

となると、遠藤周作が見つめた一点はもはや明確かもしれない。「狐色」をした丘陵……。

しかし私のなかに、一つの疑いが残るのだ。あのときに見た「遥かな丘陵」は、果たして「狐色」をしていただろうか、と。

なんとも情けないことに、その遥かな丘陵を私はしっかりと胸に灼きつけてはいない。つまり、私がそれを見過ごしたという可能性は高いのだが、あのモノクロームのような光景のなかに、狐色に輝く遥かな丘陵があったのかと、どこか言い訳するかのように私は疑っている。あるいは、「狐色」というのは小説家の誇張か創作ではなかったのか。なぜなら、先に引用した③の文章を読むとき、その丘陵が「狐色」であったことの効果に気づかされるのである。「雲の間から陽の光が弱々しいながら（略）幾条かさして」いるというのは、カトリック作家たちがよく使う手法で、〈雲間からさす陽の光〉は〈神の慈愛・恩寵〉を示しているのであり、つまり無鹿に縁を持った人々——夢破れた宗麟や西郷はもちろん主人公の人生にもこの弱々しいが暖かな光がさしていることが暗示されている。そこへ導いていくのが、繰り返される「狐色の丘陵」という言葉なのである。そして遠藤周作は確かに、その丘陵だけをあの風景から取り出したのだろう。

書下ろし長篇の準備としての短篇

遠藤周作の小説が、一貫した主題《テーマ》と明確なイメージをとりわけ重要視していることは、多くの読者が知るところである。自分が「文章よりもテーマでもつ作家」であることを、遠藤周作自身も認めている。第三の新人と呼ばれる作家たちのなかには、たとえば安岡章太郎や吉行淳之介、庄野潤三のように短篇の名手と称される書き手が多く、彼らはそれぞれの持つ文章の技と味で人生の断面を鮮やかに切り取ってみせる。しかし遠藤周作の場合は何よりも「主題《テーマ》」が小説を作り上げていくのである。そしてその主題は、小説中ではいくつかの具体的な存在（人や動物、あるいは海や川）が重なり合い、一つのイメージとなって収斂していくことが多い。従って、どちらかというと遠藤周作は長篇型の作家と言えるかもしれない。構築力に優れた、西洋的なスタイルを持つ小説。

作家にとって「本職」とは何かを問うのも妙な話だが、遠藤周作は自身の本職を「書下ろし長篇小説」と言っていた。したがって新聞の連載小説や歴史物の連載小説は、長篇であっても本職としての仕事ではなく、そういう仕事に忙殺されると「早く本職に戻りたい」と日記でも愚痴をこぼしている。では本職としての作品は何だったかといえば、ほぼ七年おきに書かれた全部で五作の書下ろし長篇、それを執筆順に記せば、『沈黙』『死海のほとり』『侍』『スキャンダル』、そして最後の書下ろし『深い河《ディープリバー》』となる。

遠藤周作（撮影・稲井勲）

つまり、これらを書くことに小説家としての命を燃やしたのだが、じつは遠藤周作の場合、いわゆる文芸誌に書いた純文学短篇のほとんどが、〈やがて書く長篇のための準備〉、つまりその主題を問いつめるための作品だったと言える。本書に収めた短篇を例にとれば、弱い男や病気・死について書かれた「イヤな奴」「あまりに碧い空」「その前日」「四十歳の男」は『沈黙』(66年)の執筆前に、ダメな人間とそれに同伴する存在を扱った「影法師」「巡礼」は『死海のほとり』(73年)の前に、犬や九官鳥や猿の眼にイエスを映した「犀鳥」は『侍』(80年)に繋がるものとして、そして不思議な出来事や、人間の心理の奥底の悪に焦点を当てた「夫婦の一日」「授賞式の夜」は『スキャンダル』(86年)の執筆準備期間に書かれている。

じつはこの後の書下ろし長篇に『深い河』(93年)があるが、『スキャンダル』以降は文芸誌にほとんど短篇小説は発表されていない。先に挙げた「無鹿」は『深い河』刊行二年前の作品だが、発表誌は総合誌の「別冊文藝春秋」だった。純文学短篇を書かなくなったのは、何より肝臓や腎臓などの病気と、七十歳に近づいての体力の衰えが、長篇への準備として短篇を書くという作家の余力を許さなくなったためだと思われる。なお、目次の初めに置かれている「シラノ・ド・ベルジュラック」「パロディ」は、書下ろしではないが文芸誌連載の「海と毒薬」と並行して書かれ、やはり人間に潜む悪と哀しみが主題となって、長篇『海と毒薬』と繋がっている。

重なるイメージを読む

このように遠藤周作の短篇小説のほとんどは、やがて書かれる長篇、しかも自身が本職と呼んだ書下ろし純文学作品と密接な関係をもっている。それゆえに、短篇小説といえども大きな主題を内包していて、そこには作家の本質が浮き立っている。『沈黙』から『深い河』までの主題は見事といえるほどに一貫していて、あえて断ずれば、弱い存在への共感・連帯と、人間に同伴するイエスということになる。「四十歳の男」や「犀鳥」に出てくる犬の眼も九官鳥の眼も、単なる動物の眼ではなく、人間の哀しみに寄り添うイエスの眼をそこに重ねていることはよく言われるところである。そして小説技法としてはこのダブルイメージこそがこの作家の特徴であり、それを見つけだすことに遠藤文学を読む愉しみが存在するとも言える。

それについて思い出すことがある。「三田文学」の一人の若者が短い小説を書き、遠藤周作がそれを読んだ。作品は、老いて病んだ父親と、それにいら立つ息子の話だったが、小説では父親に重なるイメージとして「庭の古い梅の木」がところどころに書き入れられていた。それを読んだ遠藤周作が、梅でもいいが植物ではやはり印象が弱い、せめて動物にしたほうがいい、と助言した。結果、書きなおされた小説では、「古い梅の木」は「老犬」になっていた。フィラリアにかかり、血尿を出しながらも死なない老犬……。

「そうだ」と遠藤周作は言った。「こういうふうにして父親をダブルイメージで描く。これがトリプルイメージになれば、さらにいいのだが」

そういえば、本書収録の「犀鳥」の終末近くにはこんな一節がある。

「あけた鳥籠の口から犀鳥はいつの間にか出て、床の上にじっとうずくまっている。泣いている女に似たその顔をじっと眺めていると、それはまた道化師の泣き笑いの表情のようでもある。南の国から日本に連れてこられ、あちこちの持主を転々とした鳥の羽はぬけてかつて漆黒だった色もあせてしまっている」

この犀鳥が重なるのは、西洋から日本に来て捕えられ、キリスト教を棄てて生きる外国人神父である。しかし読者は、その犀鳥にさらにもう一つのイメージが重なっていくのを感じる。いうまでもなく、汚れた布をまとっただけの、痩せた、哀しげなイエスの姿である。

年譜

遠藤周作

一九二三年（大正一二年）
三月二七日、東京巣鴨で、父常久、母郁（旧姓・竹井）の次男として生まれる。二歳年上の兄正介との二人兄弟。父は第三銀行に勤務。母は上野の東京音楽学校（現・東京芸術大学）ヴァイオリン科に学び、安藤幸（幸田露伴の妹）やアレクサンダー・モギレフスキーに師事した音楽家だった。

一九二六年（大正一五年・昭和元年）　三歳
父の転勤で満州（現・中国東北部）・大連に移る。

一九二九年（昭和四年）　六歳
大連市の大広場小学校に入学。母は毎日、朝から夕方までヴァイオリンの練習をつづけ、冬には指先から血を流しながら弾きつづけた。

一九三二年（昭和七年）　九歳
この頃から父母が不和となり、夜、諍いの声が寝ている息子たちの耳に響いた。飼犬クロにむかってぼやく日がつづく。

一九三三年（昭和八年）　一〇歳
父母の離婚が決定的となり、夏休み、母に連れられて兄と共に帰国。神戸市六甲の伯母（母の姉）の家にいったん同居し、まもなく西宮市夙川に転居。二学期から六甲小学校に転校。カトリック信者の伯母に連れられて夙川カトリック教会に行き、ほかの子供たちと公教要理を聞く。

一九三五年（昭和一〇年）　一二歳

六甲小学校を卒業し、兄と同じ私立灘中学校に入学。能力別クラス編成で、一年はA組だったが、二年B組、三年C組と下がり、四年と五年は最下位のD組だった。この年の五月、母が小林聖心女子学院の聖堂で受洗。六月二三日、周作も兄と共に夙川カトリック教会で洗礼を受ける。洗礼名ポール（パウロ）。

一九三九年（昭和一四年）　一六歳

中学四年時で三高を受験するが失敗。この年、西宮市仁川の月見ケ丘に転居。母はイエズス会のドイツ人神父ペトロ・ヘルツォークと出会い、その指導のもとに厳しい祈りの生活をはじめる。周作は学校では不出来な少年で、映画に惹かれて嵐寛寿郎や桑野通子に憧れた。またこの頃、十返舎一九『東海道中膝栗毛』を読み、弥次・喜多の生き方に共感した。

一九四〇年（昭和一五年）　一七歳

灘中学校を一八三人中の一四一番の席次で卒業。この春も再度の三高受験に失敗し、仁川での浪人生活がはじまる。一方、兄正介はこの四月、一高を卒業し、東京帝国大学法学部に入学、世田谷区経堂町八〇八番の父常久の家に移った。

一九四一年（昭和一六年）　一八歳

春、広島高校などの受験に失敗。四月、上智大学予科甲類（ドイツ語クラス）に入学、学内の学生寮・聖アロイジオ塾に入る。一二月、校友会雑誌「上智」（第一号）に論文「形而上的神、宗教的神」を発表。

一九四二年（昭和一七年）　一九歳

二月、上智大学予科を退学。仁川にもどり受験勉強を再開。姫路、浪速、甲南などの高校を受けるがいずれも不合格。母の家を出て、東京の父の家に移る。九月、兄正介は東大を卒業し逓信省へ。入省と同時に海軍へ現役入隊し、翌年一月、海軍主計中尉としてシンガポールへ赴任、そのまま現地で終戦を迎える。

一九四三年（昭和一八年）　二〇歳

四月、慶應義塾大学文学部予科に入学。父の家を出て、信濃町のカトリック学生寮・白鳩寮に入る。寮の舎監にカトリック哲学者・吉満義彦がいた。

一九四四年（昭和一九年）　二一歳

二月末から三月初め頃、吉満の紹介状を持って堀辰雄を杉並の自宅に訪ねる。その後、堀が喀血して東京を離れたため、周作は月に一度ほど病床の堀を信濃追分に訪ねる。戦局が苛烈となって慶應での授業はほとんどなく、勤労動員で川崎の工場へ通った。夏に受けた徴兵検査は第一乙種で、入隊一年延期となる。

一九四五年（昭和二〇年）　二二歳

三月の東京大空襲で白鳩寮は閉鎖となり、経堂の父の家にもどる。慶應義塾大学文学部予科を修了し、仏文科に進学。入隊延期期限が切れる直前、終戦となる。三田の教室にもどり、病気療養中の佐藤朔に手紙を書き、堀辰雄の紹介もあって永福町の佐藤の自宅を訪ねる。以後、佐藤家の応接間で講義を受けることによってフランスの現代カトリック文学への関心を深める。

一九四七年（昭和二二年）　二四歳

八月、最初の評論「フランス・カトリック文学展望──ベルナノスと悪魔」を「望楼」（ソフィア書院発行）に発表。一二月、「神々と神と」が神西清に認められ、「四季」（角川書店発行）に掲載。また「カトリック作家の問題」を佐藤朔の推薦により「三田文学」一二月号に発表。

一九四八年（昭和二三年）　二五歳

三月、慶應義塾大学仏文科を卒業。卒業論文

は「ネオ・トミズムにおける詩論」。評論「堀辰雄論覚書」を神西清の推挙で「高原」三、七、一〇月号に発表。生活は「カトリック・ダイジェスト」誌の編集手伝いと、鎌倉文庫（出版社）の嘱託としての俸給でまかなった。一〇月に評論「此の二者のうち」、一二月に「シャルル・ペギイの場合」を共に「三田文学」に発表、「三田文学」の同人となって丸岡明、原民喜、山本健吉、柴田錬三郎、堀田善衛などの先輩を知る。なおこの年、小林聖心女子学院からの依頼で戯曲「サウロ」を書き、同学院の高校三年生によって上演された。

一九四九年（昭和二四年）二六歳

「モジリアネの少年」を「高原」一月号に、「野村英夫氏を悼んで」を「三田文学」二月号に、「神西清」を「三田文学」五月号に、「ジャック・リヴィエール―その宗教的苦悩」を「高原」五月号に、「野村英夫氏の思い出」を「望楼」七・八月号に、「山本健吉」を「三田文学」八月号に、「E・ムニエのサルトル批判」を「個性」八月号に、「精神の腐刑―武田泰淳について」を「個性」一一月号に、「ランボオの沈黙をめぐって―ネオ・トミスムの詩論」を「三田文学」一二月号に、「ピエール・エマニュエル」を「世紀」一二月号に発表。

一九五〇年（昭和二五年）二七歳

「フランソワ・モウリヤック」を「近代文学」一月号に、「聖年について」を「人間」二月号に、「立見席から」を「近代文學」三・四月合併号に、「誕生日の夜の回想」を「三田文学」六月号に発表。六月四日、戦後最初のフランスへの留学生として「マルセイエーズ号」で横浜港から出航。同じ四等船客に、フランスのカルメル会修道院で修行めざす井上洋治がいた。この船旅のなかで小説を書くことを心に決める。七月五日、マルセイユ到着。二ヵ月間をルーアンの建築家であるロビンヌ家に過ごし、九月、リヨンへ。リヨン・カトリック大学近くの学生寮クラリッジ寮に入り、カトリック大学の聴講生の手続きをとる。またリヨン国立大学のルネ・バディ教授のもとでフランス現代カトリック文学の研究をめざし、翌年一二月には「フランソワ・モーリヤックの作品における愛と吝嗇」のテーマで学位論文作成の承認をえる。

一九五一年（昭和二六年）二八歳

フランスから書き送ったエッセイ「恋愛とフランス大学生」が「群像」二月号に、「フランス大学生と共産主義」が同五月号に、「フランスにおける異国の学生たち」（のちに小説として「フォンスの井戸」と改題）が同九月号に掲載される。また「フランスの街の夜」が「カトリック・ダイジェスト」八月号に、「赤ゲットの仏蘭西旅行」が同一一月号から翌年七月号にかけて連載される。この年、三月末に原民喜の自殺を知らせる手紙と遺書を受けとる。八月、モーリヤックの『テレーズ・デスケルウ』の舞台であるランド地方を徒歩で旅行。一二月に入り血痰の出る日がつづく。

一九五二年（昭和二七年）二九歳

四月、アルプス山脈のふもとの村ソリエールで春休みを過ごす。六月、多量の血痰を吐き、九月までスイス国境に近いコンブルー国際学生療養所に入所。そこに保養に来ていたソルボンヌ大学やパリ高等師範学校の学生らと知り合い、彼らからパリに来ることを勧められる。九月下旬、リヨンにもどった後、パリに移り日本館に居を定める。ソルボンヌ大学に登録するものの授業には通わず、コンブルーで知り合った仲間たちとの勉強会に参加。一二月、肺に影が発見され、ジュルダン病院に入院。

一九五三年（昭和二八年）三〇歳

帰国を決め、一月八日、病院を出る。一二日、日本郵船「赤城丸」でマルセイユを出航。二月、神戸港着。迎えに来た母に付き添われて東京へもどり、父の経堂の家に落ち着く。気胸療法に通いながら、しばらくは寝たり起きたりの生活を送った。三月、原民喜を偲ぶ花幻忌に出席し、「三田文学」の先輩たちとの交流を復活させると同時に執筆も再開。「原民喜と夢の少女」を「三田文学」五月号に、「滞仏日記」を「近代文學」七～一〇、一二月号に、「アルプスの陽の下に」を「文學界」九月号に発表。また七月には、留学時に「群像」に書き送ったエッセイをまとめた最初の著書『フランスの大学生』を早川書房より出版。一二月二九日、母郁が脳溢血で突然に死去（五八歳）。

一九五四年（昭和二九年）三一歳

四月、文化学院講師となる。奥野健男の勧めで「現代評論」に参加、「マルキ・ド・サド評伝」（Ⅰ、Ⅱ）を同誌六、一二月号に発表。また安岡章太郎を通じて「構想の会」に入り、庄野潤三、小島信夫、近藤啓太郎、吉行淳之介、三浦朱門らを知る。一一月、初めての小説「アデンまで」を「三田文学」一一月号に発表。

〔その他の作品〕「シャロック・ホルムスの時代は去った」（「文學界」二月号）、「四等船客のフランス旅行」（「旅」七月号）、「一人の療養詩人―詩と視と死と」（「短歌」九月号）。

一九五五年（昭和三〇年）三二歳

村松剛、服部達とメタフィジック批評を提唱。七月、「白い人」（「近代文學」五、六月号）で第三三回芥川賞を受賞。九月、慶應仏文の後輩・岡田順子と結婚。父の家に同居するが、一一月に同じ経堂内に転居。

〔その他の作品〕「サド侯爵の犯罪」（「知性」三月号）、「学生」（「近代文學」四月号）、「メタフィジック批評の旗の下に」（匿名批評「文學界」四月号〜九月号）、「地の塩」（「別冊文藝春秋」第四七号、八月）、「コウリッジ館」（「新潮」一〇月号）、「黒い十字架」（「知性」一〇月号）、「黄色い人」（『群像』一一月号）、「『太陽の季節』論—石原慎太郎への苦言」（「文學界」一一月号）など。

一九五六年（昭和三一年）　三三歳

初めての長篇「青い小さな葡萄」を「文學界」に連載（一月号〜六月号）。四月より上智大学文学部非常勤講師を一年間つとめる。六月、長男・龍之介誕生。世田谷区松原に転居。

〔その他の作品〕「タカシのフランス一周」（「ふらんす」五月号〜翌年四月号）、「有色人種と白色人種」（「群像」九月号）、「小説家と批評家との間」（「近代文學」九月号）、「椎名麟三論—微笑をとりめぐるもの」（「文藝」一一月号）、「ジュルダン病院」（「別冊文藝春秋」第五五号・一二月）など。

一九五七年（昭和三二年）　三四歳

三月、長篇小説の取材のため福岡に行き、九州大学医学部などを訪ねる。その後「海と毒薬」を「文學界」（六、八、一〇月号）に発表。夏、梅崎春生の紹介で蓼科に別荘を借りて過ごす。

〔その他の作品〕「新しい批評のために」（読売新聞夕刊・一月八日）、「神のない人間の結びつき—カミュの新作とフランス文学の新しい傾向」（朝日新聞・二月二日）、「パロディ」（「群像」一〇月号）、「月光のドミナ」（「別冊文藝春秋」第六〇号・一〇月）、「寄港地」（「新日本文学」一二月号）、戯曲「女王」（「文學界」一二月号・一幕物戯曲特集。この戯曲は同月、俳優座劇場で劇団四季により上演された）。

一九五八年（昭和三三年）　三五歳

四月、成城大学文学部非常勤講師となり「フランス文学論」を一年間講ずる。『海と毒薬』を文藝春秋新社より刊行。この年から夏を軽井沢に過ごす。一〇月、ソ連邦タシケントで開かれるアジア・アフリカ作家会議に、伊藤整、野間宏、加藤周一らと出席。一一月、長篇小説の取材のため鹿児島・桜島を訪れる。佐伯彰一編集の「批評」同人となり、創刊に村松剛らと参加。『海と毒薬』により第五回新潮社文学賞、第一二回毎日出版文化賞を受賞。NHKテレビに書いた台本「平和屋さん」が芸術祭奨励賞を受賞。年末、目黒区駒場に転居。

〔その他の作品〕「聖書のなかの女性たち」(「婦人画報」四月号〜翌年五月号)、「文芸時評」(東京新聞夕刊・六月二三日〜二五日)、「ドラマツルギーの貧困」(「文學界」七月号)、「夏の光」(「新潮」八月号)、「松葉杖の男」(「文學界」一〇月号)など。

一九五九年(昭和三四年)　三六歳

長篇「火山」を「文學界」に連載(一月号〜一〇月号)。三月、初のユーモア長篇「おバカさん」を朝日新聞に連載(八月まで)。「サド伝」を「群像」九、一〇月号に発表。一一月、サド研究のため二度目の渡仏。二ヵ月ほどフランスに滞在し、サドの研究家ジルベール・レリイやピエール・クロソウスキイと会った後、スペイン、イタリア、ギリシャをまわり、エルサレムに寄って翌年一月に帰国。

〔その他の作品〕「野間宏ソ連同行記」(「新潮」一月号)、「最後の殉教者」(「別冊文藝春秋」六八号・二月)、「春は馬車に乗って」(産経新聞・四月一一日)、「周作恐怖譚」(「週刊新潮」七月一三日号〜九月七日号)、「あまりに碧い空」(「新潮」一一月号)など。

一九六〇年(昭和三五年)　三七歳

四月、肺結核再発で東京大学伝染病研究所病院に入院。六月、病床でユーモア小説「ヘチマくん」を河北新報ほか地方紙に連載する(一二月まで)。一二月、慶應義塾大学病院へ転院。二年余にわたる闘病生活がはじまる。

〔その他の作品〕「サド侯爵の城」（「群像」四月号）、「クロソウスキイ氏会見記」（『ロベルトは今夜』所収、河出書房・五月）、「基督の顔」（「文學界」五月号）、「再発」（「群像」六月号）、「葡萄」（「新潮」七月号）、「男と猿と」（「小説中央公論」臨時増刊号・七月）、「不作法随筆『狐狸庵閑話』」（内外タイムス・七月三日〜八月一六日）、「船を見に行こう」（「小説中央公論」一一月号）など。

一九六一年（昭和三六年）　三八歳

一月七日、肺手術をうけ、二週間後に再手術。六月には一時退院して自宅療養し、夏を軽井沢の貸別荘に過ごすが、九月に再び慶應義塾大学病院に入院（この間、澁澤龍彦訳のマルキ・ド・サド『悪徳の栄え（続）』が猥褻文書として起訴された事件で、特別弁護人として出廷した）。一二月、三度目の手術。六時間におよぶ手術の最中、いちど心臓が停止した。

〔その他の作品〕「役たたず」（「新潮」一月号）、「肉親再会」（「群像」一月号）、「療養者に与うるの記―わが闘病記」（「中央公論」八月号）、「サド裁判で考えたこと」（「産経新聞夕刊・八月一二日）、「第二回サド裁判をむかえて」（毎日新聞夕刊・一〇月二四日）など。

一九六二年（昭和三七年）　三九歳

五月、森繁劇団による「おバカさん」明治座上演（矢代静一劇化・演出）。同月、慶應義塾大学病院を退院、自宅で療養生活を送る。夏、軽井沢（鳥井原）に別荘を借りて過ごす。この年は体力も回復せず、短いエッセイを書くだけで終る。

〔その他の作品〕「なぜ神は黙っているのか」（毎日新聞夕刊・四月三〇日、五月七日、一四日）、「発射塔」（読売新聞夕刊・四月一一日〜翌年二月一八日）、「続・なぜ神は黙っているのか」（毎日新聞夕刊・五月二一日)、「私と荷風─作家の日記『断腸亭日乗』について」(「図書」一二月号)、「ユダと小説」(「風景」一二月号)、「聖書の中の女性」(毎日新聞夕刊・一二月一〇日～翌年二月四日)。

一九六三年(昭和三八年) 四〇歳

復帰後の最初の長篇「わたしが・棄てた・女」を「主婦の友」に連載(一月号～一二月号)。三月、町田市玉川学園に転居。この新居を狐狸庵と命名した。夏を軽井沢(野沢原)の貸別荘に過ごす。一〇月、「午後のおしゃべり」を「芸術生活」に連載(一〇月号～翌年一二月号)。のちにこのエッセイを単行本化する際に「狐狸庵閑話」と改題した。一二月、カトリックの受洗をした三浦朱門の代父となる。

〔その他の作品〕「男と九官鳥」(「文學界」一月号)、「その前日」(「新潮」一月号)、「童話」(「群像」一月号)、「テレーズ・デスケルウという女」(「婦人公論」三月号)、「文芸時評」(「文藝」五月号～八月号)、「一・二・三!」(北海タイムスほか・六月六日～一二月一二日)、「私のもの」(「群像」八月号)、「札の辻」(「新潮」一一月号)など。

一九六四年(昭和三九年) 四一歳

長篇「爾も、また」を「文學界」に連載(二月号～翌年二月号)。四月、長崎へ旅行。大浦天主堂近くの「十六番館」で、黒い足指の痕が残った踏絵を見る。夏を軽井沢(野沢原)の貸別荘に過ごす。

〔その他の作品〕「四十歳の男」(「群像」二月号)、「ユーモア文学のすすめ」(朝日新聞夕刊・七月七日)、「『近代文學』の想い出─あのころ」(「近代文學」終刊号・八月)、「帰郷」(「群像」九月号)など。

一九六五年(昭和四〇年) 四二歳

長篇「満潮の時刻」を「潮」に連載(一月号～一二月号)。四月、書下ろし長篇のため長崎、島原、平戸を旅行。同行は三浦朱門と井上洋治。その後も長崎を数回訪れる一方、上智大学チースリク教授のもとで切支丹史の講義をうける。夏を軽井沢（六本辻）の貸別荘に過ごし、書下ろし長篇を脱稿。当初のタイトル「日向の匂い」は新潮社出版部の提案によって「沈黙」と変わった。なお、この年TBSテレビに書いたドラマ台本「わが顔」が芸術祭奨励賞を受賞。

〔その他の作品〕「大部屋」（「新潮」一月号）、「雲仙」（「世界」一月号）、「留学」（「群像」三月号）、「白い沈黙」（「新婦人」三月号～翌年二月号）、「『海と毒薬』ノート」（「批評」復刊第一号・四月）、「道草」（「文藝」七月号）、「梅崎春生氏の死」（読売新聞・七月二一日）、「狐型狸型」（「オール讀物」八月号）、「協奏曲」（「マドモアゼル」八月号～翌年七月号）、「犀鳥」（「文藝春秋」八月号）、「笑いの文学よ、起これ」（東京新聞夕刊・九月一六、一七日）など。

一九六六年（昭和四一年）　四三歳

三月、書下ろし長篇『沈黙』を新潮社より刊行。純文学作品にもかかわらずベストセラーとなるが、キリスト教会の一部からは批判され、禁書扱いにされた。四月、成城大学文学部非常勤講師となり、以後三年間「小説論」を担当。五月、戯曲「黄金の国」が劇団「雲」により都市センターホールで上演（芥川比呂志演出）。夏を軽井沢（六本辻）に過ごす。八月、「三田文学」が復刊されて編集委員に就任。一〇月、『沈黙』により第二回谷崎潤一郎賞を受賞。

〔その他の作品〕「切支丹時代の智識人」（「展望」一月号）、戯曲「黄金の国」（「文藝」五月号）、「人間をみつめる基督の眼」（「週刊読書人」五月二三日号）、「どっこいショ」（読売新聞夕刊・六月九日～翌年五月一五日）、「霧の中の声」（「婦人公論」八、九月号)、「雑種の犬」(「群像」一〇月号)、「原さんの詩」(「新潮」一一月号)など。

一九六七年(昭和四二年) 四四歳
八月、ポルトガルへ行って騎士勲章をうけ、アウブフェーラでの聖ヴィンセント(雲仙で拷問に耐え、長崎で殉教した聖人)の三百年祭で記念講演。リスボン、パリ、ローマをまわって九月帰国。この年、日本文芸家協会理事に選ばれる。
〔その他の作品〕「扮装する男」(「新潮」一月号)、「小説と戯曲」(「文學界」一月号)、「父の宗教・母の宗教—マリア観音について」(「文藝」一月号)、「快男児・怪男児」(熊本日日新聞ほか・一月一九日～九月二七日)、「狐狸庵閑話」(「小説新潮」二月号～一二月号)、「『沈黙』フェレイラについてのノート」(「批評」第七号・四月)、「もし……」(「文學界」七月号)、「土埃」(「季刊藝術」夏号・七月)、「テレーズとの対話」(「波」三号・七月)、「ピエタの像」(「勝利」七月号)、「ぼくたちの洋行」(「小説新潮」一〇月号)、「母と私」(『母を語る』所収、潮文社・一〇月)、「私の好きな小説—梅崎春生『蜆』」(『日本短篇文学全集』付録、別冊・短篇への招待 筑摩書房・一一月)、「合わない洋服」(「新潮」一二月号)、「ぽるとがる紀行」(「中央公論」一二月号)など。

一九六八年(昭和四三年) 四五歳
一年間の約束で「三田文学」編集長を引き受け、前年の秋から学生らを集めて編集準備に入る。編集号は一月号から一二月号まで。この間の「三田文学」は完売、新聞や雑誌で話題となり、ラジオでは「三田文学」編集部へのインタヴューまで行われた。三月、素人劇団「樹座」を結成、座長となり紀伊國屋ホールで第一回公演「ロミオとジュリエット」を行って、みずからもマキューショー役で出演。この春、日本テレビ「こりゃアカンワ」

に連続出演。五月、「聖書物語」連載開始（「波」一九七三年六月号まで五年間。のちに改題され『イエスの生涯』となる）。この年から軽井沢千ヶ滝に建てた山荘で夏を過ごす。

〔その他の作品〕「影法師」（「新潮」一月号）、「六日間の旅行」（「群像」一月号）、「周作口談」（「週刊朝日」一月五日号～四月一二日号）、「わが編集長就任の弁」（「文學界」一月号）、「ユリアとよぶ女」（「文藝春秋」二月号）、「出世作のころ」（読売新聞夕刊・二月五日～一三日）、「それ行け狐狸庵」（「文藝春秋」五月号～翌年七月号）、「悪魔についてのノート」（「批評」第一二号・六月）、「楽天大将」（河北新報ほか・七月一九日～翌年二月八日）、「なまぬるい春の黄昏」（「中央公論」八月号）、「永井荷風（一）」（「文學界」一〇月号）、「永井荷風（二）」（「文學界」一二月号）、「大変だァ」（産経新聞・一一月一日～翌年四月二六日）など。

一九六九年（昭和四四年）　四六歳

一月、矢代静一受洗に際し代父となる。新潮社の書下ろし取材のため「三田文学」の後輩を連れてイスラエルへ行き、イエスの歩いた道をたどって一ヵ月後に帰国。三月、劇団「樹座」第二回公演「ハムレット」（紀伊國屋ホール）に亡霊役で出演。九月、戯曲「薔薇の館」初演（都市センターホール・芥川比呂志演出・劇団「雲」）。同月、映画『私が棄てた女』（浦山桐郎監督）封切り。この映画に一場面だけ出演し、浅丘ルリ子と共演。この年、『定本モラエス全集』編集によりポルトガル大使からヘンリッケ勲章を受ける。

〔その他の作品〕「母なるもの」（「新潮」一月号）、童話「白い風船」（朝日新聞・一月一日）、「小さな町にて」（「群像」二月号）、「学生」（「新潮」一〇月号）、「ガレリヤの春」（「群像」一〇月号）、戯曲「薔薇の館」（「文學界」一〇月号）など。

一九七〇年（昭和四五年）　四七歳

三月、毎日放送テレビドラマ「大変だァ」にゲスト出演。大阪万博で基督教館のプロデューサーを阪田寛夫、三浦朱門と共につとめる。同月、劇団「樹座」第三回公演「夏の夜の夢」（紀伊國屋ホール）。四月、イスラエルへ旅行（同行は矢代静一、阪田寛夫、井上洋治）、翌月帰国。一〇月、ローマ法王よりシルベストリ勲章（騎士勲章）を阪田、三浦と共にうける。

〔その他の作品〕「黒ん坊」（「サンデー毎日」六月二一日号〜翌年三月二八日号）、「巡礼」（「群像」一〇月号）、「ただいま浪人」（東京新聞・一一月二八日〜翌年一〇月二八日）、「悲劇の山城をさぐる」（「旅」一月号〜一二月号）など。

一九七一年（昭和四六年）　四八歳

一月、「群像の一人（知事）」を「新潮」に、「群像の一人（蓬売りの男）」を「季刊藝術」に発表してイエスをめぐる群像を描いた連作が開始され、二年半後『死海のほとり』として結実。一一月、映画『沈黙』（篠田正浩監督）封切り。同月、タイ・アユタヤを取材で訪れ、イスタンブール、ストックホルム、パリなどをまわって帰国。

〔その他の作品〕「シナリオ『沈黙』」（「三田文学」一月号）、「群像の一人（アルパヨ）」（「新潮」七月号）、「群像の一人（大司祭アナス）」（「群像」一〇月号）、「群像の一人（百卒長）」（「新潮」一一月号）など。

一九七二年（昭和四七年）　四九歳

三月、三浦朱門、曾野綾子と共にローマを訪れ、法王パウロ六世に謁見、その後イスラエルへ立ち寄り四月帰国。六月、有吉佐和子らと文部省の中教審委員に就任。七月、渋谷区南平台のマンションの一室を仕事部屋とする。一一月、日本文芸家協会常任理事に就任。この年、『海と毒薬』がイギリスで、『沈黙』がスウェーデン、ノルウェー、フランス、オランダ、ポーランド、スペインで翻訳出版される。テレビのコマーシャルにも出演。

〔その他の作品〕「群像の一人（続・百卒長）」（「文藝」一月号）、「ピエロの歌」（京都新聞ほか・一月四日〜九月四日）、「狐狸庵閑話」（夕刊フジ・一月一八日〜五月二三日）、「ローマ法王謁見記」（産経新聞夕刊・四月一七日）、「ガンジス河とユダの荒野」（「群像」六月号）、「主観的日本人論」（朝日新聞・八月二一日〜九月一八日・週一度連載）など。

一九七三年（昭和四八年）　五〇歳

六月「群像の一人」と題して発表した短篇七篇を組み込んだ書下ろし長篇『死海のほとり』を新潮社より刊行。一〇月、「波」に連載した「聖書物語」を全面的に加筆、改題した『イエスの生涯』を新潮社より刊行。同月、戯曲「メナム河の日本人」初演（芥川比呂志演出・新橋ヤクルトホール・劇団「雲」）。一二月「別冊新評」で「全特集 遠藤周作の世界」。この年、ぐうたらシリーズ（『ぐうたら人間学』『ぐうたら交友録』一月刊行、『ぐうたら愛情学』四月刊行）が百万部を突破。

〔その他の作品〕「群像の一人（奇蹟を待つ男）」（「群像」一月号）、「指」（「文藝」一〇月号）、「口笛をふく時」（日本経済新聞夕刊・一二月三日〜翌年六月七日）など。

一九七四年（昭和四九年）　五一歳

年初の冬、支倉常長の取材で宮城県の月浦港へ。五月、仕事場を渋谷区富ケ谷に移す。七月、『遠藤周作文庫』（全五〇巻、別巻一・講談社）の刊行はじまる。一〇月、支倉常長の取材でメキシコへ。同月、戯曲「喜劇 新四谷怪談」初演（栗山昌良演出、渋谷・西武劇場、劇団「青年座」）。この年『おバカさん』

がロンドンの出版社ピーター・オウエンから出版される。
〔その他の作品〕「彼の生きかた」（産経新聞・三月一二日～一〇月二日）、「身上相談」（「サンデー毎日」六月二三日号～翌年三月一六日号）、「新版・狐狸庵閑話」（「小説新潮」一月号～一二月号）、「遠藤周作の勇気ある言葉」（毎日新聞・七月二七日～翌年一二月二九日）など。

一九七五年（昭和五〇年）　五二歳
年初の冬、支倉常長の取材で宮城県の旧支倉村（現・川崎町）を訪ねる。二月、『遠藤周作文学全集』（全一一巻）が新潮社より刊行開始（一二月まで）。同月、阿川弘之、北杜夫とロンドン、フランクフルト、ブリュッセルをまわり、在留日本人のために講演。
〔その他の作品〕「代弁人」（「新潮」七月号）、「あの人、あの頃」（新潮社『遠藤周作文学全集』月報に連載。二月～一二月）など。

一九七六年（昭和五一年）　五三歳
評伝「鉄の首枷―小西行長伝」を「歴史と人物」に連載（一月号～翌年一月号）。雑誌「面白半分」の編集長を引きうける（一月号～六月号）。六月、小西行長の取材で韓国と対馬に行き、豊浦、釜山、熊川、慶州などをまわり同月帰国。ジャパン・ソサエティの招待でアメリカへ行きニューヨークで講演。一〇月、文芸誌「季刊創造」（武田友寿編集）の発刊に際し編集顧問となる。一一月、『沈黙』がポーランドのピエトゥシャック賞を受賞し、一二月に授賞式出席のためワルシャワに行き、その折、アウシュヴィッツ収容所を訪れる。
〔その他の作品〕「ダンス」（「文藝」一月号）、「死なない方法」（「週刊新潮」一月一日号～九月二日号）、「聖母讃歌」（「文學界」四月号）、「うしろ姿」（「群像」一〇月号）、「天使」（「小説新潮」一一月号）、「走馬燈―その人たちの人生」（毎日新聞・一二月一日～翌年一月三〇日）、「舟橋さんのこと」（「風景」終刊号・四月）、「五日間の韓国旅行」（「海」九月号）、「日本とイエスの顔」（「季刊創造」創刊号・一〇月）など。

一九七七年（昭和五二年）　五四歳

一月、芥川賞選考委員となる。二月、劇団「樹座」の第五回公演オペラ「カルメン」（紀伊國屋ホール）でエスカミーリョ役で出演、歌唱も披露する。三月、三浦朱門らと編集に携わった『キリスト教文学の世界』（全二二巻・主婦の友社）の刊行がはじまる。五月、兄正介が食道静脈瘤破裂で死去（五六歳）。「イエスがキリストになるまで」を「新潮」に連載（五月号～翌年五月号）。のちにこれを『キリストの誕生』と改題して刊行した。この年、『イエスの生涯』がイタリアの出版社クエリニアナより刊行される。

〔その他の作品〕「次々と友人が受洗するのを見て」（「波」一月号）、「ポーランドにて」（東京新聞夕刊・一月一〇日、一一日）、「アウシュヴィッツ収容所を見て」（「新潮」三月号）、「切支丹大名　蒲生氏郷の生涯」（「歴史と人物」七月号）、「伝記のなかのX」（「海」八月号）など。

一九七八年（昭和五三年）　五五歳

評伝「銃と十字架―有馬神学校」を「中央公論」に連載（一月号～一二月号）。三月、劇団「樹座」が第六回公演として初めてミュージカル「トニーとマリア」（都市センターホール）を上演。樹座は解散までミュージカルを上演することになる。六月、『イエスの生涯』（イタリア語版）で国際ダグ・ハマーショルド賞受賞。この年、『わたしが・棄てた・女』がポーランドの出版社パックスより、『火山』がピーター・オウエンより、『イエスの生涯』がアメリカの出版社ポーリストより刊行される。
〔その他の作品〕「世界史のなかの日本史」(「文學界」一月号)、「王妃マリー・アントワネット(1、2、3)」(「週刊朝日」二月〜翌々年七月)、「信長と西洋」(「太陽」二月号)、「カプリンスキー氏」(「野性時代」四月号)、「ア、デュウ」(「季刊藝術」七月号)、「老いの英語学習」(「新潮」一一月号)など。

一九七九年(昭和五四年)五六歳
二月、『キリストの誕生』で第三〇回読売文学賞の評論・伝記賞を受ける。同月、タイ・アユタヤへ取材旅行。また、女子パウロ会の布教雑誌「あけぼの」で連続対談はじまる(以後一〇年間、一〇七回におよんだ)。三月、日本芸術院賞を受賞。同月、香港からクイーン・エリザベス二世号で中国・大連へ行く(同行・阿川弘之)。四月、翻訳出版の件でロンドンへ行き、パリ、ローマをまわって帰国。「王国への道　山田長政」を「太陽」に連載開始(七月号〜翌々年二月号)。一二月三一日の夜、書下ろし長篇『侍』を脱稿。この年、『口笛をふく時』がピーター・オウエンから刊行される。
〔その他の作品〕「還りなん」(「新潮」一月号)、「ワルシャワの日本人」(「文學界」一月号)、「日本の沼の中で―かくれ切支丹考」(「野性時代」一月号〜六月号)、「名画・イエスの生涯」(「文藝春秋」一月号〜翌年二月号)、「自伝抄―帰国まで」(読売新聞・五月九日〜三一日)、「クワッ、クワッ先生行状記」(「小説現代」九月号)、「私のキリシタン」(朝日新聞夕刊・九月二一日〜一〇月五日)など。

一九八〇年(昭和五五年)五七歳
一月、雑誌「面白半分」で遠藤特集「こっそり、遠藤周作」(臨時増刊号)。三月、慶應義塾大学病院に入院、蓄膿症の手術をうける。同月、遠藤家へ手伝いに来ていた鈴木友子が同じ病院で骨髄癌のため死去。四月、『侍』を新潮社より刊行。五月、劇団「樹座」を率いてニューヨークのジャパン・ソサエティでミュージカル「カルメン」を上演。一一月、「女の一生」の連載開始（朝日新聞・翌々年二月まで）。一二月、『侍』で第三三回野間文芸賞を受賞。この頃、素人ばかりの合唱団「コール・パパス」を結成。
〔その他の作品〕「日本の聖女」（「新潮」二月号）、「真昼の悪魔」（「週刊新潮」二月〜七月）、「四度目の手術」（「新潮」六月号）、「河上徹太郎追悼『さむらひ』と『侍』」（「新潮」一二月号）など。

一九八一年（昭和五六年）　五八歳
前年からこの年にかけて、高血圧、糖尿病、肝臓病に苦しむ。四月、劇団「樹座」第九回公演「イライザ・ストーリー」（都市センターホール）。「女の一生（二部・サチ子の場合）」を朝日新聞に連載開始（七月三日〜翌年二月七日）。九月、遠藤原作『闇のよぶ声』の映画化作品「真夜中の招待状」（野村芳太郎監督）封切り。この年、芸術院会員となる。また、遠山一行らと「日本キリスト教芸術センター」を東京・原宿のマンションのワンフロアーをつかって設立。
〔その他の作品〕「夫婦の一日」（「新潮」一月号）、「仕事部屋の窓から」（「さろん」一月号〜翌年五月号）、「山田長政がなぜ私の興味をひいたか」（「太陽」三月号）、「授賞式の夜」（「海」六月号）、「燭台」（「山陽新聞ほか・一〇月九日〜翌年五月八日）など。

一九八二年（昭和五七年）　五九歳
一月、オペラ「黄金の国」（青島広志作曲）初演。三月、劇団「樹座」第一〇回公演「王妃マリー・アントワネット」が帝国劇場で行われる。四月、読売新聞にみずから持ち込んだ原稿「患者からのささやかな願い」が六回にわたって掲載され、その後の〈心あたたかな病院運動〉へとつながる。六月、遠藤責任編集の『モーリヤック著作集』（全六巻・春秋社）が刊行開始。遠藤が担当したのは「愛の砂漠」「テレーズ・デスケルー」の翻訳と、第三巻の解説。『侍』がピーター・オウエンから刊行される。

〔その他の作品〕「芥川比呂志氏を思う」（「新潮」一月号）、「あべこべ人間」（夕刊フジ・三月一六日〜九月一八日）、「日本の『良医』に訴える」（「中央公論」七月号）、「幼児プレイ」（「小説新潮」九月号）、「うしろめたき者の祈り」（「海」一〇月号）など。

一九八三年（昭和五八年）　六〇歳
五月、東京・青山の平田医院で痔の手術をうけ、即日退院。七月、囲碁クラブを設立し「宇宙棋院」と命名。長篇エッセイ「宗教と文学の谷間で」を「新潮」に連載（一〇月号〜翌年一一月号。のちに『私の愛した小説』と改題して刊行）。

〔その他の作品〕「ある通夜」（「新潮」一月号）、「通過儀礼としての死支度」（「海」三月号）、「六十歳の男」（「群像」四月号）、「私の感謝」（「新潮」小林秀雄追悼・四月号）、「意識の奥の部屋」（「文學界」追悼小林秀雄・五月号）、「元型《アルケティプ》について」（「文學界」七月号）、「色模様」（「別冊婦人公論」冬季号・一二月）など。

一九八四年（昭和五九年）　六一歳
五月、第四七回国際ペン東京大会の全体会議で「文学と宗教―無意識を中心として」と題して講演。六月、にっかつ芸術学院（のちに日活芸術学院と改称）の二代目学院長に就任。

〔その他の作品〕「奇蹟」（「オール讀物」一月号）、「疑問―親鸞とわたし」（「歴史と人物」五月号）、「執念」（「小説新潮」六月号）、「最後の晩餐」（「オール讀物」八月号）、「こんな医療がほしい」（読売新聞夕刊・一〇月二日〜五日）など。
一九八五年（昭和六〇年）六二歳
四月、イギリス、スウェーデン、フィンランドを旅行。ロンドンのホテル・リッツで偶然にグレアム・グリーンに出会い、歓談。六月、日本ペンクラブの第一〇代会長に選任される。同月、アメリカにわたり、サンタ・クララ大学から名誉博士号をうける。カリフォルニア大学のジャック＝マリタン&トーマス＝モア研究所で講演。
〔その他の作品〕「ピアノ協奏曲二十一番」（「別冊文藝春秋」一月号）、「六十にして惑う」（「新潮」一月号）、「妖女の時代」（「小説現代」二月号〜翌年八月号は隔月連載。翌年二月号、翌々年一月号で完結）、「罪と悪とについて」（「中央公論」文芸特集春季号・三月）、「わが恋《おも》う人は」（京都新聞ほか・一一月一日〜翌年七月八日）、「その夜のコニャック」（日本経済新聞・一二月一二日）など。
一九八六年（昭和六一年）六三歳
三月、書下ろし長篇『スキャンダル』を新潮社より刊行。五月、劇団「樹座」の第二回海外公演のためロンドンへ行き、ジャネッタ・コクラン劇場で「マダム・バタフライ」を上演。一〇月、映画『海と毒薬』（熊井啓監督）封切り。この作品は第一三回ベルリン国際映画祭で銀熊賞を受賞。一一月、台湾の輔仁大学の「宗教と文学の会」で講演。
〔その他の作品〕「私の学校 私の先生」（読売新聞・六月二日〜一三日）「石坂洋次郎氏を悼む」（朝日新聞・一〇月九日）など。
一九八七年（昭和六二年）六四歳
一月、芥川賞選考委員を辞任。五月、アメリカにわたりジョージタウン大学から名誉博士号を受ける。夏、北里大学病院に前立腺治療のため入院し、手術。一〇月、韓国文化院の招待で訪韓。一一月、〈『沈黙』の碑〉が長崎県外海町（現・長崎市）に完成し、除幕式に日本キリスト教芸術センターのメンバーらと共に出席（碑に刻まれた文字は「人間がこんなに哀しいのに主よ海があまりに碧いのです」）。一二月、目黒区中町に新築した家に転居。また、加賀乙彦の受洗に際し代父となる。

〔その他の作品〕「重層的なもの」（「新潮」一月号）、「幽体離脱」（「オール讀物」二月号）、「言葉の力」（「群像」四月号〜六月号）、「花時計」（産経新聞・五月一一日〜一九九五年三月二九日）、「患者の切望」（読売新聞・九月一六日〜一八日）など。

一九八八年（昭和六三年）　六五歳

戦国三部作のはじまりとなる「反逆」を読売新聞に連載（一月〜翌年二月）。この頃たびたび愛知県の木曾川周辺を訪れる。四月、ロンドンへ行き、同月帰国。六月、安岡章太郎の受洗に際し代父となる。八月、日本ペンクラブ会長として国際ペンクラブのソウル大会に出席、九月帰国。一一月、文化功労者に選ばれる。同月、岡山県小田郡美星町（母方の遠祖の出身地）に文学碑が完成し、除幕式に出席。この年、ピーター・オウエンより『スキャンダル』が出版される。

〔その他の作品〕「みみずのたわごと」（「新潮」五月号）、「梅崎春生『蜆』」（「群像」五月号）、「山本健吉氏をしのぶ」（読売新聞・五月九日）など。

一九八九年（昭和六四年・平成元年）　六六歳

四月、日本ペンクラブ会長を辞任。歴史小説の取材でたびたび琵琶湖畔などを訪れる。七月、「決戦の時」を大阪新聞ほかに連載開始。一二月、父常久死去（九三歳）。この年、〈老人のための老人によるボランティア〉を提唱し、ボランティア・グループ「銀の会」発足。ピーター・オウエンより『留学』刊行。

〔その他の作品〕「あの世で」（「オール讀

物」一月号)、「老いの感受性」(「文學界」三月号)、「キチジローはわたしだ」(朝日新聞・五月八日)、「私の履歴書」(日本経済新聞・六月一日〜三〇日)など。

一九九〇年(平成二年)　六七歳

「王の挽歌」を「小説新潮」に連載開始(二月号〜翌々年二月号)。二月、書下ろし長篇の取材のためインドを訪れ、ベナレスなどを見て同月帰国。七月、仕事場を目黒区の花房山のマンションに移す。九月、「男の一生」を日本経済新聞に連載開始(翌年九月まで)。一〇月、アメリカのキャンピオン賞を受賞。

〔その他の作品〕「読みたい短篇、書きたい短篇」(「新潮」一月号)、「『無意識』を刺激する印度」(読売新聞夕刊・三月二二日)、「自作再見―スキャンダル」(朝日新聞・四月八日)、「取材日記」(「文藝春秋」一一月号)など。

一九九一年(平成三年)　六八歳

四月、三田文学会理事長に就任。五月、アメリカにわたり、クリーヴランドのジョン・キャロル大学で行われた「遠藤文学研究学会」に出席、記念講演をし、同大学より名誉博士号を受ける。帰途、ニューヨークに寄って『沈黙』映画化の件でマーチン・スコセッシ監督と面談。九月、カトリック東京教区百周年記念で中央会館にて講演。一二月、台湾の輔仁大学から名誉博士号を受けるにあたって訪台。

〔その他の作品〕「無鹿」(「別冊文藝春秋」春号・四月)、「グレアム・グリーンをしのぶ」(読売新聞・四月五日)、「万華鏡」(朝日新聞・一一月三日〜翌年一〇月二五日)など。

一九九二年(平成四年)　六九歳

九月、書下ろし長篇「河」(のちに『深い河《ディープ・リバー》』と改題)の初稿を脱稿。同月、腎不全と診断され、一〇月、順天堂大学附属病院に検査入院。一一月、退院。書下ろし長篇の推敲に取り組む。

〔その他の作品〕「戦国夜話」（「THE GOLD」四月号〜翌年三月号）、「小説技術についての雑談」（「文學界」五月号）など。

一九九三年（平成五年）七〇歳

二月、劇団「樹座」創立二五周年記念公演「オーケストラの少女」（青山劇場）。五月、順天堂大学附属病院に再入院。腹膜透析のための手術をうける。その後、自宅での透析生活に入る。六月、書下ろし長篇『深い河』が講談社から刊行される。一一月、オペラ「沈黙」初演（松村禎三作曲・日生劇場）。

〔その他の作品〕「病院での読書」（「群像」一月号）、「井筒俊彦先生を悼む」（「新潮」三月号）、「『ガンジス』で考えた生と死、そして宗教」（「現代」八月号）など。

一九九四年（平成六年）七一歳

歴史小説「女」を朝日新聞で連載開始（一月〜一〇月）。一月、『深い河』により第三五回毎日芸術賞を受賞。四月、ピーター・オウエンより『深い河』が刊行される（一三作目の英訳版）。インディペンデント新聞主催の外国小説賞の最終候補に残る。同月、『わたしが・棄てた・女』をミュージカルにした「泣かないで」（音楽座）の初演が東京芸術劇場ほかで行われる。五月に村松剛が、七月には吉行淳之介が死去。この年、イギリスで『わたしが・棄てた・女』英訳版が出版される。

〔その他の作品〕「原作者」（「新潮」一月号）、「一人の外国人神父」（「文藝春秋」二月号）など。

一九九五年（平成七年）七二歳

一月、「黒い揚羽蝶」を東京新聞で連載開始（三月二五日で連載中止）。二月、映画『深い河』（熊井啓監督）の零号試写を五反田イマジカで観る。四月、順天堂大学附属病院に入院。三田文学会理事長を退任。五月、『遠藤周作歴史小説集』(全七巻)が講談社より刊行開始(翌年七月に完結)。同月、「ニューヨークタイムズ」の書評で二ページにわたり『深い河』が取り上げられる。六月、退院。映画『深い河』封切り(この作品はモントリオール世界映画祭でエクメニカル審査委員賞を受賞)。八月二日、劇団「樹座」第二〇回記念公演「THEオーディション」が国立劇場で行われ、舞台から座長挨拶。九月、脳内出血を起こし順天堂大学附属病院に緊急入院。一一月、文化勲章を受章。一二月、退院。

一九九六年(平成八年)　七三歳

四月、慶應義塾大学病院に検査入院し、同月退院。六月、再入院し腹膜透析から血液透析に切り替える。「佐藤朔先生の思い出」(「三田文学」夏季号・八月)を口述筆記し、これが絶筆となる。九月二九日、午後六時三六分、肺炎による呼吸不全により病室で死去。一〇月二日、東京・麴町の聖イグナチオ教会で葬儀ミサ、告別式。ミサの司式は井上洋治神父、弔辞は安岡章太郎、三浦朱門、熊井啓の三氏。参列者は四〇〇〇人におよんだ。

※この年譜は、「遠藤周作自作年譜」(「別冊新評・遠藤周作の世界」一九七三年)、広石廉二編「遠藤周作・年譜　一九二三年〜一九九六年」(「三田文学」一九九七年冬季号)、および山根道公編「遠藤周作年譜・著作目録」(『遠藤周作——その人生と「沈黙」の真実』)等の主要部分を借り、編者が加筆した。

(加藤宗哉・編)

〔初出一覧〕

シラノ・ド・ベルジュラック　「文學界」一九五七年三月号
パロディ　「群像」一九五七年一〇月号
イヤな奴　「新潮」一九五九年四月号
あまりに碧い空　「新潮」一九五九年一一月号
その前日　「新潮」一九六三年一月号
四十歳の男　「群像」一九六四年二月号
影法師　「新潮」一九六八年一月号
母なるもの　「新潮」一九六九年一月号
巡礼　「群像」一九七〇年一〇月号
犀鳥　「文藝春秋」一九七三年二月号
夫婦の一日　「新潮」一九八一年一月号
授賞式の夜　「海」一九八一年六月号
天国のいねむり男　一九八五年一一月刊　河出書房新社

本書は、『遠藤周作文学全集 第6〜8巻』(一九九九年一〇〜一二月新潮社刊)を底本とし、多少ふりがなを加えました。また『天国のいねむり男』は全集・文庫など未収録作品です。底本にある表現には、今日からみれば、不適切と思われるものがありますが、作品が書かれた時代背景、作品価値および著者が故人であることなどを考慮し、底本のままとしました。よろしくご理解のほどお願いいたします。

遠藤《えんどう》周作《しゅうさく》短篇《たんぺん》名作選《めいさくせん》

遠藤《えんどう》周作《しゅうさく》

二〇一二年一二月一〇日第一刷発行
二〇二五年 五 月二〇日第九刷発行

発行者――篠木和久
発行所――株式会社 講談社
東京都文京区音羽2・12・21 〒112-8001
電話 編集（03）5395・3513
販売（03）5395・5817
業務（03）5395・3615

デザイン―菊地信義
印刷――株式会社KPSプロダクツ
製本――株式会社国宝社
本文データ制作―講談社デジタル製作

定価はカバーに表示してあります。

講談社
文芸文庫

ISBN978-4-06-290179-6

講談社文芸文庫

青木淳選	建築文学傑作選	青木 淳——解
青山二郎	眼の哲学|利休伝ノート	森 孝——人／森 孝——年
阿川弘之	舷燈	岡田 睦——解／進藤純孝——案
阿川弘之	鮎の宿	岡田 睦——年
阿川弘之	論語知らずの論語読み	高島俊男——解／岡田 睦——年
阿川弘之	亡き母や	小山鉄郎——解／岡田 睦——年
秋山駿	小林秀雄と中原中也	井口時男——解／著者他——年
秋山駿	簡単な生活者の意見	佐藤洋二郎-解／著者他——年
芥川龍之介	上海游記|江南游記	伊藤桂一——解／藤本寿彦——年
芥川龍之介 谷崎潤一郎	文芸的な、余りに文芸的な|饒舌録ほか 芥川vs.谷崎論争 千葉俊二編	千葉俊二——解
安部公房	砂漠の思想	沼野充義——人／谷 真介——年
安部公房	終りし道の標べに	リービ英雄-解／谷 真介——案
安部ヨリミ	スフィンクスは笑う	三浦雅士——解
有吉佐和子	地唄|三婆 有吉佐和子作品集	宮内淳子——解／宮内淳子——年
有吉佐和子	有田川	半田美永——解／宮内淳子——年
安藤礼二	光の曼陀羅 日本文学論	大江健三郎賞選評-解／著者——年
安藤礼二	神々の闘争 折口信夫論	斎藤英喜——解／著者——年
李良枝	由熙|ナビ・タリョン	渡部直己——解／編集部——年
李良枝	石の聲 完全版	李 栄——解／編集部——年
石川桂郎	妻の温泉	富岡幸一郎-解
石川淳	紫苑物語	立石 伯——解／鈴木貞美——案
石川淳	黄金伝説|雪のイヴ	立石 伯——解／日高昭二——案
石川淳	普賢|佳人	立石 伯——解／石和 鷹——案
石川淳	焼跡のイエス|善財	立石 伯——解／立石 伯——年
石川啄木	雲は天才である	関川夏央——解／佐藤清文——年
石坂洋次郎	乳母車|最後の女 石坂洋次郎傑作短編選	三浦雅士——解／森 英一——年
石原吉郎	石原吉郎詩文集	佐々木幹郎-解／小柳玲子——年
石牟礼道子	妣たちの国 石牟礼道子詩歌文集	伊藤比呂美-解／渡辺京二——年
石牟礼道子	西南役伝説	赤坂憲雄——解／渡辺京二——年
磯﨑憲一郎	鳥獣戯画|我が人生最悪の時	乗代雄介——解／著者——年
伊藤桂一	静かなノモンハン	勝又 浩——解／久米 勲——年
伊藤痴遊	隠れたる事実 明治裏面史	木村 洋——解
伊藤痴遊	続 隠れたる事実 明治裏面史	奈良岡聰智-解

▶解=解説 案=作家案内 人=人と作品 年=年譜を示す。 2025年4月現在

講談社文芸文庫

伊藤比呂美	とげ抜き　新巣鴨地蔵縁起	栩木伸明——解／著者——年
稲垣足穂	稲垣足穂詩文集	高橋孝次——解／高橋孝次——年
稲葉真弓	半島へ	木村朗子——解
井上ひさし	京伝店の烟草入れ 井上ひさし江戸小説集	野口武彦——解／渡辺昭夫——年
井上靖	補陀落渡海記 井上靖短篇名作集	曾根博義——解／曾根博義——年
井上靖	本覚坊遺文	高橋英夫——解／曾根博義——年
井上靖	崑崙の玉｜漂流 井上靖歴史小説傑作選	島内景二——解／曾根博義——年
井伏鱒二	還暦の鯉	庄野潤三——人／松本武夫——年
井伏鱒二	厄除け詩集	河盛好蔵——人／松本武夫——年
井伏鱒二	夜ふけと梅の花｜山椒魚	秋山 駿——解／松本武夫——年
井伏鱒二	鞆ノ津茶会記	加藤典洋——解／寺横武夫——年
井伏鱒二	釣師・釣場	夢枕 獏——解／寺横武夫——年
色川武大	生家へ	平岡篤頼——解／著者——年
色川武大	狂人日記	佐伯一麦——解／著者——年
色川武大	小さな部屋｜明日泣く	内藤 誠——解／著者——年
岩阪恵子	木山さん、捷平さん	蜂飼 耳——解／著者——年
内田百閒	百閒随筆 Ⅱ 池内紀編	池内 紀——解／佐藤 聖——年
内田百閒	［ワイド版］百閒随筆 Ⅰ 池内紀編	池内 紀——解
宇野浩二	思い川｜枯木のある風景｜蔵の中	水上 勉——解／柳沢孝子——案
梅崎春生	桜島｜日の果て｜幻化	川村 湊——解／古林 尚——案
梅崎春生	ボロ家の春秋	菅野昭正——解／編集部——年
梅崎春生	狂い凧	戸塚麻子——解／編集部——年
梅崎春生	悪酒の時代 猫のことなど —梅崎春生随筆集—	外岡秀俊——解／編集部——年
江藤淳	成熟と喪失 —"母"の崩壊—	上野千鶴子—解／平岡敏夫——案
江藤淳	考えるよろこび	田中和生——解／武藤康史——年
江藤淳	旅の話・犬の夢	富岡幸一郎—解／武藤康史——年
江藤淳	海舟余波 わが読史余滴	武藤康史——解／武藤康史——年
江藤淳 蓮實重彥	オールド・ファッション 普通の会話	高橋源一郎—解
遠藤周作	青い小さな葡萄	上総英郎——解／古屋健三——案
遠藤周作	白い人｜黄色い人	若林 真——解／広石廉二——年
遠藤周作	遠藤周作短篇名作選	加藤宗哉——解／加藤宗哉——年
遠藤周作	『深い河』創作日記	加藤宗哉——解／加藤宗哉——年
遠藤周作	［ワイド版］哀歌	上総英郎——解／高山鉄男——案

講談社文芸文庫

大江健三郎-万延元年のフットボール	加藤典洋――解／古林 尚――案
大江健三郎-叫び声	新井敏記――解／井口時男――案
大江健三郎-みずから我が涙をぬぐいたまう日	渡辺広士――解／高田知波――案
大江健三郎-懐かしい年への手紙	小森陽一――解／黒古一夫――案
大江健三郎-静かな生活	伊丹十三――解／栗坪良樹――案
大江健三郎-僕が本当に若かった頃	井口時男――解／中島国彦――案
大江健三郎-新しい人よ眼ざめよ	リービ英雄-解／編集部――年
大岡昇平――中原中也	粟津則雄――解／佐々木幹郎-案
大岡昇平――花影	小谷野 敦――解／吉田凞生――年
大岡 信――私の万葉集一	東 直子――解
大岡 信――私の万葉集二	丸谷才一――解
大岡 信――私の万葉集三	嵐山光三郎-解
大岡 信――私の万葉集四	正岡子規――附
大岡 信――私の万葉集五	高橋順子――解
大岡 信――現代詩試論｜詩人の設計図	三浦雅士――解
大澤真幸――〈自由〉の条件	
大澤真幸――〈世界史〉の哲学 1　古代篇	山本貴光――解
大澤真幸――〈世界史〉の哲学 2　中世篇	熊野純彦――解
大澤真幸――〈世界史〉の哲学 3　東洋篇	橋爪大三郎-解
大澤真幸――〈世界史〉の哲学 4　イスラーム篇	吉川浩満――解
大西巨人――春秋の花	城戸朱理――解／齋藤秀昭――年
大原富枝――婉という女｜正妻	高橋英夫――解／福江泰太――年
岡田 睦――明日なき身	富岡幸一郎-解／編集部――年
岡本かの子-食魔 岡本かの子食文学傑作選 大久保喬樹編	大久保喬樹-解／小松邦宏――年
岡本太郎――原色の呪文 現代の芸術精神	安藤礼二――解／岡本太郎記念館-年
小川国夫――アポロンの島	森川達也――解／山本恵一郎-年
小川国夫――試みの岸	長谷川郁夫-解／山本恵一郎-年
奥泉 光――石の来歴｜浪漫的な行軍の記録	前田 塁――解／著者――年
奥泉 光・群像編集部 編-戦後文学を読む	
大佛次郎――旅の誘い 大佛次郎随筆集	福島行一――解／福島行一――年
織田作之助-夫婦善哉	種村季弘――解／矢島道弘――年
織田作之助-世相｜競馬	稲垣眞美――解／矢島道弘――年
小田 実――オモニ太平記	金 石範――解／編集部――年

小沼丹	懐中時計	秋山 駿——解／中村 明——案
小沼丹	小さな手袋	中村 明——人／中村 明——年
小沼丹	村のエトランジェ	長谷川郁夫—解／中村 明——年
小沼丹	珈琲挽き	清水良典——解／中村 明——年
小沼丹	木菟燈籠	堀江敏幸——解／中村 明——年
小沼丹	藁屋根	佐々木 敦—解／中村 明——年
折口信夫	折口信夫文芸論集 安藤礼二編	安藤礼二——解／著者———年
折口信夫	折口信夫天皇論集 安藤礼二編	安藤礼二——解
折口信夫	折口信夫芸能論集 安藤礼二編	安藤礼二——解
折口信夫	折口信夫対話集 安藤礼二編	安藤礼二——解／著者———年
加賀乙彦	帰らざる夏	リービ英雄—解／金子昌夫——案
葛西善蔵	哀しき父|椎の若葉	水上 勉——解／鎌田 慧——案
葛西善蔵	贋物|父の葬式	鎌田 慧——解
加藤典洋	アメリカの影	田中和生——解／著者———年
加藤典洋	戦後的思考	東 浩紀——解／著者———年
加藤典洋	完本 太宰と井伏 ふたつの戦後	與那覇 潤—解／著者———年
加藤典洋	テクストから遠く離れて	高橋源一郎—解／著者・編集部—年
加藤典洋	村上春樹の世界	マイケル・エメリック—解
加藤典洋	小説の未来	竹田青嗣——解／著者・編集部—年
加藤典洋	人類が永遠に続くのではないとしたら	吉川浩満——解／著者・編集部—年
加藤典洋	新旧論 三つの「新しさ」と「古さ」の共存	瀬尾育生——解／著者・編集部—年
金井美恵子	愛の生活|森のメリュジーヌ	芳川泰久——解／武藤康史——年
金井美恵子	ピクニック、その他の短篇	堀江敏幸——解／武藤康史——年
金井美恵子	砂の粒|孤独な場所で 金井美恵子自選短篇集	磯﨑憲一郎—解／前田晃——年
金井美恵子	恋人たち|降誕祭の夜 金井美恵子自選短篇集	中原昌也——解／前田晃——年
金井美恵子	エオンタ|自然の子供 金井美恵子自選短篇集	野田康文——解／前田晃——年
金井美恵子	軽いめまい	ケイト・ザンブレノ—解／前田晃——年
金子光晴	絶望の精神史	伊藤信吉——人／中島可一郎—年
金子光晴	詩集「三人」	原 満三寿——解／編集部———年
鏑木清方	紫陽花舎随筆 山田肇選	鏑木清方記念美術館—年
嘉村礒多	業苦|崖の下	秋山 駿——解／太田静——年
柄谷行人	意味という病	絓 秀実——解／曾根博義——案
柄谷行人	畏怖する人間	井口時男——解／三浦雅士——案
柄谷行人編	近代日本の批評 I 昭和篇上	

上林 暁	聖ヨハネ病院にて｜大懺悔	富岡幸一郎―解／津久井 隆―年
菊地信義	装幀百花 菊地信義のデザイン 水戸部功編	水戸部 功―解／水戸部 功―年
木下杢太郎	木下杢太郎随筆集	岩阪恵子―解／柿谷浩一―年
木山捷平	氏神さま｜春雨｜耳学問	岩阪恵子―解／保昌正夫―案
木山捷平	鳴るは風鈴 木山捷平ユーモア小説選	坪内祐三―解／編集部―年
木山捷平	落葉｜回転窓 木山捷平純情小説選	岩阪恵子―解／編集部―年
木山捷平	新編 日本の旅あちこち	岡崎武志―解
木山捷平	酔いざめ日記	
木山捷平	［ワイド版］長春五馬路	蜂飼 耳―解／編集部―年
京須偕充	圓生の録音室	赤川次郎・柳家喬太郎―解
清岡卓行	アカシヤの大連	宇佐美 斉―解／馬渡憲三郎―案
久坂葉子	幾度目かの最期 久坂葉子作品集	久坂部 羊―解／久米 勲―年
窪川鶴次郎	東京の散歩道	勝又 浩―解
倉橋由美子	蛇｜愛の陰画	小池真理子―解／古屋美登里―年
黒井千次	たまらん坂 武蔵野短篇集	辻井 喬―解／篠崎美生子―年
黒井千次選	「内向の世代」初期作品アンソロジー	
黒島伝治	橇｜豚群	勝又 浩―人／戎居士郎―年
群像編集部編	群像短篇名作選 1946～1969	
群像編集部編	群像短篇名作選 1970～1999	
群像編集部編	群像短篇名作選 2000～2014	
幸田 文	ちぎれ雲	中沢けい―人／藤本寿彦―年
幸田 文	番茶菓子	勝又 浩―人／藤本寿彦―年
幸田 文	包む	荒川洋治―人／藤本寿彦―年
幸田 文	草の花	池内 紀―人／藤本寿彦―年
幸田 文	猿のこしかけ	小林裕子―解／藤本寿彦―年
幸田 文	回転どあ｜東京と大阪と	藤本寿彦―解／藤本寿彦―年
幸田 文	さざなみの日記	村松友視―解／藤本寿彦―年
幸田 文	黒い裾	出久根達郎―解／藤本寿彦―年
幸田 文	北愁	群 ようこ―解／藤本寿彦―年
幸田 文	男	山本ふみこ―解／藤本寿彦―年
幸田露伴	運命｜幽情記	川村二郎―解／登尾 豊―案
幸田露伴	芭蕉入門	小澤 實―解
幸田露伴	蒲生氏郷｜武田信玄｜今川義元	西川貴子―解／藤本寿彦―年
幸田露伴	珍饌会 露伴の食	南條竹則―解／藤本寿彦―年

講談社文芸文庫

里見弴——恋ごころ 里見弴短篇集　丸谷才一——解／武藤康史——年
澤田謙——プリューターク英雄伝　中村伸二——年
椎名麟三—深夜の酒宴|美しい女　井口時男——解／斎藤末弘——年
島尾敏雄—その夏の今は|夢の中での日常　吉本隆明——解／紅野敏郎——案
島尾敏雄—はまべのうた|ロング・ロング・アゴウ　川村湊——解／柘植光彦——案
島田雅彦—ミイラになるまで 島田雅彦初期短篇集　青山七恵——解／佐藤康智——年
志村ふくみ-一色一生　高橋巖——人／著者——年
庄野潤三—夕べの雲　阪田寛夫——解／助川徳是——案
庄野潤三—ザボンの花　富岡幸一郎-解／助川徳是——年
庄野潤三—鳥の水浴び　田村文——解／助川徳是——年
庄野潤三—星に願いを　富岡幸一郎-解／助川徳是——年
庄野潤三—明夫と良二　上坪裕介——解／助川徳是——年
庄野潤三—庭の山の木　中島京子——解／助川徳是——年
庄野潤三—世をへだてて　島田潤一郎-解／助川徳是——年
笙野頼子—幽界森娘異聞　金井美恵子-解／山﨑眞紀子-年
笙野頼子—猫道 単身転々小説集　平田俊子——解／山﨑眞紀子-年
笙野頼子—海獣|呼ぶ植物|夢の死体 初期幻視小説集　菅野昭正——解／山﨑眞紀子-年
白洲正子—かくれ里　青柳恵介——人／森孝——年
白洲正子—明恵上人　河合隼雄——人／森孝——年
白洲正子—十一面観音巡礼　小川光三——人／森孝——年
白洲正子—お能|老木の花　渡辺保——人／森孝——年
白洲正子—近江山河抄　前登志夫——人／森孝——年
白洲正子—古典の細道　勝又浩——人／森孝——年
白洲正子—能の物語　松本徹——人／森孝——年
白洲正子—心に残る人々　中沢けい——人／森孝——年
白洲正子—世阿弥 ——花と幽玄の世界　水原紫苑——人／森孝——年
白洲正子—謡曲平家物語　水原紫苑——解／森孝——年
白洲正子—西国巡礼　多田富雄——解／森孝——年
白洲正子—私の古寺巡礼　高橋睦郎——解／森孝——年
白洲正子—[ワイド版]古典の細道　勝又浩——人／森孝——年
鈴木大拙訳-天界と地獄 スエデンボルグ著　安藤礼二——解／編集部——年
鈴木大拙—スエデンボルグ　安藤礼二——解／編集部——年
曽野綾子—雪あかり 曽野綾子初期作品集　武藤康史——解／武藤康史——年
田岡嶺雲—数奇伝　西田勝——解／西田勝——年

講談社文芸文庫

高橋源一郎	さようなら、ギャングたち	加藤典洋——解／栗坪良樹——年
高橋源一郎	ジョン・レノン対火星人	内田 樹——解／栗坪良樹——年
高橋源一郎	ゴーストバスターズ 冒険小説	奥泉 光——解／若杉美智子—年
高橋源一郎	君が代は千代に八千代に	穂村 弘——解／若杉美智子・編集部—年
高橋源一郎	ゴヂラ	清水良典——解／若杉美智子・編集部—年
高橋たか子	人形愛｜秘儀｜甦りの家	富岡幸一郎—解／著者——年
高橋たか子	亡命者	石沢麻依——解／著者——年
高原英理編	深淵と浮遊 現代作家自己ベストセレクション	高原英理——解
高見順	如何なる星の下に	坪内祐三——解／宮内淳子——年
高見順	死の淵より	井坂洋子——解／宮内淳子——年
高見順	わが胸の底のここには	荒川洋治——解／宮内淳子——年
高見沢潤子	兄 小林秀雄との対話 人生について	
武田泰淳	蝮のすえ｜「愛」のかたち	川西政明——解／立石 伯——案
武田泰淳	司馬遷—史記の世界	宮内 豊——解／古林 尚——年
武田泰淳	風媒花	山城むつみ—解／編集部——年
竹西寛子	贈答のうた	堀江敏幸——解／著者——年
太宰 治	男性作家が選ぶ太宰治	編集部——年
太宰 治	女性作家が選ぶ太宰治	
太宰 治	30代作家が選ぶ太宰治	編集部——年
田中英光	空吹く風｜暗黒天使と小悪魔｜愛と憎しみの傷に 田中英光デカダン作品集 道籏泰三編	道籏泰三——解／道籏泰三——年
谷崎潤一郎	金色の死 谷崎潤一郎大正期短篇集	清水良典——解／千葉俊二——年
種田山頭火	山頭火随筆集	村上 護——解／村上 護——年
田村隆一	腐敗性物質	平出 隆——人／建畠 晢——年
多和田葉子	ゴットハルト鉄道	室井光広——解／谷口幸代——年
多和田葉子	飛魂	沼野充義——解／谷口幸代——年
多和田葉子	かかとを失くして｜三人関係｜文字移植	谷口幸代——解／谷口幸代——年
多和田葉子	変身のためのオピウム｜球形時間	阿部公彦——解／谷口幸代——年
多和田葉子	雲をつかむ話｜ボルドーの義兄	岩川ありさ—解／谷口幸代——年
多和田葉子	ヒナギクのお茶の場合｜海に落とした名前	木村朗子——解／谷口幸代——年
多和田葉子	溶ける街 透ける路	鴻巣友季子—解／谷口幸代——年
近松秋江	黒髪｜別れたる妻に送る手紙	勝又 浩——解／柳沢孝子——案
塚本邦雄	定家百首｜雪月花(抄)	島内景二——解／島内景二——年

塚本邦雄	百句燦燦 現代俳諧頌	橋本 治——解／島内景二——年
塚本邦雄	王朝百首	橋本 治——解／島内景二——年
塚本邦雄	西行百首	島内景二——解／島内景二——年
塚本邦雄	秀吟百趣	島内景二——解
塚本邦雄	珠玉百歌仙	島内景二——解
塚本邦雄	新撰 小倉百人一首	島内景二——解
塚本邦雄	詞華美術館	島内景二——解
塚本邦雄	百花遊歴	島内景二——解
塚本邦雄	茂吉秀歌『赤光』百首	島内景二——解
塚本邦雄	新古今の惑星群	島内景二——解／島内景二——年
つげ義春	つげ義春日記	松田哲夫——解
辻 邦生	黄金の時刻の滴り	中条省平——解／井上明久——年
津島美知子	回想の太宰治	伊藤比呂美—解／編集部——年
津島佑子	光の領分	川村 湊——解／柳沢孝子——案
津島佑子	寵児	石原千秋——解／与那覇恵子—年
津島佑子	山を走る女	星野智幸——解／与那覇恵子—年
津島佑子	あまりに野蛮な 上・下	堀江敏幸——解／与那覇恵子—年
津島佑子	ヤマネコ・ドーム	安藤礼二——解／与那覇恵子—年
坪内祐三	慶応三年生まれ　七人の旋毛曲り 漱石・外骨・熊楠・露伴・子規・紅葉・緑雨とその時代	森山裕之——解／佐久間文子—年
坪内祐三	『別れる理由』が気になって	小島信夫——解
鶴見俊輔	埴谷雄高	加藤典洋——解／編集部——年
鶴見俊輔	ドグラ・マグラの世界｜夢野久作 迷宮の住人	安藤礼二——解
寺田寅彦	寺田寅彦セレクション I 千葉俊二・細川光洋選	千葉俊二——解／永橋禎子——年
寺田寅彦	寺田寅彦セレクション II 千葉俊二・細川光洋選	細川光洋——解
寺山修司	私という謎 寺山修司エッセイ選	川本三郎——解／白石 征——年
寺山修司	戦後詩 ユリシーズの不在	小嵐九八郎—解
十返肇	「文壇」の崩壊 坪内祐三編	坪内祐三——解／編集部——年
徳田球一 志賀義雄	獄中十八年	鳥羽耕史——解
徳田秋声	あらくれ	大杉重男——解／松本 徹——年
徳田秋声	黴｜爛	宗像和重——解／松本 徹——年
富岡幸一郎	使徒的人間 —カール・バルト—	佐藤 優——解／著者——年
富岡多恵子	表現の風景	秋山 駿——解／木谷喜美枝—案

講談社文芸文庫

富岡多恵子編 -大阪文学名作選　富岡多恵子—解
土門 拳 ——風貌|私の美学 土門拳エッセイ選 酒井忠康編　酒井忠康—解／酒井忠康—年
永井荷風 —日和下駄 一名 東京散策記　川本三郎—解／竹盛天雄—年
永井荷風 —[ワイド版]日和下駄 一名 東京散策記　川本三郎—解／竹盛天雄—年
永井龍男 —一個|秋その他　中野孝次—解／勝又 浩—案
永井龍男 —カレンダーの余白　石原八束—人／森本昭三郎-年
永井龍男 —東京の横丁　川本三郎—解／編集部—年
中上健次 —熊野集　川村二郎—解／関井光男—案
中上健次 —蛇淫　井口時男—解／藤本寿彦—年
中上健次 —水の女　前田 塁—解／藤本寿彦—年
中上健次 —地の果て 至上の時　辻原 登—解
中上健次 —異族　渡邊英理—解
中川一政 —画にもかけない　高橋玄洋—人／山田幸男—年
中沢けい —海を感じる時|水平線上にて　勝又 浩—解／近藤裕子—案
中沢新一 —虹の理論　島田雅彦—解／安藤礼二—年
中島 敦 ——光と風と夢|わが西遊記　川村 湊—解／鷺 只雄—案
中島 敦 ——斗南先生|南島譚　勝又 浩—解／木村一信—案
中野重治 —村の家|おじさんの話|歌のわかれ　川西政明—解／松下 裕—案
中野重治 —斎藤茂吉ノート　小高 賢—解
中野好夫 —シェイクスピアの面白さ　河合祥一郎-解／編集部—年
中原中也 —中原中也全詩歌集 上・下 吉田凞生編　吉田凞生—解／青木 健—案
中村真一郎 -この百年の小説 人生と文学と　紅野謙介—解
中村光夫 —二葉亭四迷伝 ある先駆者の生涯　絓 秀実—解／十川信介—案
中村光夫選 -私小説名作選 上・下 日本ペンクラブ編
中村武羅夫 -現代文士廿八人　齋藤秀昭—解
夏目漱石 —思い出す事など|私の個人主義|硝子戸の中　石﨑 等—年
成瀬櫻桃子 -久保田万太郎の俳句　齋藤礎英—解／編集部—年
西脇順三郎 -*Ambarvalia*|旅人かへらず　新倉俊一—人／新倉俊一—年
丹羽文雄 —小説作法　青木淳悟—解／中島国彦—年
野口冨士男 -なぎの葉考|少女 野口冨士男短篇集　勝又 浩—解／編集部—年
野口冨士男 -感触的昭和文壇史　川村 湊—解／平井一麥—年
野坂昭如 —人称代名詞　秋山 駿—解／鈴木貞美—案
野坂昭如 —東京小説　町田 康—解／村上玄一—年
野崎 歓 ——異邦の香り ネルヴァル『東方紀行』論　阿部公彦—解